百鬼大乱

真保裕一

講談社

『百鬼大乱』目次

「享徳の乱」関連関東地図

小栗《おぐり》
水戸《みと》
常陸国《ひたち》
筑波山《つくば》
常陸国府《ひたちこくふ》
桜川《さくら》
小貝川《こかい》
香取内海
鹿島社《かしましゃ》
香取社《かとりしゃ》
下総国《しもうさ》
成田《なりた》
臼井《うすい》
佐倉《さくら》
千葉《ちば》
平山《ひらやま》
上総国府《かずさこくふ》
上総国《かずさ》
長南《ちょうなん》
N
0
20km

越後《えちご》へ
赤城《あかぎ》山
白井《しろい》
榛名《はるな》山
水沢《みずさわ》
上野《こうずけ》国
広馬場《ひろばば》
漆原《うるしばら》
厩橋《うまやばし》
片貝《かたかい》
桐生《きりゅう》
宇都宮《うつのみや》
下野《しもつけ》国
思《おもい》川
鬼怒《きぬ》川
足利《あしかが》
簗田御厨《やなだみくりや》
金山《かなやま》
小山《おやま》(祇園《ぎおん》)
佐野《さの》
渡良瀬《わたらせ》川
結城《ゆうき》
滝《たき》
新田荘《にったのしょう》
立林《たてばやし》
五十子《いかっこ》
四方田《しほうでん》
深谷《ふかや》
古河《こが》
針谷原《はりがやはら》
用土原《ようどはら》
御嶽《みたけ》
荒《あら》川
成田《なりた》
忍《おし》
水海《みずうみ》
鉢形《はちがた》
騎西《きさい》
関宿《せきやど》
松山《まつやま》
秩父《ちちぶ》
武甲《ぶこう》山
浅羽《あさば》
野田《のだ》
毛呂《もろ》
河越《かわごえ》
入間《いるま》川
武蔵《むさし》国
綾瀬《あやせ》川
馬橋《まばし》
大岳《おおたけ》山
小河《おがわ》
赤塚《あかつか》
国府台《こうのだい》
境根《さかいね》
石神井《しゃくじい》
練馬《ねりま》
石浜《いしはま》
葛西《かさい》
市河《いちかわ》
二宮《にのみや》
江戸《えど》
分倍河原《ぶばいがわら》
利根《とね》川
由井《ゆい》
武蔵国府《むさしこくふ》(府中《ふちゅう》)
甲斐《かい》国
高尾《たかお》山
品川《しながわ》
太日《ふとい》川
丸子《まるこ》
多摩《たま》川
小机《こづくえ》
溝呂木《みぞろぎ》
丹沢《たんざわ》山
江戸湾
七沢《ななさわ》
神奈川《かながわ》
糟屋《かすや》
相模《さがみ》川
相模《さがみ》国
長尾郷《ながおごう》
島河原《しまがわら》
平塚《ひらつか》
伊豆《いず》国
篠窪《しのくぼ》
小磯《こいそ》
鶴岡八幡宮《つるがおかはちまんぐう》
江ノ島《えのしま》
鎌倉《かまくら》
小田原《おだわら》
箱根《はこね》山
相模湾

主な登場人物

太田資長　源六。備中守　道灌
太田資清　資長の父。備中守　道真
太田資忠　資清の次男。源五郎　図書助
太田資雄　資忠の嫡男。資長の養子となる。源五郎の仮名を継ぐ
太田資常　資清の三男。六郎
上杉憲実　元関東管領　長棟
上杉持朝　扇谷分家当主。修理大夫　道朝
上杉憲忠　憲実の長男。関東管領　右京亮
長尾景仲　上杉宗家の家務。孫四郎　左衛門尉　昌賢
長尾景信　景仲の長男。彦四郎　左衛門尉
長尾景春　景信の長男。孫四郎の仮名を継ぐ。右衛門尉
上杉顕定　越後守護の上杉房定の次男。関東管領
上杉定正　持朝の三男。扇谷分家の当主　修理大夫
足利成氏　鎌倉公方
簗田持助　成氏の奏者。河内守
簗田成助　持助の長男。八郎　中務少輔
岩松持国　成氏の奉公衆。左馬助　右京大夫
伊勢盛時　のちの伊勢宗瑞（北条早雲）

百鬼大乱

序章

文安三年（一四四六）　足利学校

庫裏《くり》へと続く長い回廊の奥まった書庫の前を通りかかり、上杉長棟《うえすぎちょうとう》ははからずも足を止めた。目のはしをかすめた男童《おのわらわ》の後ろ姿に懸念を抱かずにはいられなかった。

夏の盛りであり、風通しもかねて開かれた扉の間から、書棚の前に立つ若者の姿が見えた。手にした古書にじっと目を落とし、一心に読みふけっている。先人の教えに心根を奪われて息さえ忘れたかと思えるほど、若者の背は動かなかった。

門弟は学舎で講義のさなかにあるはずだった。自学を旨《むね》に書誌を書き写し、師や先達に教えを請うのだ。つい今しがた長棟は、息子の龍清《りゅうせい》が年かさの門弟にまじって『礼記正義《らいきせいぎ》』を学ぶ後ろ姿をのぞいてきたばかりだった。

この足利《あしかが》学校では、僧籍にある者でないと入学できない決まりがあった。名高い武家の子息であろうと、門下の塔頭《たっちゅう》で剃髪《ていはつ》のうえ、得度《とくど》してから門をたたかねばならないのだ。

ところが、書庫の若者は、そろそろ十代なかばの背丈に見えながら、いまだ額髪《ぬかがみ》を長く伸ばしていた。一本筋の通った姿勢のよさと、腕や肩の肉づきからして、しかるべく鍛えられた武家の子息に疑いないと思われる。

これは、いかなる仕儀なのか……。

書庫へ歩みかけて、長棟は再び足を止めた。

すたれかけた学校を再興した自分が直に問いかけたのでは叱責と同じに思われて、学内にいらぬ波紋を広げよう。そっと踵《きびす》を返すと、奥の庫裏へ足を速めた。庠主《しょうしゅ》（校長）として招いた快《かい》元《げん》禅師が待ってくれている。

長棟が方丈《ほうじょう》を訪ねると、文机《ふづくえ》に向かっていた快元禅師がにこやかに面《おもて》を上げた。痩せた頬に、春の兆しを見つけた時のような、ささやかな笑みが宿る。

「案ずることはありませぬぞ。龍清殿は日夜、専心なされておいでにございます」

よほど張りつめた顔になっていたのか、禅師がさらにも目を和ませた。

「――はい。今しがた回廊から確かめさせていただき、安堵しておりまする。これも快元禅師の心づくしあってと、報謝《ほうしゃ》の念にたえませぬ」

長棟は一礼してから、学舎を顧《かえり》みながら言った。

「時に……額髪を垂らした若人を一人、書庫にて見かけました。あの者はいずれの家門にありましょうか」

なぜ武家の身形《みなり》のまま立ち入ることを許されたのか。そう目で訴えると、存外にも快元禅師の眉が大きくはねた。

「おやおや、お耳に入っておられぬとは思いもかけぬことにござりますな」

知っていて当然と言いたげに返された。

目でさらに問うと、禅師の頬にすべやかな笑みが広がった。

「龍忠《りゅうちゅう》殿たっての願いとあって、認めさせていただきました」

「まことでありましょうか……」

長子の龍忠は、父の許しもなく還俗《げんぞく》すると、家臣に言われるがまま元服して憲忠《のりただ》と名乗り、上《うえ》杉宗家《すぎそうけ》の家督を継いだ。まだ十四歳。わけあって俗世とは縁を絶ち、僧籍に身を置かせていたため、武芸の鍛錬どころか、鎌倉府の作法もろくに教えていなかった。

長棟は自らの過酷な遍歴もあって、子に宗家を継がせるつもりは毛頭なく、龍忠にもそう常から言い聞かせてきた。が、関東管領《かんとうかんれい》でもある当主に突如隠遁《いんとん》されたのでは、多くの家臣が路頭に迷う。そう考えて、弟の清方《きよまさ》を越後《えちご》から呼び、家督を継がせた。

その清方が、いきなり要職に就《つ》かされたため、憔悴のあまり病に伏した。すわ一大事と狼狽《うろた》えた家臣が、息子を担ぎ出そうとするのは見えていたので、長棟は出家させるとともに固く心得を説いておいたのだった。

いくら家臣にそそのかされたとはいえ、あの子にも人並みの野心があったと知らされて、長棟は大いに胸をかき乱された。

なぜ龍忠が父に黙って足利学校の庠主に頼み事をしたのか……。

宗家の内実をろくに知りもしない息子の考えとは思えなかった。

一人の男の顔が浮かぶ。宗家を家務《かむ》として支えてきた男……。

つまり、書庫にいた少年は、長尾《ながお》氏の縁者なのだ。そう考えると、すべての筋目《すじめ》が読めてくる。

家務は当主に成り代わって、家門の仕事を取り仕切る。一族の兵馬を指揮する役目も持つ。

この学校には、儒学のみならず、兵学の蔵書も備えている。それゆえに、あの少年は古来の軍学書を耽読していたのだ。

なげかわしくてならず、長棟は心腹が冷えた。

「……拙僧がこの学校の再興に取り組ませていただいたのは、勇猛さと粗野をはき違えて、ただ無骨を誇りたがる坂東武者に真の儒学を身につけてほしかったからにござります」

口惜しさを表すと、快元禅師が悩める信者を諭《さと》すほどの真顔になった。

「ご心中お察し申し上げまする。しかれども、いまだ関東は安泰とは見られず、波乱の根はそこかしこに深邃《しんすい》と蔓延《はびこ》っておると申せましょう。たとえ泥にまみれてでも、その根を果敢に絶つ武士《もののふ》なくては、平穏遠い日々となるに相違ない。そう真摯に請われたため、門前の塔頭を世話するほかござりませんでした」

「あの者は——長尾の子息でありましょうな」

「いいえ、源六《げんろく》と申す者で、太田《おおた》六郎《ろくろう》右衛門尉《えもんのじょう》殿のご嫡男にござります」

意外な思いにとらわれた。

太田資清《すけきよ》。宗家を支える扇谷《おうぎがやつ》分家の家務を務める猛者《もさ》だった。

長棟がまだ憲実《のりざね》と名乗っていた時、不幸にも鎌倉公方《かまくらくぼう》の足利持氏《あしかがもちうじ》にうとまれて、危うく命を奪われかけた。関東を統《す》べる公方が、管領に兵を挙げるという未曽有《みぞう》の事態にも動じず、太田資清は合戦の場に出でて獅子奮迅たる働きぶりを見せた。その持氏の遺児を奉じて、下総《しもうさ》の結城氏朝《ゆうきうじとも》が反乱の兵を挙げた際も、勇猛に戦ってくれた。上杉の家中でも、真の英傑の一人だった。

その嫡男が足利まで来て、軍学書をむさぼるように読んでいる……。

ようやく合点がいって、長棟は肩を落とした。胸に汚泥の染みが広がっていく。

いよいよ新たな鎌倉公方が京の将軍に補任《ぶにん》されて、次なる火種が関東に持ちこまれるのだ。上杉を支える長尾と太田は、逃れられぬ波乱を見すえたため、今から息子に唐《から》の兵学を積ませようと考えた。そこまで事態は差し迫っていたらしい。

長棟は禅師に礼を告げると、暗然たる思いで方丈をあとにした。

再び書庫へ歩き、中をのぞいてみたが、もう太田源六の姿はなかった。書誌を借り出し、逗留先の塔頭へ戻ったのであろう。

長棟は中間《ちゅうげん》を残して学舎を出ると、門前の善徳院《ぜんとくいん》に立ち寄った。大きな寺ではないが、学校に近いため、坊舎が設えられている。

若い従僧に話を通すと、裏のひなびた片屋へ通された。聞くと、太田源六は書誌を一人で日夜、黙々と簿書に写し取っているという。寺から通う門弟の誰よりも労を惜しまぬ姿を見せられて、素直に頭が下がると従僧は言い、曇りのない目を長棟に向けた。

小作りな片屋の戸は開け放たれていた。砂利を踏みしめて濡れ縁へ歩むと、文机に向かう少年の背が揺れた。足音に振り返って長棟を認めるなり、さっと机の前から離れて、両手を床板へ着けた。

「邪魔をいたすぞ」

「相模《さがみ》国代官を仰せつかる太田六郎右衛門尉長子、源六にござりまする。快元禅師のありがたきお許しをたまわり、足利学校の蔵する書誌を学ばせていただいております」

よどむことなく少年は潑剌《はつらつ》と言い、こなれた仕草で深く頭を下げた。

「今は何を写しておるのか」

「六韜三略《りくとうさんりゃく》にございます」

天下を治めるための王道から戦における謀《はかりごと》の法則までを記した周朝の兵学書だ。十四、五の子が根をつめて学ぶ書ではなかった。

「足利学校は本来、易《えき》と儒教を学ぶ場であるぞ」

「承知いたしております。恥ずかしながら、鎌倉寿福寺《じゅふくじ》、英覚《えいかく》禅師に教えをいただきましたうえ、上杉右京亮《うきょうのすけ》様より『周易注疏《しゅうえきちゅうそ》』を学ばせていただきました」

「右京亮とは――」

長棟が驚きに声をつまらせると、源六少年がわずかに面を上げた。

「長棟様のご嫡男殿にございまする」

あなたの息子ですぞ。少年らしからぬ鋭い目が、ふと長棟の胸元へ向けられた。

「……そなた、拙僧を承知しておったか」

「はい、鎌倉山内《やまのうち》のお屋敷にて、一度父と相見《あいまみえ》させていただきました」

長棟にまったく覚えはなかった。

太田資清とは幾度となく顔を合わせ、鎌倉府の治めはもちろん、時に戦内談《いくさないだん》も交わしてきた。が、公方持氏との一戦が終わると、長棟は潔く政《まつりごと》から身を引いた。結城との戦いには、将軍の命でやむなく出陣したが、その際にも資清から嫡男を紹介された覚えはない。

鎌倉を出る前に会っていたのなら、この若者はまだ小童《こわらわ》にすぎなかったろう。それでも源六少年は、剃髪した長棟の姿をひと目見るなり、上杉憲実その人と悟ったのだ……。

「龍忠がそなたに『周易注疏』を貸し与えたと申すのか」

「われも父より厳しく躾《しつ》けられたゆえ、そなたもあまねく学んでおけ。長尾とともに宗家をしかと支えてもらわねばならぬから。そう仰せつかりました」

この若者は、目の前に現れた僧を長棟と見抜いたから、龍忠の名を出してきたのだ。ご嫡男は尊父の言いつけに抗いはしても、総領としての覚悟を固めておいでなのです。どうかお認めください。そう伝える意が感じられた。

並の器量ではない。太田資清は優れた息子を持ったものだ。

比べてはいけないとわかるものの、父に叱られて機嫌を損ねるあまり、内衆に不平をぶつけていた龍忠より、疑いなくできる。所作と言葉の端々に才は表れるものだ。歳も同じころであるのに、人としての器の深みが違う。

苦い思いを胸に納め、さらなる才を計るために長棟は言った。

「鎌倉五山の一刹で学び、龍忠から与えられた『周易注疏』を読みこなせば、盤石《ばんじゃく》と心得ておるのか」

あえて意地の悪い訊き方をすると、太田源六の眼差しが床へと落ちた。

「まだまだ学ばねばならぬこと数多《あまた》と承知しております。しかれども、われには天から与えられし本分あり、と任ずるほかありませぬ」

「儒学より兵学にこそ、そなたの任があると申すのであるな」

父は上杉分家の家務であるから、いずれ自分もその任を仰せつかり、一軍を率いねばならない。歳のころから元服は間近に迫り、戦場《いくさば》へ駆り出される日は近い。

今は一刻も早く軍学を研鑽《けんさん》すべき。そう若さゆえに焦りを覚えているのだ。才を有しながらも、まだ一角《ひとかど》の大人にはなっていない。敵と刃を交えることへの恐怖が根底にはある。

危うさを覚えていると、太田源六がまた面を上げて長棟を見た。

「易は六十四卦《け》から自然と人の世の道理を説く学問ではありますが、陰陽を頼る兵学は迷信にすぎず、また仁を学びすぎた将は、多くの兵を失いかねない。急場には汚濁をかぶり、非情であることも肝心である。そう先達から教えを受けてまいりました」

「孫四郎《まごしろう》であるな」

長棟は決めつけて言った。が、源六少年は面をまた伏せ、答えなかった。

この子の父は義に篤く、非情とは無縁の男と知っていた。易と儒学を斬って捨てるような教えを説く者となれば、長尾孫四郎景仲《かげなか》のほかにはいない。

本心を語るならば、関東管領を務めていた際、最も頼りとした家臣が長尾景仲だった。

上杉家の重臣であり、親しく〝孫四郎〟と幼名で呼ぶことが多かった。歴戦の士として知られ、源六の父親と並ぶ〝関東無双《むそう》の案者《あんじゃ》（知恵者）〟と称された傑物でもある。長棟より七歳上で、家臣の一人ではあったものの、〝兄〟と慕った時さえあった。

先代鎌倉公方の持氏は、征夷大将軍《せいいたいしょうぐん》への未練を隠さない人だった。今は東国に住まうものの、関東足利家も将軍職を受け継ぐべき血筋にある。五代将軍の足利義量《よしかず》が早世した際は、思いあまって先代の義持《よしもち》に猶子《ゆうし》を願い出ることまでした。元将軍の子と見なされれば、次の座を受け継ぐ地位を手にできる。

が、相手にもされなかったどころか、前代未聞の籤引《くじび》きにて、六代将軍は義教《よしのり》と定められた。

その義教は、野望を口にする持氏を脅すため、富士の遊覧を名目に、十万の大軍を率いて関東に下ってきた。新将軍の威勢を見せつけられた持氏は、やむなく矛を収めはした。

やがて義教は、意に染まぬ守護や強訴《ごうそ》に及ぶ延暦寺《えんりゃくじ》を激しく弾圧し、万人に怖れられる将軍となった。ついに延暦寺は義教を呪詛《じゅそ》するとともに、持氏へ上洛を勧めてきた。真の将軍に相応しきおかたは、あなた様しかいない、と――。

道理に反した誘いかけであり、長棟は管領として丹念に持氏を諫めた。

その後も持氏は、信濃で主君と家臣の争いが起きたと知るや、自らの指揮の下に引き入れようと、家臣の側を助けるべく兵を集めた。その時も長棟は、くり返し心をこめて忠言した。信濃は幕府の管国《かんこく》であり、家臣に加勢したならば、将軍に弓を引くも同じとなる。

それでも持氏は聞く耳を持たず、多くの奉公衆《ほうこうしゅう》に出陣の命を下した。

忘れもしない。あの時に、孫四郎景仲が驚くべきことを言ってきたのだった。

――申し上げます。信濃への出陣は口実にすぎませぬ。公方様が兵を集めた真の狙いは、安房《あわの》守《かみ》様を討つためにございまするぞ。

上杉安房守憲実。あなた様を討とうしているのです。

長棟は信じなかった。鎌倉府と関東の平穏を守ろうと努めたにすぎず、京の将軍の意趣を押し通そうと持氏を諫めたわけではなかった。なぜ自分が討たれねばならないのか。

――よくお考えください。栄誉に目をくらませる者は、まず徳と仁の心を捨て去ってしまうものにございます。公方様にはたったひとつの栄えある座しか見えておらぬのです。

悲しくも孫四郎の上申は的を射ていた。持氏は将軍職という至上の栄誉を欲しがるあまり、鎌倉の明日を見ていなかった。武蔵《むさし》の国衆が持氏に通じて兵を挙げるに及び、孫四郎は守りを固めて戦陣を構え、尻ごむ長棟の背を押した。

――もはや公方様を誅伐《ちゅうばつ》するしかありませぬ。

主君たる持氏に矢を放つことはできないと考えた末、長棟は恭順の意をあらためて知らしめるべく、腹を切ろうと決断した。が、小刀を脇腹に刺したところで、孫四郎が走り寄せて、後ろから組みつかれた。

――どうかお考え直しくだされ。公方様は決して癒えぬ悪しき宿痾《しゅくあ》におかされておるのです。

さらに孫四郎は、義に篤すぎる長棟では難事を食い止められないと見たらしく、京の管領家に使者を送り、ついに持氏追討の綸旨《りんじ》を受けたのだった。

持氏は麾下《きか》の奉公衆を率いて戦に挑んできた。が、朝敵と見なされたために家臣の違背《いはい》が相次ぎ、兵を引くほかはなくなった。自ら鎌倉の永安寺に籠もり、幽閉の身となった。

長棟は持氏の助命を京に願い出た。が、激怒した将軍義教の許しは得られなかった。

永享十一年二月十日――。

将軍の命によって上杉軍は永安寺を攻め、足利持氏は自害を遂げた。すべて孫四郎の予言どおりに事態は進展したのだった。

その六月に、長棟は持氏の墓所として建立された長春院にて自死を図った。が、またも家臣らに止められ、涙とともに強く諭された。その直後に管領を辞し、出家の道を選んだのだった。主君を守れなかった者に、鎌倉府を支える武門を導いていけるわけがない。一方の孫四郎は、虎が獲物を狙うがごとく着々と、多くの郎党を囲い育て、上杉の力を結集すべく今なお励んでいた。

太田源六がまた慇懃《いんぎん》にも頭を下げた。

「畏《おそ》れながら申し上げます。左衛門尉《さえもんのじょう》様はひとえに長棟様のご帰還を願われておりまする」

鎌倉に帰ってこい。つまり、再び管領職に戻ってはくれまいか。長尾左衛門尉景仲がそう言っている。

嫌でも六年前の悪夢が思い出され、胸が炙《あぶ》られる。自死した持氏の遺児を奉じて、結城氏朝が兵を起こし、上杉に戦を挑んできた時のことだ。

関東管領は弟の清方が継いでいたが、戦に不慣れだったためもあり、孫四郎は手抜かりなく京の管領家に掛け合って、長棟に帰参を命じる奉書《ほうしょ》を出させた。

将軍の命とあっては、隠遁先の伊豆から戻り、討伐軍に加わるほかはなかった。剃髪したにもかかわらず、刀を手にして結城城を落としたうえ、持氏の幼い遺児二人の命を奪う手助けをしたのだった。

もう二度と、自分の手を主君であった足利家の血で穢したくはない。

孫四郎はその後、当然のような顔で宗家の家務を継ぎ、公方なき鎌倉府の奉行《ぶぎょう》人を翼下で束ね、思うがまま振る舞うようになった。その孫四郎に担がれて、龍忠が家督を継ぐと聞き、長棟は再び鎌倉を出たのだ。傀儡《くぐつ》の言いなりになるしかないとわかっていながら、野心に身を縛られる息子を見ていられなかった。

「そなたは孫四郎に言われて、この足利で拙僧を待ち受けておったのだな」

清方が儚《はかな》くも短い生涯を終えたため、龍忠を家督に据えるしかなかった、とはわかる。が、まだ年若く、曲者と邪知の絡み合う鎌倉府をまとめられはしない。長棟のほかに、今の関東を遺漏《いろう》なく治められる者がいると思うのか。そう伝えるため、龍忠と同じ年延《としば》えの太田源六を足利へ送りこんできたのだ。

隠遁した伊豆を離れているとなれば、心当たりはひとつしかない。足利学校を再興し、息子の一人を学ばせているのだから、必ず姿を見せる。

実の長子を見捨てるつもりなのか。あなたが鎌倉に戻らねば、龍忠が難儀な役目を背負わされ、死にいたった弟のように身を削ぐことになる。いずれ新たな鎌倉公方が下されてくるのはさけられず、持氏のような軽忽《けいこつ》であったなら、再び世は荒《すさ》んで東国は波乱の黒雲に覆われる。揺れ惑う坂東武者を束ねるために、粉骨《ふんこつ》つくしてくれぬものか。

実に手のこんだやり口だった。

「父が申しておりました。長棟様がご帰還なさらねば、結城のような卑しき野心を抱く輩が必ずまた現れるに相違ない、と。先代公方様の忘れ形見を頂くことになれば、先の騒乱が思い出されて、鎌倉府に再び災いの種を蒔くこととなりましょう。長棟様がお助けくだされば、京の御《お》旁《かたがた》も先代の忘れ形見を据えることはいたさぬであろうと考えまする」

鎌倉公方を死に追いやった長棟が、再び職に戻ったとなれば、先代の遺児を迎えることは難しい。恨みの念を放置するようなものであり、再び騒乱を招く、と誰もが思う。

「ついに動きだしたか……」

長棟は双肩に力をこめた。思い返せば、先代の持氏にはまだ僧籍の身の息子がいた。

太田源六が勇み立つかのような勢いで深く頭を下げた。

「征夷大将軍様の弟君はまだ歳若く、関東に下らせるのではあまりに忍びなし、との風聞が伝わっております。このままでは、大きな波乱を呼びかねませぬ。どうぞ、ご斟酌《しんしゃく》のほどお願いつかまつりまする」

持氏の遺児を、次なる鎌倉公方に充てようというのだ。

その動きを知りながら、上杉宗家の家督を継ぐとは、龍忠の本心が知れなかった。今や宗家の当主は、関東管領の任に着くことと同じなのだ。

父親に抗い、自分の力量を示したいと気負ったにしても、正気の沙汰とは思えなかった。この長棟が戻らぬとなれば、あの子は意気揚々と管領の座に就くつもりであるのか。

「関東を静めるためにも、何とぞ再び鎌倉へお戻りくださりませ」

「よし、戻ろうではないか。ただし、戻るのは龍忠と縁を切るためであるぞ。もはや親でも子でもない」

「長棟様……」

なにゆえに、そこまで管領職を忌み嫌うのでありましょうか。太田源六が大きく前髪を揺らし、長棟を見つめてきた。

「公方様とその忘れ形見二人を無惨に葬った者の息子が、管領としてつつがなく関東を導いていけると、そなたは思うのか」

腹立ちまぎれの問いかけを浴びせられて、源六は若者らしく正直にも迷いを見せた。

迷うからには、長棟の言葉に一理ある、と考えている。怜悧《れいり》なうえに、この歳で鎌倉府の実状を見据えてもいた。末頼もしくもあり、怖ろしくも感じられる。

「ひとつ、申しておこう」

この子のためを思い、長棟は言った。

「坂東武者の多くは、勇猛と粗野を取り違えておる。兵書を学んでおるなら、わかるであろう」

「はい。不服を武で片づけるは、覇道。徳で治めるのが王道にござります」

「武は力のみにあらず、芸のうちでもある。修練を重ねた末に、心と身に真なる武が宿る。芸にまで磨き上げていかねば、真の武士にはなれぬのだ。刀や弓のさばきのみでなく、策略も芸のうちであり、京の朝廷や寺社は強《したた》かに駆け引きを仕掛けてくるものと思え」

馬を操って、駆けたり引いたりする。戦場での策略から、駆け引きという言葉が生まれた。しかし、公家はもっと昔から、競う相手を貶《おとし》めるため、多くの策をめぐらせ、密かに手を下してきた。人を蹴落とす歴史の厚みが違いすぎている。

「よいか。京の者は坂東を追い使い、己らを利することしか考えておらぬ。先代の公方様は老練なる京の知者にそそのかされるあまり、将軍職を夢見て、過酷な因果を招いたのだ」

持氏の父の満兼《みつかね》も、大内義弘《おおうちよしひろ》に誘われて兵を挙げ、一度は鎌倉を発つ短慮な振る舞いに出た。そのまた父親の氏満《うじみつ》も、京の管領に抗う斯波義将《しばよしまさ》に呼応して兵を集め、上洛を目指したことがあった。

だが、京の領袖《りょうしゅう》らは甘い誘《そび》きをくり返しても、東国の田舎者を将軍に推そうとは一切考えてもいない。たとえ将軍家の血筋にあろうと、操れる者は使うべしと計るのみなのだ。

「武で世を統べれば、人心が荒む。とくと肝に銘じておけ」

「ありがたきお言葉にござります」

龍忠にも教え諭したが、あの子は覇道を歩もうとしている。この先も関東は収まらず、多くの命が徒《いたずら》に奪われていくのだろう。息子の幸福を祈りたいのに、自ら死地へ歩むのでは、愚かがすぎる。

この若者もいずれ、関東管領となった龍忠の下で、多くの戦場を血にまみれながら駆ける定めにある。

「道理を見定め、善と悪をとくと見分けよ。奸智《かんち》に長《た》けた者ほど、笑顔を容易《たやす》く作るものぞ。武に頼った覇道は規範を蝕《むしば》み、やがては身を滅ぼすこととなろう」

苦しい明日に苛まれるであろう若者に背を向けると、長棟は帰り着く場を求めて歩きだした。

翌文安四年――。足利持氏の遺児である万寿王丸《まんじゅおうまる》十四歳が、幕府の命を受けて鎌倉に帰還した。

京の将軍家は長棟へ執拗に復帰を求めたが、あくまで固辞したため、嫡男の上杉憲忠が正式な綸旨を得たのち、関東管領に就任した。

その姿を見ることなく、長棟は鎌倉を去り、伊豆の狩野《かの》に隠遁した。

第一章　鎌倉灰燼

一

宝徳二年（一四五〇）　鎌倉

亀《かめ》ケ《が》谷坂《やつざか》の切り通しを吹き抜ける夜風は火照った頬にいくらか心地よくあったが、鎌倉府のそこかしこには不穏の雲気《うんき》が張りつめていた。

坂の上にかかる下弦の月を見上げつつ、太田源六資長《すけなが》は後ろを歩く従者を引き離し、いよいよ足を速めた。管領屋敷から夜更けに急ぎの使者が駆けつけるとは、どう見立てても只事ではありえなかった。

弟の源五郎《げんごろう》資忠は安閑としたもので、兄上に次なるお呼びがかかるならば、婚儀の話に相違ない、と笑みを見せた。家中もそろそろと心待ちにしているのはうかがえたが、夜半に呼び出されて披露される話ではなかった。

父はこのところ、相模の代官としての務めを重臣に任せきりで、御所や管領屋敷に通いつめていた。宗家の衆議にも繁く足を運ぶ日々で、帰宅したあとも悩ましげな面輪《おもわ》を崩さず、物思いにふけることが多かった。

資忠とて世説は耳にしていようが、新たな鎌倉公方の元服からまだわずか半年なのだ。この短い間に、これほど事態が切迫していたとは思いもしなかっただろう。

亀ヶ谷坂を登りきった先の山内大路に、上杉宗家の管領屋敷はあった。広大な庭園の中に、贅をこらした造りの建屋が並ぶ。

篝火《かがりび》に照らされる大門を守る番兵に名を告げると、西の館へ通された。

東は管領の屋敷で、西は舅や子たちの住まいとなっていた。が、宗家を継いだ憲忠は十八歳の若さで、まだ妻を娶《めと》ってはいない。資長が足利で見《まみ》えた長棟が鎌倉を去ったために、西は主なき館になっていたはずなのだ。

暗い回廊の端々にまで番兵が厳めしく立ち並び、篝火が燃えて物々しく庭を照らしていた。風に揺れる炎を横目に、若い近習《きんじゅ》がひざまずいて重そうな引き戸を開けた。

「太田源六様にござりまする」

資長は蹲踞《そんきょ》の構えから広間へ目を向け、息を呑んだ。

色あせた錦屏風を背負い、三人の男が端座していた。ともに剃髪した頭を行人包《ぎょうにんづつみ》で隠しながらも法衣はまとっていない。直垂《ひたたれ》小袴に上衣を羽織り、威儀を正すようにそろって資長へ目を据えてくる。

回廊近くの下座に着く父がまず、堅苦しげにうなずいてみせた。二年前に資清《すけきよ》の名を捨て剃髪し、今は道真《どうしん》と名乗る。

上座に当たる中央には、扇谷《おうぎがやつ》分家の当主を息子に譲ったばかりの上杉持朝《もちとも》が、悠然たる面持ちで座する。新たな鎌倉公方となった万寿王丸が元服して成氏《しげうじ》と名乗ったのを機に、齢三十四にて出家したばかりだった。僧号は、道朝《どうちょう》。夜中に人を呼び出しておきながら、例のごとくの涼しげな目で資長を見ている。

最も奥には、宗家の家務を務める昌賢《しょうけん》がひかえる。まもなく五十の齢になるが、小柄ながらも今なお筋骨たくましく、人を見据える目つきは常にも鋭いため、まったく行人包が似合っていない。

四年前に資長が足利学校へ送られたのは、長尾景仲の命を受けたからだった。長棟が鎌倉府へ戻るのを固辞したために、景仲は一門の同意を取りつけたうえで憲忠を家督に迎え、関東管領の座に就けた。その後、道朝に順じて出家し、昌賢と名乗りを変えている。

先代公方の持氏を、目の前に座る三人は幕命を得たうえで、自死に追いやっていた。その息子が公方になると決まり、たとえ形だけと言われようが、主君を死なせたことへの悛改《しゅんかい》の情を見せておこうと、そろって出家したのだ。

が、新たな公方を迎えようとも、鎌倉府の牛耳《ぎゅうじ》を握るのは今なお上杉一門であり、不平の火種は御所の下屋に埋み火となってくすぶり続ける。

「まことよき話をいただいたぞ、源六」

そう切り出しながらも、道真の息子へそそぐ目には、暗がりの相手を見定めるかのような険しさがあった。資長は胸騒ぎを隠して頭を垂れた。

「そなたも十九ぞ。嫁を娶るには少し遅すぎたかもしれぬな」

道朝が静かなる声で言い添えた。

まさか資忠の戯《ざ》れ言《ごと》が的を射ていたとは……。が、祝言の沙汰であるなら、何ゆえに父の道真が喜んでもいないのか。

「誉れであるぞ。昌賢殿が、おぬしであれば、一切の憂いなく末娘を託せると仰せられた」

資長は面を上げ、三人の様子をうかがった。道真と同じで、やはり昌賢も笑ってはいない。つまり、婚儀の裏には、穏やかならざる秘め事がある。

その証《あかし》と思えるほどに、道朝が卒然と声を低めた。

「ただし――この鎌倉にて祝言は執り行わぬ。時を見て、両家の限られた者のみで会席の場を設けはする」

資長は目で道朝に問いかけた。

宗家の家務である昌賢の娘が、分家の家務をいずれ継ぐべき太田資長へ嫁ぐ。両家の結びを鎌倉中へ広めるものとなる。今そのような婚儀を進めて、誰が喜ぶものであるのか。

道朝があごの先をわずかに振ると、昌賢が似つかわしくもない小声で言った。

「実は……我らとおぬしの婚儀より、めでたき話がもうひとつ、まとまった」

言われて資長は、たちどころに思い当たった。

宗家にも、婚礼を迎えるに相応しき歳の男子が一人いた。関東管領たる上杉憲忠。

資長ははばかることなく声に力をこめた。

「お待ちください。この機にふたつの婚儀を進めるのは、いかがなものでございましょうか」

それゆえに道真は浮かない顔を見せていたのだとわかる。

道朝の頬に、秋冷《しゅうれい》めいた笑みが刻まれた。

「さすがは道真の倅《せがれ》であるな。すぐ我らの望みを読みきったか。ならば、話は早かろう」

「昌賢殿の御息女を迎えられること畏れ多く、大いにありがたく存じまする。しかれども、我らが続けて婚儀を進めれば、宗家と分家が固く起請文《きしょうもん》を交わすも同じと見られるのは必定《ひつじょう》にございます」

「そのとおりぞ。ゆえにふたつの婚儀を取り交わすのだ」

　軽々しいほどあっさりと、道朝が認めた。この人はいつも面輪をさして変えず、驚くべきことを平然と言い放つ。その言動に、家務として父はいつも振り回されてきた。

　ここまでくれば疑いはなかった。もうひとつの婚儀とは、やはり関東管領の座に就いた憲忠と道朝の娘なのだ。これもまた上杉宗家と分家の固い結びの証となる。

　資長は父を見てから、臆さず三人に問いかけた。

「畏れながら、それがしには良策とは思えませぬ。父上も十二年前の大乱をよく覚えておいでございましょう。先の公方様が長棟様のお諫めにご立腹なされて、兵を挙げた際のことです。長棟様が率いられる上杉宗家と、我ら扇谷分家で力を合わせ、この難事を乗りきろうと神仏の前で固く誓い合い、起請文を交わした。そう英覚禅師より教えを受けておりまする」

　道朝が当然のごとくうなずくと、昌賢と道真が資長から目をそらした。童のころから才に走りすぎると父に諭されてきたが、ここは是非にも言うしかなかった。

「今再び両家が起請文を交わすがごとく、ふたつの婚儀を推し進めたならば、公方様配下の奉公衆はいずれも十二年前の凶夢を胸に甦らせて、上杉に再び敵対の心を発するに相違ありませぬ。今以上、鎌倉府に不穏を蔓延らせることと相成りましょう」

一気に告げた。道朝はまた平然とうそ寒い笑みを見せた。

「確かに、うつけや粗忽者《そこつもの》は一人合点し、にわかに騒ぎだすやもしれぬな」

当然の帰結を生むとわかっていながら、ふたつの婚儀をあくまで執り行う気でいた。ようやくにして三人の腹の底が読めた。

資長は憂いを払うべく、目を背ける父らを見回して言葉を継いだ。

「では、それがしを足利学校へ通わせた時と同じ意にござりましょうか」

三人とも黙したまま答えなかった。尋ねるまでもなく、おぬしならとうに見通しているであろう。道真の目が戒め諭しでもするように鋭くそそがれる。

四年前のあの時――。

先代公方の遺児を奉じて兵を集めた結城氏朝《ゆうきうじとも》は、幕府の加勢を得られて辛くも討伐できた。が、その後も鬼火がくすぶるかのごとく、各地で反乱の火の手は上がった。

公方に与《くみ》した奉公衆は皆、主家の没落とともに所領の多くを召し上げられて、そのほとんどを上杉が一手に治めることとなった。土地なくば俸禄は得られず、武士にとって存亡の危機にさらされる。土地を収奪した上杉への憤恨《ふんこん》はつのり、各地で謀反《むほん》の刃が向けられた。

しばらく関東にとどまっていた将軍方の兵もやがて鎌倉から去ることが決まり、今後はすべて上杉が始末をつけねばならなかった。憤《いきどお》るかつての奉公衆らをなだめ、まとめ上げていくためにも、新たな鎌倉公方が望まれる。

幸か不幸か、亡き持氏には、まだ遺児が残されていた。信濃の大井持光に庇護されてきた万寿王丸が最も年上かつ、正室の子息だった。

上杉に対抗しようと計る勢力は、鎌倉公方の再興を厳に訴え、こぞって万寿王丸の担ぎ出しを画策した。このまま彼らの願いを無下にしたなら、再び大きな反乱を招く。

そこで道朝ら上杉の宿老は、隠遁した長棟の管領復帰を求めたのだ。

主君である持氏の討伐に手を貸した己を悔いて管領を辞した長棟であれば、万寿王丸が新たな公方に補任されようとも必ずや重しとなってくれる。が、長棟はあくまで拒み続けたうえ、息子の憲忠を断固として義絶した。

万寿王丸は元服すると成氏を名乗り、新たな鎌倉公方と認められた。が、まだ十六歳と若く、巧みに籠絡《ろうらく》しようと多くの奉公衆が周りを固めている。

成氏自身も、信頼の置ける腹心を得たがっており、かつて二人の兄を奉じて敗死した結城の家臣を鎌倉府に迎え入れたうえ、上杉が預かっていた所領を彼らに安堵するとの下知を発した。さらに、結城の嫡男で、成氏の元服とともに偏諱《へんき》を与えられた成朝《しげとも》の帰参までを、京の幕府に諮《はか》ろうとしている。

ところが、管領の憲忠はまだ十八歳で、成氏と狡智な従臣らを抑えるには、あまりに力足らずだった。あとはもう、先代の無惨な末路を思い出させるほかはない。今ここで両上杉が十二年前と同じように起請文を交わせば、嫌でも悪夢が甦り、考えをあらためる。自死に追いつめられた父親の二の舞いになろうと思う者はいない。

そう狙いどおりに事がうまく運ぶものか。資長には大いに疑問だった。

「今ここで我らが再び誓いを立てるならば、多くの奉公衆は上杉を怖れるどころか、またもや公方様を排する気でおるのかと憤激し、恨みつのらせることでありましょう」

道朝のさめやかな面輪に変わりはない。

「室町の将軍家も、関東の安泰をお求めなのだ。必ず一門結束して望みを果たすとの意を示すためであり、右京亮《うきょうのすけ》殿と我が娘の婚儀は管領細川《ほそかわ》様の正式なお許しを、すでにいただいておる」

京の重鎮も認めている。将軍の望みでもあるのだから、逆らうことは許されない。幕府の威を借り、成氏と側近を脅そうという魂胆なのだ。

「このような時節に我らの婚儀を進めたなら、必ずや鎌倉に波乱を呼びましょう。奉公衆を不快にさせて、我らに得るものがあるとは思えませぬ」

「口を慎め、源六。無礼であるぞ」

道真が横の昌賢を気にして一喝した。父の小言には慣れていた。

「いいえ、言わせていただきます。それがしは皆の祝福を受けて素晴らしき嫁を娶りたいと念じまする」

「よいか、源六」

道朝が頭下《あたまくだ》しに言い放った。

「そなたは五山で研鑽を積みすぎたか、仁の心を重んじすぎる。広く鎌倉府を見渡し、あやつらの企てを見抜き、不穏の芽あれば、はしからつぶさねばならぬと自得せよ。先の公方様が長棟殿に刃を向けた際、ぬけぬけと手を貸した者が今、いかほど我らの周りに跋扈《ばっこ》しておるか。簗田《やなだ》や一色《いっしき》は無論のこと、岩松《いわまつ》までもが御所で近侍する有様ぞ」

昌賢があとを引き取って言う。

「家督で大いに揉めておった宇都宮《うつのみや》も、公方様の力で家中を固めにかかっておる。常陸《ひたち》の小田《おだ》も旧領を取り戻すべく、公方様と側近に傅《かしず》くばかりぞ。卑しき者ほど恥ずかしげもなく過去の所業を忘れて、新たな権威にすり寄りたがる」

東国における所領の安堵は本来、鎌倉公方の裁定なのだ。関東管領がいくら苦い顔を作ろうと、上杉を快く思わぬ者らが結託のうえに若い公方を操っていた。

が、ここで両上杉が今また固く結ぼうものなら、主君の鎌倉公方に叛意を示すこととなりはしないのか。少なくとも近臣は大いに眉をひそめ、公方にいらぬ注進を重ねるだろう。

――上杉はまたも公方様に楯突く気なのです。ここは懲《こ》らしめるべきにござりまする。

「それがしには鎌倉の空を覆う黒雲が見えてなりませぬ。せめて婚儀はひとつにして、京の許しを得たと広めるのはお控えください」

切に訴えかけたが、父たちの眼差しは厳しいままだった。

道朝がやんわりと首を振り、咎め立ての目に変えた。

「あの者らの横謀《おうぼう》を許してはならぬのだ」

「右京亮殿の婚儀が整い次第、昌賢殿の御息女を我が屋敷に迎え入れる。支度を急がねばならぬぞ。よいな、源六」

すでに話はできており、資長に断ることは許されていないのだった。

二

鎌倉宇津宮《うつのみや》御所の南回廊が、朝からみだりに騒がしかった。驟雨《しゅうう》を思わせるほどの足音がけたたましいまでに響き、簗田河内守持助《かわちのかみもちすけ》の控える奏者《そうしゃ》の溜《たまり》へと近づいた。

近習が気を利かせて、板戸を手早く引き開けた。身を切るほどの寒風とともに足音が迫り、三人の男が忙しなく走ってきた。

二人の供をしたがえた岩松左馬助《さまのすけ》持国《もちくに》だった。袴の裾を蹴り飛ばすほどの勢いで足を止めると、室内を睨むように仁王立ちとなった。新田荘《にったのしょう》を本領とする国衆の出で、古くから鎌倉足利氏の直臣《じきしん》を務め、今では奉公衆の筆頭格にある。

「聞きましたかな、河内守殿」

元々が騒々しい質の男であった。

結城氏朝に与した際、上杉の執拗な攻めを受けて城を落とされた末、やむなく軍門に降った。たまたま京で将軍義教が暗殺されたため、その騒動に救われて討伐を免れたという運をあわせ持つ男でもある。

「奥で上様が学ばれておるのだぞ」

公方としての品位と知見を身につけてもらうため、鎌倉五山から連日、学僧を招いていた。ただし、禅僧は儒学ばかりをありがたがるうえ、上杉の後見を受ける寺が多い。そこで鶴岡《つるがおか》八幡宮寺《はちまんぐうじ》からも住僧や宮司を呼び、正しき鎌倉の故事を語り聞かせてもらっている。上杉が今日まで、どれほど悪辣《あくらつ》な手管を使い、鎌倉府の政をほしいままにしてきたか。成氏は驚きとともに真実を身に刻む日々だった。

「泰然としておる時か。ついに上杉が事を起こしおったぞ」

勇ましく哮《たけ》るのが好きな男であるのに、声を裏返すほどに狼狽えていた。後ろの家臣もあおられて気色ばみ、そろって睨むほどの目つきを見せる。

「落ち着かれよ、左馬助殿」

「京の管領家から使者が駆けつけ、室町殿から許しが出たという」

「つまり、いかなる許しであるのか」

「あまりのことぞ。右京亮が道朝の娘を嫁に迎える。さらには、太田源六が昌賢の娘を娶る」

さすがに腰が浮いた。一度にふたつの婚礼を仕組むとは……。

念入りに京の許しまで得たとは、まさしく上杉宗家と扇谷分家の新たな盟約と言っていい。岩松でなくとも、十二年前の悪夢が臓腑をかき乱す。

先代公方の持氏が管領憲実を討つべく兵を挙げたあの時――。上杉両家は起請文を交わし、結束を誓い合った。京の将軍家の力を借りて兵をつのり、朝敵と見なされた持氏は自死へ追いつめられた。

持助の父の満助は、宿老筆頭として持氏のために戦い、主君に殉じようと自害を選んだ。嫡流ではなかったものの、養女を持氏の正室として輿入《こしい》れさせることで、奏者の地位と御所での力を得た。その手並みを誹《そし》る者もいたが、父は最期まで公方につくし、命までを捧げたのだ。

あの時――。持助は十七歳ながらも、父と最後まで戦い抜く決意でいた。が、自害の前夜に呼び出されて、公方の息子たちを託された。その一人が成氏であり、持氏に殉じた父の志を継ぐためにも、晴れて再興なった公方を守り通してみせると胸に誓ったのだ。

岩松の一門も、持氏方と上杉方に分かれて戦う苦難の道をたどった。ようやく出仕が叶った鎌倉府を守り立てようとする決意と気概は、持助に負けじと持っていよう。

「わかるか、河内守殿。あやつらは、あえて婚儀を京に認めさせたのであるぞ」

「阿漕《あこぎ》な手を使うものよ……。先代公方様の末路を思い起こせ、というわけか」

持助は奥歯をすり合わせて言い、煮えたぎる怒りに耐えた。先代公方と父の無念に胸が押しつぶされそうになる。

貴様らがおかしな企てをするならば、上杉が許さぬぞ。管領の憲忠はまだ十八歳で、公方より年長とはいえ、若輩にすぎない。が、その後ろには、道朝もいれば、関東無双の案者と言われる昌賢と道真もつきしたがっている。

わざわざ京の許しを得て婚儀を整え、あからさまに持助らを脅しつけてきたのだ。

「さてこそ上杉よのう」

「おい、感心しておる時か」

岩松がまた派手に声を放った。強く言い張れば、話は通ると考える人の良さは憎めなかった。

「落ち着かれよ、左馬助殿。ほら、そこに座らんか」

持助が心を静めながら言うと、岩松は焦れたように体を揺すり、前に迫った。その鼻先に掌を広げて制し、そっと笑いかけた。

岩松が驚きを目に浮かべ、またたきをくり返す。

「そなた、何がしかの策があるのか……」

「ただの脅しか、それとも兵を起こす覚悟ありしか。しかと確かめねばならぬであろうな」

「待て待て。仮に脅しでなかったとすれば、またも戦になるぞ」

慌てる岩松に、持助は決然と首を振ってみせた。

「あやつらが畢竟《ひっきょう》、腹を固めておるなら、こちらも負けじと支度を調えておけばよいのだ。先んずれば人を制すと、漢の史書も謳っておるではないか」

岩松にはちと難しすぎる話だったようだ。司馬遷《しばせん》の『史記』を読んだことなど、この男にあるはずもない。持助は奥を振り返って言った。

「そろそろ結城七郎《しちろう》の帰参を、公方様に奏上差し上げようではないか」

先代公方の遺児を奉じて上杉に反乱の兵を挙げた結城氏朝の四男だ。常陸の佐竹《さたけ》氏に引き取られて、生き永らえることができた。当年まだ十二歳。が、鎌倉に出仕させて、結城家の再興を図る手はあった。

成氏からすれば、結城は父と二人の兄に殉じた忠臣だった。上杉からすれば、鎌倉府に牙を剝《む》いた逆臣の総大将となる。その結城家の再興を認めたならば、成氏の覚悟もわかるし、上杉の思惑も確かめられる。

「いや……まだ別の手があるやもしれぬな」

持助は目を庭の古松へ移しつつ、さらに思案を重ねた。もし上杉が戦も辞さずと腹をくくっておれば、こちらが先に動く策もある。

関東管領の座を独り占めにして各地の所領を抜け目なく奪ってきた上杉を、快く思わぬ国衆は多い。この辺りで一度あやつらに痛手を与えてやらねば、鎌倉のみならず、東国はすべて上杉の手中に落ちかねない。

成氏は十七歳の若さであり、奏者を務める自分こそが鎌倉府の末を握っているのだ。

「河内守殿、結城の帰参は早すぎるのではないか。今急ぎすぎては、上杉の怒りをさらにもつのらせようぞ」

いつも強気の岩松が、珍しくも慎重な物言いをした。やはりこの男は計略というものをわかっていない。

もう少し才に長けた者が罷《まか》り要《い》る。上杉を快く思わず、決して二心を抱かぬ忠義の者。猛者であれば、なお頼りとなる。

まずは、常陸の小田持家《もちいえ》か。持氏より偏諱を賜りながらも、上杉方についた過去を持つ。が、所領を増やすべく成氏に取り入ろうと浅ましくも狙っていた。あの男であれば、戦に強く、扱いもしやすい。

下総の千葉《ちば》胤将《たねまさ》も、かつては上杉方に与したが、叔父の康胤《やすたね》と計らって家中を掌握し、今は成氏の配下にあった。下野《しもつけ》の宇都宮等綱《ともつな》も家督を継いだあとの騒動が尾を引いており、公方の力を頼る気配を見せていた。

あの者らであれば、餌さえ吊せば、公方のために汗して働くだろう。もちろん、上杉らに決して気取られずに、手配を進めねばならない。

もう一人、できれば味方につけておきたい人物がいる。

上杉長棟《ちょうとう》。

関東管領の座にありながら、先代公方を自死に追いやり、その責を負って出家した上杉憲実《のりざね》。あの男は管領となった嫡男を義絶した。持氏を追いつめたことを深く悔いている証であり、今なお上杉に睨みも利く。

万が一に戦となって、こちらの分が悪くなった際には、仲立ちを依頼できる。あの男を担ぎ出すことができれば、濡れぬ先の傘となってくれよう。

まだ目の前で事態を危ぶむ岩松が、不安げに眉を寄せていた。この男に何を説いても始まらなかった。戦の時には牛馬のように働いてもらうまでのことだ。

「よし、上様に奏上差し上げるぞ」

持助は己に言い聞かせるため声にして、勇んで回廊へ踏みだした。

三

御所近辺の警固に出ていた資忠が屋敷に戻ると、馬を中間に預けるなり忙しなくも駆けてきた。

「兄上。家中で今、馬をいかほど支度できるか報《しら》せよと、父上が仰せにございます」

式台で足を拭っていた資長は、意をつかみかねて立ち上がった。

「父上はまだ御所におられるのか」

「はい。右京亮殿の致し様に、公方様が甚だしくお怒りになられまして……。悪《あ》し様《ざま》になじられた末、御座所を離れられたとのことにございます」

はなから行き着く先は見えていたのだ。

結城成朝の帰参については、京の管領から許しは得られていなかった。上杉が手を回して計らい、わざと返事を遅らせているのだ。そう成氏と奏者を務める簗田持助は疑っていた。

そのために成氏方は、仇をなすべくあからさまな策に打って出てきた。結城の家臣であった者らに旧所領を戻すとの下知を、またもや続けざまに与えたのだ。その所領の多くは、結城との合戦で武勲を重ねた長尾氏のものになっていた。

　宗家をまとめる昌賢が言いなりになるはずもなく、断じて応じてはならぬと憲忠を説き伏せた。宿老の怒りように、まだ若い憲忠は困り果て、成氏の下知をただ聞き流すという曖昧な素振りを見せたのだから、奉公衆が苛立ちをつのらせるのは当然だった。

　しかし、今ここで馬の支度を進めるのでは、干天《かんてん》の枯れ野に火を放つものとなる。道朝らはまたも奉公衆を脅しつけることで、上杉の所念を押し通そうと狙っているのだ。

「このような時に何ゆえ笑っておられるのです、兄上」

　真顔できつく問われて、資長は面輪を引きしめた。

　父に異見すれば、また僭越《せんえつ》と見なされて、重臣らに咎められる。長上《ちょうじょう》を説く手立てが思いつかず、己の力足らずをなげいたゆえの苦笑いだった。

　その夜も、道真の帰宅は遅かった。いつものことで、管領屋敷へ寄ってきたと思われる。

　式台に迎え出た資長は、父の形相《ぎょうそう》を見るなり、嫌でも異変を嗅ぎ取った。一騎打ちを前に眠れぬ夜をすごしたかのような凄味ある目をしていたのだ。

「何たることか。まことありえぬ下知であるぞ。よりにも鎌倉郡の長尾郷を河内守に下すとの沙汰を出すとは考えられぬ」

　父の荒ぶる声を聞き、資長は肝を冷やした。異見するどころではなかった。

　長尾郷は、その名のとおりに長尾氏の故郷と言える地だった。一家を率いる昌賢は、武蔵国の代官を務める。それでも相模の長尾郷を任されてきたのは、先祖代々の所領であったからだ。その地を召し上げようとは、あまりにも酷な仕打ちと言える。

「戯《たわむ》れにもほどがある」

道真が傅《かしず》く近習を払いのけて、奥へ歩んだ。

資長はあとを追い、怒りで揺れる父の背に語りかけた。

「右京亮殿が動かずにおられるのは、すべて昌賢殿の命であると断じられたからにござりましょう」

「宜《うべ》なるかな。無論、公方様の命などではない。すべて簗田の指図であろう」

若い管領を家務である昌賢が動かし、鎌倉公方は奏者である簗田が操る。まさしく今の鎌倉府は、老練な傀儡《くぐつ》によって回されていた。

道真がふいに歩みを止めて、鬼神の形相で振り返った。

「よいか、源六。――簗田を討つ」

資長は回廊のはしに下がり、蹲踞した。宿老らが見ていたが、ここは言うしかなかった。

「お待ちください。もし簗田が御所へ逃げて籠もりでもすれば、すなわち公方様に我ら上杉が矢を放つことになりましょう」

またも上杉と鎌倉公方の戦になろう。

憤怒《ふんぬ》の念はわかるものの、易くも武に頼っては取り返しがつかなくなる。いくつもの過去の痛ましき事跡が教えている。

「簗田の娘を先に奪う手はずぞ」

資長はあっけに取られ、声が出てこなかった。

簗田持助は、一族から養女を迎えたうえで成氏に嫁がせようと諮《はか》っていた。父親の手並みをなぞり、自らの地位を固めにかかるつもりなのだ。その娘を狙って先に簗田の屋敷を攻め、持助を誘《おび》き出そうというつもりらしい。

「どうかお考え直しください。無体を仕掛けてきたからには、あらかじめ我らの動きを計り、八方から熟視しておると考えるべきにござります。身内を先に鎌倉の外へ逃がし、今ごろは密かに兵を集めておるやもしれませぬ」

「ゆえに、我らが先に動かねばならぬのだ」

「いいえ、簗田らも支度を調えていると考えるべきにござります」

「ならば、受けて立つまで。明日の晩までに兵と馬を円覚寺の西に集結させよ」

円覚寺は管領屋敷のすぐ西にある。そこから山内大路を半里ほど南へ走り、鶴岡八幡宮寺の北に広がる武家屋敷を抜き討ちするつもりなのだ。御所を束ねる簗田の口さえ封じてしまえば、奉公衆の抑えは叶う。

「源五郎にも支度させよ。気取られては終《しま》いぞ。我らは化粧坂《けわいざか》から迂回する。よいな」

道真は言いおくなり、近臣を大声で呼び寄せた。奥座敷へ籠もって計の仕上げにかかるのだろう。

よりにも長尾郷を召し上げるとは、尋常の沙汰ではなかった。資長の胸には不安しかない。簗田持助はあえて昌賢と上杉を焚きつけようと目論《もくろ》んでいるのではないか。相手を出し抜くつもりで謀《はかりごと》を密かに進めながら、もし掌の上で踊らされていたとなれば、怖ろしき結末が待つ。

「十太夫《じゅうだゆう》はおるな」

資長は立ち上がり、中間頭の名を呼んだ。

「ここに」

音もなく背後に気配が立った。箱根の峠で盗賊の頭を務めていた者の末裔と聞く。父が相模の代官を仰せつかることになり、仕官を求めてきた者の一人だった。

「簗田の身内を探らせよ。すでに鎌倉から出てはいないか。中ノ道や下ノ道の動静も確かめよ」

公方の奉公衆は、鎌倉より東の国々を任される者が多い。もし街道の東に兵の動く気配があれば、上杉側の出方を読んだうえで先に手配を進めていたとわかる。

昌賢も道真も、降り積む怒りのために憎き者の姿しか見えていない。いくら名うての案者といえど、猛りすぎたのでは策を誤りかねない。今は相手の動きに目を光らせ、冷静に利と害を見定める時なのだった。

翌日の夕刻になっても、十太夫とその配下は戻らなかった。

道真に命じられるまま、資長はやむなく集めた馬と兵を二度に分けて、円覚寺へ送り出した。簗田の一味が抗ってくるのはさけがたく、悪くすれば資忠にとって初陣となる。末の六郎はまだ五山で修行に明け暮れる身で、幸いにも今は屋敷を離れていた。

「どうか、支度をお急ぎください」

もうこれ以上は待てないと近習に泣きつかれて、資長は夜の庭に出でた。資忠にも鎧《よろい》をまとわせながら、仕方なく心得を説いていく。

「よいか、それがしの後ろを離れるでないぞ。おぬしには四人ずつ徒弓《かちゆみ》と槍組をつける」

「兄上の足纏《あしまど》いにはなりませぬ」

まだ十六歳。血気は盛んに見えようと、肩の肉は震え、顔色は暗い。朝方から家臣のいきり立つ顔を見て、覚悟は固めていたはずだった。

「四方にあまねく気を配り、敵の動きをよく見よ。遠くに見えても、矢は頭上から降ってくるものぞ。馬の狙いは、長い首より脚だ。敵もそう考えてくる」

「兄上……。いかなる由があろうと、公方様の奏者を討ち果たすなど、許されざると思えてなりませぬ」

気後れが言わせているのではない。資長も心は揺れたままだ。が、扇谷分家の当主たる顕房《あきふさ》と先代の道朝親子は、昨夜のうちに本領の糟屋《かすや》へ戻り、兵を集めにかかっているという。もし奉公衆が争ってきたなら直《ただ》ちに鎌倉へ送るためであり、もはや戦は必然と見なされていた。

家務の嫡男としては、とても宗家の下知を拒めはしない。力の限りをつくすしかないとわかるが、ほかにも策はあったろうとの悔いが胸を埋める。

夜が更けても、十太夫は戻らなかった。父と昌賢を諭す言葉は思いつかず、最後の兵を率いて資長らも円覚寺に向かった。簗田がすべてを指図しているのは疑いなくとも、公方の側近を討てば鎌倉府を揺るがす大事となる。手抜かりなく京に報せを上げるだろうが、不安はつのる。

闇の参道前には、篝火も灯さずに五百余の兵と八十騎ほどが群れていた。その先頭には、長柄を握って馬にまたがる昌賢の姿があった。遠目にも、凜然と伸びた胴丸の背が張りつめている。

父の姿を探す間もなく、昌賢が星夜を見上げて、高声をしぼり上げた。

「よいか、者ども。出陣ぞ。公方様の威光を盾に、傍若《ぼうじゃく》無人《ぶじん》の振る舞いをつくす簗田を成敗してくれる。心してかかれ」

号令が放たれると、荒ぶる男たちが一斉に動きだした。宵闇の底をはうように、兵馬の一団が列をなして進んでいく。昌賢の決意は微塵も揺らいでいない。

資長は徒《かち》を追い抜いて馬を走らせ、太田家の旗指物を目指した。その先頭へ近づくと、道真とおぼしき兜の前立《まえだて》をようやく見つけられた。

「父上。簗田と娘の所在は確かめておられましょうな」

横に素早く馬をつけながら、大声で呼びかける。道真は振り向きもせずに言った。

「無論のこと。昌賢殿の配下が昨夜から屋敷を見張っておる」

「差し出がましくも、十太夫を夜半に送り出しました。今になっても戻りませぬ」

馬と男どもの足音に負けじと、大声を振りしぼる。十太夫ほどの者が戻らぬとは、不吉な予感しかしない。

馬上の道真が肩をそらして資長を顧みた。

「まことか」

「いまだ戻らぬとなれば、簗田らの消息をつかめずにいるとしか思えませぬ。たとえ屋敷に娘がいても、当人であるのかどうか――」

十太夫と配下の腕前は、道真も結城との合戦の時から身をもって知る。悪くすれば、身分を騙《かた》って簗田の屋敷に近づいたところを捕縛されたとも考えられた。娘は養女であると聞く。身代わりを立てることは苦もなくできる。

道真が手綱を揺するや、軍勢の先へ向けて馬を追った。

奉公衆の武家屋敷が並ぶ鶴岡下までは半里ほどしかない。すでに資長らは建長寺《けんちょうじ》の総門前にさしかかっていた。昌賢に注進できても、殺気立った兵を止められるものか。

夜陰にひたる山内大路に人の姿はない。巨福呂坂《こぶくろざか》の隘路《あいろ》を抜ければ、そこはもう鶴岡八幡宮寺の西鳥居が待つ。

「足をすべらせるな。敵の屋敷は間近ぞ」

昌賢の激声が耳に届いた。男たちが吠えるように応えた。もう一団は止められない。

資長は馬上で弟を振り返った。

「我らは殿《しんがり》を固めるぞ」

「何ゆえでありましょうか」

「武家屋敷の手前には、八幡宮寺の木立が広がっておる。伏兵が潜むに打ってつけぞ」

兵を率いる者には、蛮勇より細心が求められる。気概と怖れの心を使い分けてこそ、敵の策に渡り合える。唐国の兵法を思い返すまでもない。どちらも鎌倉の地の利は承知する。

「御意《ぎょい》にござります」

返答するなり資忠は馬を右手に寄せた。配下の者もしたがい、後続に道をあける。資長は手の長刀《ちょうとう》を振り、さらに列を右に寄せた。太田家の二十騎と八十余名が殿に着く。

資長は西鳥居をすぎたところで、手綱を引いて馬を止めた。

東は木深《こぶか》く暗い森が広がっている。男どもの荒い息づかいが響き、辺りの気配は嗅ぎ取れない。野鳥の鳴き声も聞こえなかった。

「弓をつがえよ」

資長は声を静めて言った。主君の懸念を感じ取り、徒の者が息をつめて森の暗がりに向き直る。

「まずは五郎兵衛、丑寅《うしとら》に放て」

組頭に命じた。わずかな小道が北東の方角に延びている。兵が潜むとすれば、格好の場だ。

一本の矢が根深い闇に向けて放たれた――と思う間もなく、木立が大きく動いた。たちまち鬨《こう》声《せい》が暗夜の奥で轟《とどろ》き渡る。やはり敵が潜んでいたのだ。

「放て」

資長は長刀を振り上げた。

徒弓が一斉に矢を放つ。男どもの叫びが暗闇にひたされた木立を揺する。不意をつくつもりでいながら、機先を制されて敵勢は激しくも動じていた。

「玄蕃《げんば》は左から攻めよ。資忠、遅れを取るな」

敵の数はわからなかった。が、何百人も木立の奥から一度に飛び出せるものではない。

正面から矢を続けて射立てさせた。慌てて茂みをかき分けてきた敵を、左右から斬りつけにかかる。少ない手勢でも、勝負になる。

資長は敵の矢を警戒しつつ、馬を右へ回した。長柄組が槍を突き立て、躱《かわ》してきた者あらば、刀を振りかざして薙《な》ぎ払う。

物の数ではなかった。もっと多くの兵が潜んでいたのだろう。矢を一斉に射かけられたため、散り散りに逃げていったと思われる。

「敵は追わずともよい。息のある者は縛り上げよ。それがしは父上に報せを上げる」

資長は家臣に命じながら、馬の腹を蹴った。もう昌賢らは武家屋敷に到着しているだろう。そこに簗田も娘もいるはずがない。八幡宮寺と同じく敵が身を隠し、待ち伏せしていたに違いない。その背後を襲われていれば、危うい事態になっていた。

　前方の武家屋敷に、紅蓮《ぐれん》の火の手が上がっている。路地に上杉勢を引き入れたところで周囲の館を燃やし、火で囲む策に出てきたのだ。男たちの怒鳴り声が月夜の下に響き渡る。

「父上。背後の伏兵は払いましたぞ。どうぞお引きくだされ。簗田も娘も屋敷にはおりませぬ。我らを待ち受けておったのです」

　力の限りに声を放った。炎の奥に徒の群れが何事かとたたずんでいる。

　やがて火に囲まれた道の先から、二頭の馬が駆け寄せてきた。道真と昌賢だった。してやられたと悟り、ともに憤怒の形相になっている。

「簗田どころか、公方も奉公衆も御所にはおらぬ。蛻《もぬけ》の殻《から》よ」

　道真が資長の横に馬を止め、悔しげに言った。武家屋敷の東の、若宮大路を挟んだ先に御所はある。

　昌賢が駆けてきた家臣に叫んだ。

「簗田はどこへ消えた。片はしから下者《したもの》を捕らえて、口を割らせよ。急げ」

　やつらは上杉が攻めてくると事前に読み、成氏と先に身を隠したのだ。上杉から公方を守るために戦ったのだと、京の将軍家にも言い訳ができる。敵はやはり十全の備えを取っていた。

　炎をかき分けるように、一頭の馬が近づいた。長尾の家臣の一人だった。左半身が血で赤く染まっている。火を放った敵を追いかけて斬り合いになったと見える。

「申し上げます。公方様は奉公衆に守られて、江ノ島へ向かわれたとのことにございます」

「おのれ、簗田めが……」

昌賢が歯がみしてうめき、道真が即座に問いかける。

「どの者が語っておったのだ」

「御所の奉行人にございます。出立のさなかに、江ノ島へ向かうと――」

「者ども、追うぞ。簗田を逃がすな」

昌賢が馬の首を振って腹を蹴った。

「続け。遅れを取るな」

長尾の家臣が手の長刀を振り回し、あとを追った。

注進する間もなかった。資長は手綱を操り、道真の横について馬を走らせた。

「父上。焦って追うのは危のうございます。やつらはあえて、奉行人に行先を教えたのやもしれませぬぞ」

「臆すな、源六。昌賢殿も覚悟のうえであろう。ここで敵を逃がせば、我らは公方様に刃を向けた逆賊と見なされよう」

そう思わせることが、そもそも敵方の狙いなのだ。

このまま簗田と公方を追うのは危うすぎた。簗田持助は下総の簗田御厨《みくりや》の出身なのだ。渡良《わたら》瀬川《せがわ》をわずかに遡《さかのぼ》れば、足利の地にたどり着く。長く公方の奏者を務めてきた家柄であり、幼いころより足利学校で多くの軍学書を読み解いていて当然の男だった。

八幡宮寺の木立に伏兵を潜ませていたのだ。さらなる謀を企てていないと誰が言えるか。

確かに江ノ島は海に囲まれた要害の地だ。少ない手勢で守るには都合がよい。耐えている間に、沖から船で加勢を呼ぶこともできる。その船で逃げる策も採れる。敵は手勢の少なさに危ぶみを抱き、早々に逃げたのだと早合点していいものか。

若宮大路の参道を由比ヶ浜まで走り、長谷寺と極楽寺で兵を休めた。扇谷分家の本領でもあり、朝までに米を炊いて腹ごしらえすることもできた。

「まだ言うか、源六。簗田を許すわけにはいかぬのだ」

道真に懸念をさらにも伝えたが、敵の数はもとより知れていた。今ここで目に物見せねば、上杉は逆賊の汚名を浴びる。父たちの腹立ちと焦りはわかるが、相手は公方を人質に取ったようなものなのだ。どう見積もっても、敵は盤石の構えを取っている。

「案ずるでない。江ノ島を囲んで、兵糧《ひょうろう》攻《ぜ》めにする手がある。まずは公方様の身を慮《おもんぱか》る策を採り、その間に糟屋から三千を超える加勢が駆けつける」

上杉側も備えを進めていたとなれば、もはや引くわけにはいかないだろう。糟屋に近い江ノ島に逃げてくれたのが幸いとなる、と昌賢らは踏んだのだ。その決断が吉と出るか、相手の策が上回っているか、資長にも見通しは立たなかった。

日の出とともに、長谷寺を発った。

江ノ島へ斥候《せっこう》に出た兵が戻り、昌賢のもとに駆けつけた。

「腰越《こしごえ》は東漸寺《とうぜんじ》にて、小山《おやま》の兵三百ほどが待ち受けておりまする」

小山持政《もちまさ》。先代公方の持氏より偏諱を賜り、下野の守護への復帰を果たした。外様奉公衆の中でも、重臣の一人だった。

「たかが三百。伏兵のつもりであろうが、一気に蹴散らしてくれる」

馬上の昌賢が道真を見たのち、一団に告げた。

「太田勢は北に回りこめ。よいな、道真」

「しかと心得ました」

道真が腹に響く声で応え、資長に目で指図してくる。糟屋の兵を待ってから動く手もあると思えたが、昌賢は数に勝っている今こそと考え、江ノ島へ迫る道を選んだのだ。

無双の案者は、それぞれ龍虎と称されてきた。昌賢は高らかに吠える虎であり、道真は口数少なくとも時に炎を吐く龍となる。二人が手を組むことで多くの敵を蹴散らし、必ず勝利を手にしてきた。今は二人の武運に賭けるしかない。

資忠とうなずき合って、配下を率いて北へ向かった。地元の者を見つけて案内を頼み、畑の小道を進んで東漸寺を目指した。

小高い丘に差しかかると、大海原を支えるように広がる青木立の中、小作りな伽藍《がらん》の屋根が見えた。あの境内《けいだい》に三百の敵兵が隠れている。

「徒弓、進め」

道真が号令を発し、丘を駆け下ろうとした時、資忠がにわかに叫びを上げた。

「兄上、あれを」

資忠が馬を巧みに押しとどめて、東の海を長柄の先で示した。

資長たちが兵を進めてきた由比ヶ浜の、さらに東の地だった。海の近くに霞《かすみ》たなびくような土煙が見えていた。

「父上。ご覧ください」

資長は透《す》かさず道真の前に馬を出した。

遠くない東の先に、地を激しく蹴立てて迫る一団がある。無論のこと、敵の兵と騎馬だ。東漸寺に潜む三百ほどでは、あれほどの土煙は立ちもしない。

優に千を超える敵が、由比ヶ浜から迫っていた。二千から三千はいるだろう。もっと多いとも考えられる。

「父上、伏兵ではありませぬ。西と東から、我らを挟み撃ちにするため、寺に身を隠していたのですぞ」

心ならずも叫びを上げた。敵はさらなる策を秘めて、上杉勢を誘い出したのだ。まだ糟屋からの加勢は到着してもいない。このままでは、手ひどい仕打ちを食らいかねない。

「源六、源五郎、われに続け」

道真が左手で大きく手綱を打ちすえ、長刀を掲げた。

一刻も早く東漸寺の伏兵を蹴散らし、東より迫る兵に備えるのだ。

資長は一心に馬を追った。遅れずに弟も後ろをついてくる。資忠には厳しい初陣になりそうだった。


北から回りこんで攻めたのが幸いした。背後をつかれた小山軍は、早々に雲散した。

傷を負った兵の手当にかかる中、馬から下りもせずに資忠が血のついた長刀を呆けたように眺めやる姿があった。その草摺《くさずり》から馬手《めて》の袖が震えていた。

「気を取り直せ、源五郎。そなたは無傷であろうが」

「はい……。二人を斬りました。それがしを助けようと、徒の者が一人、槍を受けてしまい」

「まだ戦は終わっておらぬぞ。敵も味方も命を賭しておるのだ。一人が臆せば、そこから陣がもろくも崩れる。先達の教えを今こそ思い起こせ」

資長は二年前に初陣を終えていた。鎌倉公方の再興を願う足利の与党が、坂東のここかしこで蜂起をくり返したため、討伐軍に加わったのだ。

ひたすら道真の後ろについて回り、残党を斬り倒すことしかできなかった。それでも、人の肉と骨を斬った手触りは長く手と胸に残った。刃を交わすことへの恐怖は、あの時と変わらずに今もある。戦を重ねて心を鋼のごとく鍛え、一角の武士になっていくのだった。

太田勢は兵を整え直して、由比ヶ浜へ進んだ。そこにようやく十太夫と配下が戻ってきた。

「まこと申し訳ございませぬ。街道筋はすべて奉公衆の手勢に固められており、動くに動けず。先に四郎兵衛を走らせましたが……」

ひざまずく十太夫の装束も泥と血にまみれていた。古手の配下は戻らず、敵方に討たれたとしか思えなかった。無念を噛みしめるように十太夫が言う。

「我らが見たところ、公方方の後詰めは下総の千葉に常陸の小田、下野の宇都宮勢と思われます。おおよそ四千から五千」

いつのまに多くの兵を呼び寄せたのか。鎌倉には迎え入れず、近隣に分散させていたとすれば、敵の備えに隙はなかった。江ノ島へ逃げてみせたのは、入念に練りこまれた策のうちなのだった。

ただし、東漸寺に潜ませた兵は太田が打ち払っている。背後を突かれる怖れはなくなった。が、数では明らかに劣る。加勢を待つには窮地を耐えねばならず、ここでも二手に兵を分けて敵の中腹に挑む策しかないのだろうか。

七里ヶ浜の北には、陣所として使えそうな台地が見えた。またも太田勢が北へ回って攻める役目を任された。が、近づく兵の数は五千を超えていそうで、鎌倉を警固すべき兵までが駆り出されたとしか思えなかった。

「昌賢殿。敵を認めねばならぬ時もありますぞ」

とても張り合えぬと見た道真が馬の首をめぐらして呼びかけた。

昌賢はしばし東より迫る軍勢の土煙を見ていた。多くの家臣がひとつの号令を待ち、息をつめる。その間にも軍馬の地響きが足元の大地より伝わってくるようだった。

「もはや、これまでか……」

昌賢は扼腕《やくわん》しつつも、すべての兵に退却を命じた。

四

何が無双の案者であるものか。

成氏をともなって颯爽と江ノ島から凱旋《がいせん》した簗田持助は、御所の広間の戸を開け放ち、眼下に広がる相模の大海原を眺め渡した。

昌賢《しょうけん》と道真《どうしん》。かつてやつらは卑しくも上杉をまとめ上げて、先代の公方を追いつめた。遺児を奉じた結城も討伐し、鎌倉のみならず関東をほぼ平定してみせた。

が、坂東武者の倣《なら》いで兵の数という武威に頼って、敵を圧してきたにすぎなかった。多くの戦をつぶさに振り返ってみるならば、唸るほどの軍略は見当たらず、運と家臣に恵まれてきたのは明らかだった。

その証に、やつらは今、惨《みじ》めに本領の糟屋へ遁走《とんそう》して、近くの七沢山《ななさわやま》に要害を築いている。公方による討伐を怖れて、ひたすら身を縮める亀のごとく守りを固めにかかる見苦しさだった。

ただ一人、鎌倉の地に取り残された管領の憲忠が哀れを誘った。

成氏が江ノ島へ逃げたと聞かされるや、襲ってきたのが上杉とは知らずに、自ら加勢の兵を出陣させた。十八歳にもなり、宗家の当主に祭り上げられながら、憲忠は夜討ちの計を一切打ち明けられていなかったのだ。

武家屋敷を襲った賊が上杉と知った憲忠は、管領を辞すると言い残して、這々《ほうほう》の体《てい》で鎌倉から逃げた。今はどこに身を隠しているのか。自分を支えるべき側近の昌賢に裏切られた思いでいるだろう。

あの若造一人を始末するのは容易くも、関東管領は曲がりなりにも将軍によって補任される職だった。先代の例を見るまでもなく、下手に管領を討とうものなら、京を敵に回してしまう。今はあくまで昌賢と道真、それに道朝《どうちょう》という三人の悪党を葬る算段を急ぐ時なのだった。

「よきに計らえ」

成氏はまだ十七歳で、世間も女も政の習いもよく知りはしない。持助らが頭を下げれば、あとは任すと屈託なく言ってくれる。ただし、御所から逃げるという急場を初めてくぐり、武芸の鍛錬に身を入れ、この半年で驚くほどのたくましさを増しつつあった。やはり苦難は人を鍛えてくれる。

持助は御座所から下がると、近習を引き連れて奥の間に戻った。五山一位の建長寺から役職にある禅僧を呼び出してあった。

鎌倉府は、租米《そまい》の仕切りを長く五山僧に任せてきた。徳を積んでいながらも、土倉《どそう》を真似て金稼ぎに入れあげる者もおり、褒美によっては武家に知恵を貸し、手足となって下知を果たしもする。江ノ島での始末をつけるには、まだまだ働いてもらわねばならなかった。

「畏れながら申し上げます。京より送られし御教書《みぎょうしょ》を受け取りながらも、上杉宗家はいまだ得心せず、請書《うけしょ》を一切出さずにおりまする」

「それを呑ませるのが、そなたらの務めであろう」

卑屈に身を縮める三人の老僧を、持助は睨《ね》めつけて言った。

「しかしながら、宥免《ゆうめん》されるおかたが右京亮殿お一人のうえ、多くの上杉領を召し上げるも同じお達しでは、首を縦に振るわけがございません。京の細川様を通じて、上書《じょうしょ》を差し上げたとの報せも届いております」

二心を抱くもはなはだしい。細川を通じて何を将軍に訴えることがあるというのか。そもそも鎌倉で騒乱を起こすとは、公方への謀反にほかならないのだ。

持助は成氏の名代として、管領畠山《はたけやま》氏に合戦の内実と鎌倉府の料簡《りょうけん》をつまびらかに上申していた。その甲斐あって、関東の諸家には成氏に変わらず忠誠をつくせとの奉書が下された。奉公衆に褒美は与えられずとも、上杉の非が将軍によって認められたのだ。

上杉長棟にも仲立ちを求めたところ、弟の道悦が糟屋に通って話を伝えてくれた。が、上杉は無様にもまだ楯つく姿勢を崩さずにいる。

「公方様は断じて容赦いたさぬと仰せである。張本《ちょうほん》に疑いなき道朝、昌賢、道真は必ず誅伐せねばならぬ。さらに、あやつらに加担の動きを見せた成潤《せいじゅん》と定尊《じょうそん》は引き続き、この鎌倉にて警固いたす」

成潤は、成氏の腹違いの兄だった。弟が公方に就いた際、この鎌倉に引き取られて、勝長寿《しょうちょうじゅ》院《いん》の門主に据えられた。

弟の定尊は、二人の兄と結城家に奉じられて戦に巻きこまれたものの、命を救われて京の土岐《とき》家に預けられた。今は鎌倉に戻されて、鶴岡八幡宮寺の別当職にある。

ともに上杉が謀反を企てたと知るや、示し合わせたように鎌倉を出た。もし成氏が命を奪われたら、六代目の鎌倉公方に選ばれるかもしれない。そういう上杉の甘いささやきに乗った動きとしか思えなかった。あの二人の身柄は、断じて上杉に奪われてはならないのだ。

「京と鎌倉、二人の公方様の御決断であらせられるぞ。いかにしても上杉を説き伏せよ。無事に始末つきし際には褒美を取らすと、公方様はありがたくも仰せである」

所領の褒美をちらつかせると、三人の老僧がたちまち欲深くも頭を下げた。いくら徳を積もうと、旨い餌を与えてやれば、喜び勇んで汗を流すというものだった。

将軍の御教書が下されたことで、管領の上杉憲忠のみが一人ぬけぬけと鎌倉へ戻ってきた。宗家の古狸どもに強く背を押されたのだろうが、若造のくせに面の皮が厚い。いくら義に篤き家臣が同道しようと、鎌倉府への出仕は四方を敵に囲まれたも同じで、針の筵《むしろ》だろう。

いずれ昌賢らには将軍の誅罰が与えられる。持助は悠然とかまえていたが、思いもしない報せが御所へ届けられた。

その日も成氏の名代として多くの裁可を下し、政所《まんどころ》や問注所《もんちゅうじょ》の代官に指図し終えて、屋敷に戻ろうとしたところ、やかましき男がまたも足音を蹴立てて現れたのだった。

「お聞きになりましたかな、河内守殿」

ぞろぞろと家臣をしたがえた岩松持国だった。肩を怒らせて近づくなり、思惑ありげに声をひそめてみせた。

「建長寺の学僧がまもなく御所へ参る。家臣が警固を任されたため、内々に話を聞くことができ、早馬を送ってきた」

「そうか。上杉めがやっと請書を出したか」

「いいや、驚きめさるな。そなた、長棟殿に仲立ちを依頼したであろう」

政から身を引いたとはいえ、元管領の話であれば、上杉も必ず耳を傾ける。当然の策のひとつであり、成氏の許しも得ていたので、今さら問われることではなかった。

「宗家の当主であった長棟が仲立ちしたのであるから、その意と心情を重んじて、道朝と道真は赦免《しゃめん》するとの新たなお達しが出されたというのだ」

「まさか……」

到底ありえぬ沙汰だった。手足の先までが震えてくる。

何が起きたのだ……。さては、京の室町殿にあらん限りの調略をくり返したか。

管領は鎌倉に戻ったものの、上杉の臣下が足りておらず、多くの裁可が滞っている。せめて扇谷分家を許せば、鎌倉府の職事は取り戻せる、と独善の理屈を申し立てたわけか。

なぜ上杉の勝手な言い分が通るのだ。

京の管領職にありながら、畠山徳本《とくほん》入道《にゅうどう》の力は当てにもならなかったらしい。長棟も宗家の先を憂うあまり、将軍家に何かしらの働きかけをしたのなら許しがたい。

「おのれ、上杉め……」

持助は式台の本柱を掌でたたきつけた。無念の響きが回廊に鳴り渡り、近習らが足元で縮み上がる。ここまでの策を弄するのは、昌賢か、道真か……。

「左馬助殿。公方様と計議いたすぞ。ついてまいれ」

岩松に告げて、身を翻した。新造なった屋敷に戻ってなどいられなかった。

上杉はよほどの銭財を京の御所にばらまいたのだろう。やつらは先代を支えた奉公衆の所領をことごとく奪い、多くの悪銭を蓄えていた。七沢山に籠もって身を縮めてみせたのは、調略が功を奏するまでの当座しのぎであったらしい。

直ちに手を打たねばならなかった。多くの所領を奉公衆に取り戻し、上杉の財力を奪い、武威を余さず削り取るのだ。鎌倉公方の下知を用いて、手当たり任せに進めるしかない。

「千葉と宇都宮も呼び寄せよ。知恵をつくして上杉めを締めあげる」

卑しくも欲深き上杉が鎌倉にある限り、坂東の地に平穏は訪れない。

持助は我が身をなげうつ覚悟を固め、公方のもとへ足を速めた。

五

品川北の台地に急ごしらえの館がようやく形を成した。

扇谷を訪れた普請《ふしん》役から聞かされて、太田《おおた》資長《すけなが》は馬の支度を急がせた。資忠《すけただ》と家臣をともなって鎌倉を発ち、夕刻前には品川湊に到着できた。

船と商家を見下ろせる台地の南のはしに、徴《しるし》ばかりの板塀が囲む中、白木の匂いを漂わせた細い長屋が二棟、連なっていた。資長が描いた縄張りどおりでも、館と呼ぶにはいささか見劣りのする仕上がりだった。

「まさか兄上、真実ここにお住まいなさる気ではありませぬでしょうな」

多くの職人が汗を流す庭は土がむき出しのままで、花も草も植えられておらず、寒々しい光景が広がる。

「おいおい、兄を見くびってくれるな。当然それがしは今宵から、ここで暮らすつもりぞ」

井戸を掘らせてみたところ、わずかに水の湧き出たことが、せめてもの救いだった。

「家財も満足にそろっていないのです。このように粗末な小屋に住まうのでは、あまりにも不憫にござります」

「そう言うな。見よ。素晴らしき眺めを楽しめる」

資長は悠然と言って馬を返し、台地の南に目をやった。江戸の内海が夕陽を跳ね返し、目に痛いほどの光を放っていた。

「兄上のことなど案じてはおりませぬ。野卑で心ない亭主を持った静《しず》殿が気の毒でならぬのです」

資忠は気の優しい男だ。兄嫁の身を気遣ってくれていた。

「すべて静も承知しておる。ここに我らが住まうのは、舅殿の指図であるからな」

「昌賢殿の……」

資長はうなずき、足元から遠き果てへと広がる海に再び目をやった。

「品川湊がよく見下ろせるではないか」

今も多くの船が輝く沖合に点々と浮かび、桟橋が空くのを待っている。伊勢《いせ》や熊野《くまの》から来た商船が多いと聞いた。鎌倉沖の海は遠浅なので、大きな船は岸に横着けできず、わざわざ江戸の入り江へ遠回りしなくてはならなかった。

武蔵と相模の地は、上杉が守護を務める。多くの湊は上杉の許しがなくては使えない。そのために先代公方の持氏は、湊を治めていた品川一族に言いがかりをつけて所領を召し上げた。鎌倉府で支配して、湊の土倉から税を徴発《ちょうはつ》するためだった。今は簗田の身内が厚顔にも代官を務めている。

そこで上杉は、南の神奈川湊を営繕したうえで、多くの商人を招き入れる策を採った。鎌倉府の財を横取りする気かと、持氏は怒りの拳を振り上げた。当時の管領憲実に兵を挙げる一因にもなったと聞く。

「直ちに品川の畔《ほとり》に屋敷を構えよ。せいぜい湊に睨みを利かすのじゃ」

江ノ島での合戦により、舅の昌賢はただ一人、将軍より叱責を浴びて隠遁を余儀なくされた。宗家の家務からも引かざるをえなくなり、本領の上野《こうずけ》へ戻された。その旅立ちの前に、資長は昌賢に命じられたのだ。

「よいか。ついに簗田は、品川湊の倉役を免除すると決めおった。神奈川湊に集う商人をすべて品川へ呼び寄せる魂胆であるぞ」

税がかからぬとなれば、商人は喜び勇んで拠り所を移す。神奈川湊は閑散となり、上杉に入るべき税は減る一方となる。詮《せん》ずるところ、上杉を苦しめるための策なのだった。

「神奈川は嫡男の彦四郎《ひこしろう》に治めさせる。そなたは品川の近くに館を構え、商人どもを睨まえよ」

宗家の家務は、本家筋である鎌倉長尾家に養子として入った但馬守実景《たじまのかみさねかげ》が継いだ。

そもそも昌賢は鎌倉長尾氏に生まれたが、母方の家を継ぐため、養子に出たのだ。つまり、景仲とは養兄弟である九歳下の実景に家務を託したことになる。

「しかれども、このような場に屋敷を構えたとて、品川湊は簗田の所領も同じに思えます」

資忠が湊を見下ろしつつ、疑わしげに言った。

「もっと目を見開き、広く関東を眺め渡して、とくと考えよ、源五郎。よいか。いまだ常陸では、小田や佐竹が所領をめぐって争っているではないか」

すべて簗田持助が公方の威光を借りて、上杉方の所領を強引に召し上げたことに端を発していた。江ノ島での合戦で負けたこともあって、上杉は表立って抗うことはできていない。その褒美の醜い奪い合いがいたるところで起きているのだ。

簗田をはじめとする奉公衆は、この機に上杉の力を削ぐべく懸命だった。品川湊の倉役をこの機に免除したのも、同じ理屈からなのだった。

「まだわからぬか。今一度問おう、源五郎よ。我らの出自をいかに心得る」

軽やかな笑みとともに問うと、資忠は何を今さらと言いたげな目を寄せた。

「無論、扇谷分家の家務、太田道真の子であると……」

「そう、公方の威光を笠に押妨《おうぼう》をくり返す簗田を討つため、果敢に兵を挙げた宿将の子ぞ。我らがここに住まえば、品川に集う商人も気を張りつめるであろうが」

そなたらは上杉と簗田ら奉公衆、どちらに与する気でいるのか、とくと考えよ。そう思わせるため、この地から湊を見下ろすことが肝要なのだ。

倉役は免除されたが、このまま簗田になびいていたのでは、あとが怖い。いまだ上杉は関東で多くの所領を治め、兵と騎馬を備えている。名門の力は侮《あなど》れない。

「兄上。よもや宿老方は再び奉公衆との戦を考えているとでも……」

「いかがなものかな。すべては簗田らの出方次第かもしれぬ」

公方におもねって、私利を貪《むさぼ》ろうと図る輩は、いつの時代にも湧いて出る。上杉との反目から父親を殺されたと信じる成氏からすれば、我が身を支える奉公衆は多いほど頼りとなる。簗田持助も、朝敵と見なされた先代公方に殉じて自死にいたった父親は、上杉に殺されたも同じと思っているはずだった。

そう考えるならば、そもそも成氏が簗田持助を奏者に取り立て、その指図を認めざるをえなかったことが、今の混乱を招いたと言える。

御所という閉ざされた邸内での裁許は、俗世の目に届きにくい。よって今は、上杉が公方に逆らったため、誅罰を与えられた、と世に見なされていた。が、所領をめぐる押妨と諍《いさか》いが国々でくり返されていけば、簗田ら側近を恨む者は必ず増えていく。あの長尾郷の召し上げも、上杉の怒りをあえて買うため、常式《じょうしき》から外れた下知を出したのだった。

上杉としても手をこまねいているわけにはいかなかった。この品川を見張るほかにも、密かな謀が練られているという。若い公方が簗田の言いなりであると京に実状を広め、将軍から直に所領の安堵を得られるように、独自の働きかけを進めているのだ。もし叶うならば、鎌倉公方の頭越しに政を進める気かと、簗田らがまた激昂《げきこう》する事態となろう。

戦はさけたくとも、上杉への恨みを晴らそうと企む奉公衆が御所で威勢を振るう限り、必ずや動乱が待ち受ける。

「なるほど……。ここに住まえば、簗田らと商人の売買を探ってもいける。いや、我らがいることで、品川の商人から武具を買おうものなら、露見しやすい」

「厩《うまや》がまだまだ足りぬな。源五郎、おぬしは糟屋に戻り、馬と兵を集めよ。それがしは神奈川湊から材木をなお取り寄せる」

湊と大海原とその先々を望み、資長は命を下した。


享徳三年十一月二十三日――。

夜半に奥州《おうしゅう》で大地震が発生した。

資長は品川湊へ赴き、商人らから話を聞いて大いに胸が騒いだ。

「奥州の岸辺では津波が押し寄せ、数千の民が命を落としたとのことにござります」

品川でも大きく地が揺れたものの、幸いにもさしたる災厄とはなっていなかった。かつて鎌倉では地震による津波で多くの民が命を落としたという。遠い地の他人事とは思えず、湊に集まる水夫を呼んで家臣と詳しく話を聞いていった。

「上野や上総《かずさ》でも、数多の死人が出ていると聞きまする」

「台地が大きく裂けて使えぬ田畑が広がり、秋の実りは望めそうにもないと……」

「この分では、飢饉《ききん》になるやもしれませぬ」

上野は上杉が代々守護を務める地だった。上総にも所領を持つ一門衆はいた。成り行き次第では鎌倉から人を送り、領民の手助けをすべきだろう。

屋敷に戻って静に伝えると、胸の前に手を合わせて泣き出しそうな面持ちになった。

「上野には、白井《しらい》のお屋敷がございます。もしや多くの者が……」

家務を辞して上野に身を引いた昌賢は、管領憲忠の願いを聞き入れた将軍からようやく許しを得られたため、すでに鎌倉へ戻っていた。が、簗田らは公方の威を笠に、出仕を認めていなかった。今は管領屋敷にとどまって宗家宿老の一人としての務めを果たし、白井のほうは静の兄が名代として所領の治めを見ていたはずだ。

「いずれ便りが来よう。今は無事を祈ろうではないか」

鎌倉府が奥州や上野での厄災を調べにかかると、ついに関東南方の大地も激しく上下に揺れた。

昼前に鎌倉から品川へ戻ってきた資長は、屋敷を走り出て、湊町の様子をうかがった。

幸いにも火の手は上がっていなかった。が、遠目にも傾いた屋根がいくつも見えた。沖合へ目を転じると、大海原が厚みを増したようなところはなく、少なくとも津波が押し寄せる怖れはなさそうだった。

百六十年ほど前にも鎌倉は地震に襲われて、多くの神社仏閣が倒壊したうえ、次々と崖崩れが起きていた。二万近くもの多大な死者が出たのではなかったか。

資長は直ちに家臣を率いて、品川湊へ急いだ。倒れた家屋が目につき、道に人々が群れていた。泣き声や叫びが町を埋め、傷を負った者が血まみれで横たわる姿も見られた。

「潰れ落ちた家の中に人がいないか、確かめよ。手分けして救い出せ」

鎌倉府と簗田の縁者が治める湊町であろうと、今は助け合うべき時だった。資長は馬を下りて町人らに手を貸し、瓦礫となった屋根を家臣と持ち上げにかかった。

遅れて資忠も馬に乗って駆けつけた。

「遅いぞ、源五郎」

「ここは我らにお任せください。御所と管領屋敷が案じられてなりませぬ。兄上は早く鎌倉へ」

「今は目の前の人々を救うのが先ぞ。鎌倉には父上や宗家の者はもちろん、奉公衆もそろっておろう。しかれども、この品川には我らのほかに頼りとなる武家はおらぬ。さあ、かかれよ」

資長は潰れた屋根に再び手をかけた。うめき声を聞き分けつつ、折れた柱に肩をあてがい、家臣と力の限りに押しやった。

六

御所に異変が出なかったのは、まだ幸いだった。瓦の一部が崩れ落ち、慌てた下女が回廊から庭へ飛び出して転び、数人が怪我を負ったという。

「寺社や町の者はいかにしておるであろうか」

成氏はおずおずと回廊へ出てくると、ひとまず民を案じる様を見せた。が、救いの手を差し伸べよとは言わず、まず簗田ら近臣を集めて御所の警固を命じたのだった。

「河内守殿よ。公方様は何ゆえに我らを集めたのであるか」

身なりもろくに整えずに屋敷から駆けつけた岩松は、解せぬ顔で持助に駆け寄ってきた。この男は武芸に励みはしても、歴史を学んできてはいない。

今から百六十年前にも、鎌倉は大地震に襲われた。その際、家を失った者が多く出たために人心が乱れ、食うに困った荒くれどもが徒党を組んで騒ぎを起こした。

町の騒動を鎮めるためと称して、執権の北条貞時が兵を集めた。ところが、その軍勢が向かった先は、御所の南の武家屋敷だった。

内管領の任にあった平頼綱が、将軍に取り入って絶大な力を握り、鎌倉府の政を思うがままに支配していた。その威勢を怖れた貞時は、地震のあとの混乱に乗じて、平頼綱の屋敷を襲ったのだ。

頼綱親子をはじめ、一族九十三人が無惨にも皆殺しにされたという。が、騒乱は鎌倉中へ広がり、ついには貞時の娘までが悪党らに殺されるという過酷な結末を見たのだった。

「そなたは兵をできうる限り集めて、騒動が起きないよう、物見役を務めるのじゃ。家を失った者がいても、まず手を貸すのは商人にせよ。集めた兵を分けて、上杉をも見張らせよ」

「おい、この機に上杉が騒動を仕掛けてくると申す気か……」

「油断はいたすな。あやつらは、いかなる時であろうと、我らを出し抜こうと狙っておる。兵とは詭道《きどう》と言うではないか。徹頭徹尾、相手の裏をかく者が勝利をつかむのだぞ」

岩松のみならず、多くの奉公衆が上杉の所業に怒りをつのらせてきた。管領の憲忠は公方を蔑《ないがし》ろにして、上杉被官の所領安堵を京の将軍に願い出たのだ。関東一円は鎌倉公方が治め、すべての裁定を下す決まりでありながら、成氏の頭越しに将軍へ嘆願するのでは、まったく筋が通らなかった。

さらに、公方が申し入れた結城成朝の帰参を将軍義政が認めたというのに、その御教書を憲忠は開封せず、長く放っておいた。あげく、管領を辞すると言って、御所にも姿を見せなくなった。結城の帰参を認めたら、上杉の所領を明け渡すことになるからだ。

卑劣な手を使ったうえ、京の管領細川氏を動かして、将軍への依頼はすべて関東管領を通せ、という下知まで得た。つまり、憲忠が肯《がえ》んぜねば、鎌倉公方は将軍の裁可をひとつも得られなくなったのだ。これでは、関東の君主たる地位など名ばかりとなる。

さすがに成氏も憤り、馴染みの禅僧を京へ遣わし、異を訴えてはいた。が、よほど細川が将軍家に取り入っているのか、望みの返事はまだ得られていない。

すべては上杉による小賢しい計略だった。

ただし、憲忠による指図ではない。舅の上杉道朝や、宗家の家務から形だけ身を引いた長尾昌賢が裏で操っている。

上杉はこれまで何度も、鎌倉公方に平然と弓を引いてきた。逆臣の身を恥じぬどころか、居直る者らをのさばらせてはおけない。公方をしかと支え、鎌倉府の正道を守っていかねば、坂東の地は永遠に安らぎはしないのだ。

正義は自分たちにこそある。そう持助は固く信じていた。

岩松らが兵をくり出したので、町中での騒乱は未然に防ぐことができた。

成氏の命で寺社の修繕に人を出し、僧侶や神官を通じて民にも粥や粟の施しを与え、荒む人心をなだめる手立ては打った。が、痛手を受けた上野や上総の治めは守護や国衆に任せきりで、鎌倉から官吏や兵を送ることはできていなかった。奉公衆の兵を出しては、守りが手薄になってしまう。

上野は上杉が守護の座にある。守護代は憎き昌賢の長尾氏なので、公方が手を貸すべき地ではなかった。管領の憲忠が援助の兵を出したが、その首尾はまだ聞こえてこない。岩松に命じて雇人を送り、上杉の足下で騒ぎを起こさせる手はあるかもしれない。

内々に謀の手はずに取りかかると、足利宿老の野田《のだ》持忠《もちただ》が慌ただしくも夜半に屋敷を訪ねてきた。鎧に身を包んだ配下も同道しており、持助は身構えつつ話を聞いた。

「左馬助殿に頼まれて来た。どうやら上杉道朝めが本領の糟屋に急ぎ戻ったらしい。扇谷分家の家臣を質したところ、屋敷の修繕に呼ばれたというが、虚説とも考えられる」

「いかにも道朝らしきこそめきようよな」

持助は冷えきった星月夜を睨んで思案した。

江ノ島で合戦になった際も、まず道朝が地元の糟屋へ戻り、兵を集めにかかった。管領の舅でもある道朝こそが、上杉一門を取り仕切っているのは疑いなかった。御所で顔を合わせれば、いつも人を見下すような目を向けてくる。昔から反りの合わない男だった。

「昌賢や道真は鎌倉におるのだな」

「今はまだ。ただし、道真の嫡男は品川湊で商人どもに手を貸しておるという」

持助は己の迂闊《うかつ》さに唇を噛んだ。

せっかく品川湊を鎌倉府の麾下に置きながら、地震の始末に人を送っていなかった。道真の息子は商人に手を貸すことで、新たな軍馬や刀などの武具を西国から取り寄せようと図っているとも考えられる。やつらは神奈川湊も押さえているのだ。

「左馬助殿の命を受けて、奉公衆を御所に呼び集めておる。河内守殿も早く参られよ」

あの道朝が姿を消したと知り、また戦の支度かと、多くの者が浮き足立っているのだった。

持助は手早く支度を調え、野田とともに馬を駆って御所へ急いだ。

奥の座敷に宿老から奉行人まで四十人を超える男どもが集まっていた。成氏側近の印東常定《いんとうつねさだ》、足利一門の一色直清《なおきよ》、安房《あわ》の里《さと》見《み》義実《よしざね》に、持助の舅である武田《たけだ》信長《のぶなが》の姿もあった。もちろん、岩松も上座のほぼ中央に座し、持助を認めるなり声高に呼びかけてきた。

「待ちかねたぞ、河内守殿。今、我らでいかほど兵が集められるか算段しておったところぞ」

奉行人が持助のために下がり、道を開けた。行灯の火が頼りないためもあって、男どもの顔が異様なまでに暗い。

「それほど頼りない数であるのか」

持助が進みながら問うと、一色が両ひざに手を置いて息をついた。この男はいつも人目を引きたがり、仕草ばかりが大きくなる。

「我らの下総は実害少なく、今も鎌倉に五百ほどを置いておる。しかれども、佐竹や千葉はとうに領国へ戻り、すぐには動きだせぬであろうな」

「頼みは右馬助殿の身内であるが……」

岩松が言って目を向けると、武田信長が分厚い躰《からだ》を縮めるように首を振った。

兄が甲斐《かい》の守護に就いたものの、家臣との諍いが絶えず、信長はその争いに敗れた末、鎌倉府に出仕していた。もう長く本領には戻っていなかった。

「いまだ家内の争いが続いておるため、とても加勢は求められぬ。さらにも道朝が糟屋へ戻ったとなれば、その動きにも備えねばならぬであろうし……」

甲斐を頼れぬとなれば、御所を警固する兵もふくめても、今は四千ほどだろう。火急の事態とはいえ、配下の兵が少なすぎた。

「上杉どもは江ノ島で不覚を取ったと悔やみ、多くの兵をつのっておろうな。上野は地震の害あれど、相模と武蔵の国人が手を貸せば、軽く五千は下るまい。下手をすれば、一万に近い兵を集められるであろう――」

岩松が先走るように不安を語り、悩ましげに一同を見た。

持助は岩松の横へ進んで座ると、あえて悠然と男どもを見回した。

「まあ、待て。我らが慌てて兵を集めにかかれば、上杉も隠し立てせず、備えを進めよう。すなわち、我らが戦を先に仕掛けたも同じと思われる」

「ならばこそ、遅れを取るわけにはいかぬであろうが」

印東が色をなして声をとがらせた。その後ろで多くの奉行人が固唾《かたず》を呑むように見つめてくる。上杉との戦いをたびたび経てきたため、恐怖を隠しきれない顔になっている。

「皆の危ぶみは当然と思う。しかれども、上杉が戦を仕掛けてくると決まったわけではない」

「何を言うか。地震の騒動に乗じて、よからぬ企みを秘めておるにきまっておろうが。あやつらの薄汚い手並みを忘れたか」

一色が床をたたかんばかりに手をつき、身を乗り出した。

持助は一同の目を集めて、鷹揚《おうよう》にうなずき返した。

「そう。上杉が動くとすれば、地震による騒動が収まる前になるであろう。本領を案じて鎌倉を離れた者は多いものの、そろそろ町と民は落ち着きを取り戻しつつある。人は安堵して息をついた時こそ、ふいの備えに遅れが出やすい。よって、この先が最も危ういと思える。しかれども、我らが江ノ島で勝てたのは何ゆえであったか、思い起こしてもらいたい」

持助が問いを放つと、岩松がすぐに応じた。

「備えが万全であったからぞ」

「いいや、違う。その備えを上杉に悟られなかったからだ」

虚を突かれたように岩松が身を引いた。

「悟られずにすんだから、上杉の裏をかくことができ、公方様をお守りできた。さらに言うなれば、悟られずにいたから、京の将軍家も、先に兵を出した上杉にこそ非があるとの断を下された。つまり、悟られては相手に戦の口実を与えてしまう。裏をかくことできずば、勝利は遠のき、血迷って兵を挙げる愚に出た悪党と見なされるのだ。かつての騒乱を思い起こしてみよ」

上杉禅秀《ぜんしゅう》。さらには足利持氏。いずれも怒りに任せて兵を起こしたため、賊将と見なされて討伐を受けたのだった。決して同じ過《あやま》ちを犯すわけにはいかない。

「それがしは名も命も惜しむつもりはない。我らで公方様を守るのだ」

近臣の務めとして印東が声を張った。

持助は再度うなずいてみせるしかない。

「そのとおり。公方様のためにも、我らが単なる悪党と見なされては、断じてならぬのだ。今は密かに兵を集め、上杉の動きをつぶさに見ていく時ぞ。あやつらの性根を見定め、いつ何時でも動き出せるよう油断なく備えるのだ」

おそらく道朝が本領へ戻ったのは、両構えのためだろう。乱れた領内を収めるとともに、奉公衆の出方を見てもいる。下手にこちらが動けば、京の細川を通じて、また将軍に何を注進されるかわからなかった。

道朝の狡猾《こうかつ》さを逆手に取ってこそ、道は開けるのだ。

奉公衆が兵をそろえる時を稼ぐためにも、糟屋の周辺で騒動を起こさせるしかない。その間に千葉や宇都宮が領国から戻ってくれれば、必ず上杉を出し抜ける。

翌日に、またも鎌倉で大地が激しく揺れた。

先日ほどではなかったが、町中で騒ぎが起こり、いくつか火の手が上がった。冬のさなかであり、火を焚く者が多かったのだ。

もしや上杉が騒動を仕掛けてきたのか。御所では人目をはばからずに不安を口走る者が多かった。天災は人の心までを深く蝕んでいく。

ところが、長尾昌賢と太田道真は自ら兵を率いて町へ出て、岩松らとともに騒乱を収めにかかった。見せかけの行いに騙されるなとの声も上がり、上杉への恨みと怖れの根深さをあらためて知らされた。疑ってかかれば、闇の中にいくつもの鬼の姿が見えてくる。あとはもう、わずかな火花で炎が赤々と燃え盛るだろう。

持助が危ぶみを覚えていると、二日後の朝早くに屋敷の門をたたく者があった。

「大事ぞ、河内守殿。ついに昌賢までが鎌倉を出た。それも夜のうちに、だ」

底冷えのする中、岩松持国はすでに戦支度を調え、兜を持たせた郎党をしたがえていた。

持助は内着に半臂《はんぴ》のみを羽織って、霜の降りた庭へ飛び出した。

「まことか。どこへ向かったのだ」

「長尾郷は御霊社《ごりょうしゃ》への参詣だと言うが、空言に決まっておる。何ゆえこの時節に、御霊社などを参らねばならぬのか、まったく解せぬことよ」

当然ながら、安穏《あんのん》と参詣へ出かけているような時ではなかった。

「さては、道朝めと同じく、長尾城へ戻って兵を集める気か」

太田道真のみが扇谷《おうぎがやつ》の屋敷にいるが、その息子は品川湊で商人を手懐け、武具を集めにかかっているとおぼしい。あやつらは着々と手筈を調えているのだ。この年明けのころが危ういかもしれない。

「野田から詳しく聞いたぞ、百六十年前のことを。時の執権が地震の騒動に乗じて内管領の一族九十余名を皆殺しにしたというではないか」

岩松の目に力がこもる。しぼり上げるような声で続けた。

「江ノ島の際、上杉に狙われたのは誰であったか、忘れたのか。そなたという大きな柱石を失えば、鎌倉府は終わりぞ。身内の命を守るためにも、今こそ立たねばならぬであろうが」

篤き友に言われて、初めて恐怖の念に襲われた。一族もろとも命を奪われたくはない。鎌倉府を守るための楯になる覚悟はあったが、東国の安寧を見ずしてこの世から消え去るのでは、口惜しくて身が震えだす。

「もはや猶予はない。さあ、参ろうぞ、河内守殿」

享徳三年十二月二十七日。

その時がついに来たのだ。地震に背を押されたのではない。我慢を重ねて遅れを取れば、公方と鎌倉府を上杉の魔手から守れなくなる。

持助は身支度を調えると、寒風を裂いて岩松と御所へ走った。奉行人がひかえる中へ進み、成氏への目通りを願い出る。

「朝から忙しいことであるな」

何も知らない成氏はまだ眠たげな目で御座所に現れた。若くとも酒と女の味はすでに学んでいる。大地震のあとであろうと、御所には平時と変わらぬ悠々たる時が流れていた。

持助は額を床に押しつけ、一気に告げた。

「謹んでお報せいたしまする。道朝、昌賢、道真らが再び多くの兵を集めておりまする。江ノ島の来復やもしれませぬ」

「まことか……」

成氏がにわかに目を見開くや、腰を浮かせた。

「また江ノ島へ逃げるのか」

「いいえ、公方様はもう若輩などではなく、蹌々《そうそう》たる坂東武者であられまする。逃げるなどは、もってのほかと申せましょう」

「どうする……警固の兵は足りておるか」

わずかに声が震えていた。その時への覚悟がまだ固まっていない。父の悲しき末路が頭をよぎったのだろう。

持助は胸中の決意を見すえて言った。

「致し方ありませぬ。かくなるうえは、先に動くほかなし、と考えまする」

成氏が虚空を睨んだあと、居住まいを正すように腰を据え直した。目から怯えの色が一瞬にして消えた。亡き父を思い返し、恥ずかしい真似はできないと肚を決めたと見える。

「策があるのか。江ノ島の時と同じように」

戦の理屈などは、あとからどうにでもつけられる。公方と鎌倉府を守るために何をなすべきか。もう迷いは捨てた。

「それがしと左馬助に、どうぞお任せくださりませ」

幸いにも、今この鎌倉にいる上杉の強者《したたかもの》は、太田道真一人と言えた。昌賢に代わって上杉宗家の家務に就いた長尾但馬守実景は、怖れるほどの武勲を持たない。

持助は大溜に下がると、岩松のほかは人払いをしたうえで祐筆《ゆうひつ》を呼び、成氏の名で奉書を認《したた》めさせた。

「これを至急、管領屋敷へ届けよ」

祐筆が退出するのを待って、書状を岩松に差し出した。

「右京亮《うきょうのすけ》を御所に呼び出すのだな」

「当然、家務の但馬守も供について来るであろう」

その先は口にせずともわかったらしく、岩松は眉根を引きしめてみせた。

「兵は鎌倉の近くに集めておるな」

「無論のこと。二千八百に我らの一千も時を待っておる」

しめて三千八百。まだまだ足りなかった。

結城は所領を得たばかりで頼りにできない。江ノ島の時に駆けつけた千葉や宇都宮にまた加勢を求めるしかない。

「そなたは五百を率いて管領屋敷へ向かえ。ただし、右京亮をやりすごしたあとだ」

「言わずとも承知しておる」

「またもや上杉が不穏にも兵を集めだしたので、公方様の命で誅伐する。そう号令を発して、管領屋敷に残る兵馬をことごとくつぶせ」

「扇谷はどうする」

太田道真の屋敷は襲わないのか、と言っていた。

岩松が五百を率いる。御所の守りに千は要る。残りは二千三百。が、岩松ほどに頼りとなる武将はほかにいない。扇谷の地は隘路が多く、立て籠もられたら、攻めようにも手間がかかる。

もう一人の警戒すべき昌賢は、二里半ほど北の長尾郷にいる。その手勢が山内《やまのうち》に駆けつけてきたら、これまた厄介な相手となる。先に管領屋敷を襲い、一帯の道を封じておくに限る。その人手がいる。

「管領屋敷をたたいたなら、あとは御所を固めて宇都宮らの加勢を待つ。その手に乗るかどうかはわからぬが、八幡宮寺の林に再び伏兵を潜ませておく」

「知恵が回るな。さすがは河内守殿よ」

かつて持助の策にはまり、昌賢らが武家屋敷を襲ってきた際、道筋に当たる八幡宮寺に兵を隠し、背後から攻める手立てを採った。道真であれば、あの時のことを思い出して、御所への攻め寄せをためらい、昌賢の来着を待つだろう。

その間に、兵をどれほど集められるか。

京の将軍家にも即刻、使者を送り出さねばならなかった。四年前と同じく、上杉が謀反を秘めて兵を集めた。管領憲忠が呼び出しに応じたと見せかけて、またも襲ってきたため、やむなく討ち取った。二度目となれば、将軍や近臣も必ず信じてくれる。信じさせることが何より肝心なのだ。

「急げ。決して気取られるでないぞ」

「任せろ」

戦い時となれば、岩松の勇猛さは際立ってくる。

多くの奉公衆が上杉への恨みを抱えているため、喜び勇んで手を貸すだろう。あとは揺るぎなく皆の意を束ね、一切迷うことなく手を下すまでだった。

七

騒がしき物音を聞きつけて目が覚めた。またも地震か……。

資長は奥の閨《ねや》にて飛び起きた。回廊を走り寄る下臣らの足音だった。

「お報せいたしまする。山内の管領屋敷が何者かに襲われました」

布団をはねのけて立ち上がった。あってはならない事態に足が震えた。

「宗家のお身内は無事であるか」

慌てて板戸を開け放つと、冬の凍てつく風がどっと押し寄せ、資長の頬と首を針のごとく突き刺した。回廊から次の間へと近習が駆けこんでくる。

後ろで身を起こした静に落ち着けとうなずいてから、資長は閨から回廊へ走り出た。中庭を見ると、燃える松明を手にした武者二人が並び立っていた。この夜半から、兜に胴丸という戦に備えた出で立ちだった。

武者の一人が資長を認めてひざまずき、声をたぎらせた。

「公方様の御招請に応じて、御屋形様が御所へ急がれたあとのことにございました」

「まさか、戻らぬと申すのでは――」

昌賢のあとを、長尾総領家の但馬守実景が継いでいた。憲忠に同道して御所へ赴いたとなれば、屋敷の警固は手薄になっていたかもしれない。

「御屋形様はじめ但馬守殿も御所へ向かわれたままで……。道真様が手勢を集められたと聞いております」

「昌賢殿はいかに」

「長尾郷にて騒乱起きたため、鎮めに向かわれたところでございました。道朝様も糟屋に戻られたところだと……」

息を吸うごとに冷気が胸中を刺し、資長は袿《うちき》の襟をかき合わせた。

もしや昌賢や道朝が鎌倉を出たと知り、憲忠を呼び出したうえで管領屋敷を襲ったわけか。

簗田ら奉公衆の仕業としか考えられなかった。内管領の一族が襲われた時と同じく、地震の動乱に乗じて卑怯な騙し討ちに打って出てきたのだった。

「源五郎を呼べ。ありったけの兵を急ぎ集めよ。父上が危うい。鎌倉へ走るぞ」

資長は後ろで案じる静を顧みてから、回廊を走った。武将の娘であるなら、何が起きたかは思い描ける。ご無事で、と背に張りつめた声がかかる。

「あやつら……」

もし憲忠が討たれたとなれば、敵は四年前と同じく鎌倉の近辺に兵を集めているだろう。御所を探りに行ったという父の身が案じられる。

資忠の家臣を合わせても、この品川に三百ほども兵はいなかった。しかも鎌倉までは、十里も離れている。道朝は本領の糟屋にいて、鎌倉へはおおよそ八里ほど。いずれも駆けつけるには遠かった。

――父よ、どうか早まらないでほしい。

ここは涙を呑んで鎌倉から逃れ、上杉一門の力を結集するほかはないと思われる。

「兄上、聞きましたぞ」

庭先に源五郎が駆けつけた。寒風の中、小袖のみを羽織り、眉目をつり上げている。

「早馬を鎌倉へ出せ。もし父上に会えたら、糟屋で落ち合おうと伝えさせよ」

「糟屋へ引けというのですか」

戦わずに逃げよとは、兄らしくもない。そう資忠が荒む目で訴えてくる。

「我らは江ノ島で敗北を喫しておる。あの時と同じく、簗田らはすでに兵を鎌倉に集めているはずぞ。のこのこ出ていったのでは、そろって討ち死にするのが落ちであろう」

資忠が悔しげに掌でももをたたきつけた。まだ若くとも、理屈を語ってやりさえすれば、多少の先読みはできる男だった。

「夜明け前には発つ。ありったけの槍と弓に、糒《ほしい》も用意させよ」

四年前と違って、今度こそ雌雄《しゆう》を決する戦が待つ。

資長は近習の差し出す直垂《ひたたれ》をまといながら、上杉の集められる兵の数を胸の内で数え始めた。

翌朝、二百五十の兵と騎馬三十をしたがえて、資長は下ノ道を鎌倉へ向けて急いだ。

自分らが品川に屋敷を構えたことは、簗田らも当然ながら知っている。急の一報を聞きつけて鎌倉へ走ると読み、道中での待ち伏せも考えられた。斥候を送り出して、先行きの無事を確かめてからでなければ進めず、もどかしいほど糟屋への道は遠かった。

金沢までたどり着くと、夜中に出した伝令が戻ってきた。馬を下りた兵の目が赤く染まっているのを見て、資長は禍事《まがごと》を覚悟した。

「道真様は管領屋敷に戻られた昌賢様と寄り集まり、糟屋へ向かわれました。御屋形様はじめ、御所に参上されし但馬守様ら二十余名、討ち死になされたとのことにござりまする」

まさか関東管領が公方直臣の奉公衆に謀殺されるとは……。

資長は百六十年も前の地震が呼びこんだ騒乱を呪った。道朝と昌賢が鎌倉を出たことで、上杉が兵を集めにかかったと見て、先に憲忠を討つべしと考えたに違いなかった。天災が奉公衆を疑心に駆り立てたのだ。

おそらく江ノ島の時と同じく、上杉の謀反と称して京の将軍家に上申するつもりだ。

上杉も家門の名誉を守ろうと手をつくす。昌賢と父のことなので、即座に使者を京へ向かわせたとは思う。遅れを取ったのでは、またも将軍の誅罰を受けかねず、今度は守護職の召し上げさえ考えられる。

「急ぐぞ、源五郎。寝ずに走る」

「御意にございます」

金沢から西へと行先を変えて、相模の糟屋館にたどり着いたのは翌日の夜だった。屋敷は多くの篝火に照らされ、槍を手にした番兵が逆茂木《さかもぎ》のごとく道筋をずらりと埋めていた。大手門へ通されると、胴丸に身を包んだ道真が屋敷から出迎えに駆けてきた。

「遅いぞ、源六。明日には我らも鎌倉へ発つ。今宵はゆるりと躰を休めよ」

「父上、よくぞ、ご無事で」

資長は素早く鞍から下りて頭を下げた。資忠らも次々と後ろで倣う。

「あやつらはまたも八幡宮寺に兵を集めておった。ゆえに御所へは近づけず、御屋形様の敵《かたき》を討つこと、無念ながら叶わなかった……」

道真は悔しげに言い、あらためて鎌倉の地を望むように夜空を仰ぎ見た。

戦が近いことを察しているらしく、そこかしこから馬のいななきが聞こえてくる。式台の前にも鎧姿の徒の者が群がっていた。このまま夜を明かして出発するのだ。

「思うように兵は集められたのでしょうか」

資忠が篝火に照らされた曲輪《くるわ》を見回し、誰にともなく尋ねた。

「千八百にございまする」

道真の後ろに控える家臣が答えると、資忠が気色ばんで父を振り返った。

「たったそれだけですか」

「言うな。すでに昌賢殿と修理大夫《しゅりのだいぶ》様が先に一千を引き連れ、発たれておる」

昌賢のみならず、扇谷分家の当主を継いだ上杉顕房《あきふさ》までが出陣したのだった。資長も驚かずにはいられなかった。

「たった一千で……」

長尾郷から駆けつけた昌賢は、火を放たれた管領屋敷から道朝の娘らを救い出し、糟屋へと逃げ延びた。そこに道真も加わって、直ちに今後の先行きが話し合われたという。

卑劣にも奉公衆らによって命を奪われた憲忠にまだ子はなかった。父親の長棟は管領に戻る気はないと言い続けており、弟を担ぎ出すほかはないと決まった。長棟の次男、上杉兵部《ひょうぶ》少輔《しょうゆう》房《ふさ》顕《あき》（扇谷当主の顕房とは別人）である。今は将軍義政の側近として京に出仕している。

将軍の許しを取りつけるため、昌賢の嫡男で神奈川湊を治める景信《かげのぶ》が早くも京へ発った。

「直ちに鎌倉公方の謀反として、上申せねばならぬ」

二代氏満のころより、鎌倉公方は将軍職を求めるあまり、しばしば挙兵の動きを見せた。今度は管領まで謀殺したと聞けば、将軍義政は事態を重く見て、成氏の討伐を命じるだろう。次の関東管領として房顕を迎え入れるのみでなく、鎌倉公方の反乱として一刻も早く認めさせて加勢を得るためなのだ。

「さらに言えば、昌賢殿らの行先は鎌倉ではない。――日光山だ」

下野国の日光山。

この急場にわざわざ遠方へ出向くとは……。資忠も隣で首をかしげている。

「上野で兵を集めたのち、日光山輪王寺《りんのうじ》を目指す。三日前、御屋形様が御所に呼び出されたのと時を同じくして、勝寿門院の院主であられる成潤様が鎌倉を急に発たれておる。成潤様は輪王寺の別当職を兼ねておられ、先代公方が自死した際も、日光山へ身を隠されている」

成潤は、公方成氏の腹違いの兄である。

四年前にも奉公衆と上杉が争った際、直ちに従僧と鎌倉から逃げていた。関東足利家の血を引くため、騒乱のたびに身の危険がつきまとう。今回も御所の近臣から事前に内通があったとすれば、簗田らの策謀との証になる。

資長は昌賢らの狙いを読み、父に尋ねた。

「では、成潤様を匿《かくま》い、次なる公方とするために……」

昌賢は心に決めたのだ。管領の憲忠が殺されたからには、断固として闘うほかはない。成氏という公方を認めたのでは、この先も悪辣な奉公衆が幅を利かし、政をほしいままにする。この戦に打ち勝ち、簗田ら側近を一掃するとともに、上杉の手で新たな公方を担ぐべきだと。

宗家の当主が命を奪われたために、道朝のあとを継いだ顕房が上杉の名代として、昌賢と日光山へ向かったのだ。

「我らの狙いを悟られたなら、奉公衆は死力をつくして邪魔立てしてこよう。あやつらの目を昌賢殿らに向けさせぬためにも、直ちに打って出ねばならぬ」

江ノ島での苦い敗北があり、少しは備えを進めていたものの、兵の数は盤石とは言えない。しかも、昌賢らが一千を率いて先に出立していた。残る兵で直ちに鎌倉へ出陣しないと、こちらの動きを敵に読まれてしまう。

「昌賢殿が上野で、いかほどの兵を集められるでしょうか」

資忠がわずかな望みを託すかのように訊いた。

道真は安易なうなずきを見せず、面輪を固めた。

「越後の上杉家にも加勢を求める使者を走らせている。呼びかけに応じてくれようが、鎌倉までは遠い道のりとなる。まずは我らの戦いこそ肝要と心得よ」

厳しい戦いになる、と資長は先を危ぶんだ。先代公方の弔い合戦でもある。そう敵は号令を発し、万を超える軍勢を差し向けてくるに違いなかった。

八

懲りもせずに再び上杉が御所を襲ってきたため、やむなく返り討ちにした。四年前の騒乱があるため、公方成氏は持助の奏上を信じるとともに、激しい怒りようを見せた。

「おのれ、上杉めが……」

持助は額を床に押しつけて、さらに告げた。

「あやつらは、応永のころより、公方様を軽んじておるのでござりまする」

応永二十三年――。関東管領であった上杉禅秀は、若かった公方持氏の叔父や弟と結んで、御所の政をほしいままにした。怒った持氏は手をつくして禅秀を管領の座から引きずり下ろした。すると、禅秀は籠絡した奉公衆と反乱を起こしたのだ。

当時は関東を二分するほどの戦がくり返された。またも上杉による騒乱と、多くの者が信じる下地はあるのだった。

「今こそ上杉めを討伐せねばなりませぬ。公方様の号令ひとつで、奉公衆は篤き義心をさらにも固め、この鎌倉に押し寄せること必定にございます」

「河内守よ、心してかかれ。東国津々浦々に即刻、奉書を下すのだ。余の旗下に兵を集めて、今すぐ討伐に出陣せよ」

狙いどおりに事は運んでいる。この分であれば、自ら出陣するとも言いだすだろう。公方が鎧に身を包んでみせれば、多くの奉公衆が血をたぎらせる。この機を逃さず、上杉一党を鎌倉から追いやるのだ。

持助は成氏の名で京に奉書を送った。上杉が江ノ島の時に続いてまたも謀反を企て、道朝と昌賢が鎌倉を出て兵を集めたため、命を発した管領の憲忠を誅殺するほかはなかった。

「必ず上杉より先に京へ届けるのじゃぞ」

建長寺に出入りする修験《しゅげん》の者に奉書を託した。彼らは学僧と違って、野山であろうと駆けめぐる術を持つ。早馬のごとく京にたどり着ける。

一色と舅の武田は、すでに出陣の支度を調えていた。常陸の佐竹、武蔵の豊島《としま》、下野の宇都宮などに参陣を命じる奉書を出した。

年明けとともに、いよいよ上杉出陣の報がもたらされた。

「ようやく動き出したか。兵を集めるのに手間取ったらしいな」

岩松は鎧を身にまとい、御所の庭に悠然と現れた。

若宮大路から八幡宮寺の境内はすでに、徴発した数多の兵で埋めつくされた。持助は家臣に命じて、縁起物の勝栗に干し鮑《あわび》と昆布、酒の支度を急がせた。

「すまぬが、右馬助殿を総大将にさせてもらうが、軍配はそなたが握るのだぞ」

持助の舅であるからではなく、最も年嵩の信長を据えておかねば、奉公衆の結束にゆるみが生じる。岩松なら支えの仕事にも耐えてくれる。

「わかっておるわい」

ようやく出番が来たとばかりに、岩松は手の長刀を掲げてみせた。

「宿年の恨み、今こそ晴らしてくれようぞ」

年明けの一月五日。五千の大軍が出陣した。いざとなれば鎌倉を守る兵も送りこめる。

上杉も今は五千ほどしか集められないだろう。江ノ島の時から兵を一挙に増やせたはずはないのだ。結城の帰参によって上杉の所領は減らされ、領民に夫役を課そうにも限りはあった。あとは岩松らの手並みにかかっている。

万が一に備えて、持助はさらに加勢の兵を鎌倉へ招き入れた。奉書を受け取った佐竹らが遅れて駆けつけたのだ。これにて新たに三千五百が加わった。心強いことこのうえない。

が、加勢を送るまでもなかった。翌六日には、早馬の使者が喜び勇んで駆けつけた。

「島河原にて合戦の末、上杉勢は伊豆へ退却にかかりました」

岩松らが存分に戦ってくれたのだ。が、あまりにも上杉の退却が早すぎるように思われた。そう容易く事が運んでいいものか。持助は岩松からの使者に訊き返した。

「島河原に結集した敵の数はいかほどか」

「三千弱と聞いておりまする」

持助は伸びた顎髭をさすりあげた。

「解せぬな……」

上杉にしては少なすぎた。先に道朝が本領へ戻り、兵を集めていたはずなのだ。

奉公衆の数を見誤り、精鋭のみで打って出たのか。そうであるにしても、対陣すれば、相手の数はおおよそ見当がつく。出陣した翌日に仕掛けられたにせよ、早々に兵を引くとは上杉らしくもない戦いようだ。

見事すぎる勝利を素直に喜べないまま、岩松の帰りを待った。

三日後に、無傷の岩松が多くの首級を携え、意気揚々と鎌倉へ戻った。荷車に積まれた生首を誇らしげに見やり、岩松は胸を反らした。

「造作もなかった。我らの戦いぶりに怖れをなしたか、すぐに逃げ出しおったぞ」

「首はすべて確かめたろうな。いずれの首だ」

「逃げ足速く、大将首は挙げられなかった。身につけた武具と旗印から見て、そこそこの将であるのは疑いない」

「待て。そなたが見ても、誰一人知らぬ首なのか」

しつこく問われて、岩松の顔から笑みが消えた。

もしや上杉は、最初から早くに兵を引くつもりだったのか……。

「――成潤であろうな」

声に驚き、持助は振り返った。

血と腐臭の漂う回廊の先に、従者をしたがえた成氏が立っていた。岩松が凱旋したと聞き、褒美を取らそうと出てきたらしい。

岩松と家臣が庭にひざまずいた。持助も遅れて回廊に端座した。

成氏が思案げな面持ちのまま、ゆるりと歩み出てきた。二十二の歳を迎え、父の持氏に似た面差しと体軀《たいく》になっている。細身ではあっても、日々の鍛錬を欠かさず、近ごろは舞うほどに長刀を扱えるまで腕を上げたと聞く。

「あやつはまた日光にでも身を隠したに相違あるまい。そう見こんで、上杉は兵を二手に分けたのであろうな」

持助は平伏した。鋭い先読みにうならされる。まだ公方の見習いと思っていたが、軍神尊氏公の血を引く者だけはある。

「皆の者、絵図をとくと思い浮かべてみよ。北の武蔵と上野は、ほぼ上杉の地ぞ。兵をつのれば、易々と万は集められよう。しかも、糟屋を出た道朝らが伊豆へ逃げたとなれば、直ちに上野から南へ走り、我らの背後をつける。その間に、下野の日光山へ人を送れるというものぞ」

成氏の言辞が身に染みた。

確かにそのとおりだった。憲忠を誘き出して殺すうちに、成潤は鎌倉から姿を消していた。御所の動きを内通する者があったに違いないのだ。

日々学僧から教えを受けて、成氏は道理を見抜く叡智をしかと身につけたらしい。扱いやすい神輿《みこし》などではありえなかった。公方たる血筋の怖ろしさを、持助は思い知った。

「のう、河内守、そなたはいかに考える」

「仰せのとおりと思われまする。直ちに右馬助殿を引かせて、北からの攻めに備えるべく兵を向かわせまする」

成氏は真顔になってうなずいた。

「何よりの策であろうな。鎧と馬を支度させよ。余も出陣する」

賞賛に値するほど成氏の読みは的中した。北へ送り出した斥候が直ちに戻り、背筋の冷える報せを寄せたのだった。

「上野と武蔵の国人はあらかた上杉への帰参を約したとのことにございまする」

両国とも上杉が守護を務める地なので当然ではあった。さらに、北の越後からも加勢を呼ぶだろう。

「数はわかるな」

「万を超えると思われまする」

越後の兵までがひとつとなれば、二万にふくれあがるだろう。

持助は奉公衆を御所に呼び集めた。岩松が無念の面輪で床板を踏み鳴らし、大股に回廊を歩んできた。

「聞いたか、河内守殿。宇都宮と千葉が兵を出さぬと返答をよこしたそうではないか」

「ぬけぬけと……」

持助は固く両拳を握りしめた。

江ノ島の戦いには、宇都宮も千葉も直ちに参陣を決めた。あの時とは違って、上杉の領袖が直ちに鎌倉から逃げたと聞き、憲忠を呼び出した末に謀殺した真相を悟ったわけか。

この読みが当たっているならば、まず疑いなく上杉が早くも手を回したのだ。悪くすれば、すでに京の将軍から御教書が出されたとも考えられる。

「事実であれば、大事ぞ。下野の宇都宮に背かれたのでは、日光に兵を送れなくなる」

岩松が恨めしげに声を落とした。日光までの道筋は、ほぼ宇都宮の領内なのだ。もし上杉と結ばれようものなら、追いかけたくとも敵地へ挑むも同じとなる。

鎌倉を出た成潤の行方は、依然つかめていなかった。その身柄を奪われれば、上杉一党に望みを与えてしまおう。もう一人の公方を自ら祭り上げることで、やつらは結束を固める気でいる。

「詮議などしている時ではないぞ。直ちに御出陣を願い出よう」

持助が歩きだすと、岩松が前に立ちふさがった。

「待て。まだ結城の兵が到着しておらぬ」

結城城は常陸に近い下総の北にある。多くの兵が鎌倉に向かっているため、北から宇都宮の攻めを受けるおそれが出てくる。もし結城が背後をつかれれば、敵は勢いづいて、鎌倉を目指すかもしれない。

成潤を奪われたうえ、北と西から軍勢が迫ってくるぞ。そう岩松は案じているのだった。

「慌てるな。直ちに手は打つ。我らの城を守りの要とすればよい。結城城に残る兵とともに動けば、宇都宮の抑えは必ずできる」

簗田の本城である水海城《みずうみじょう》は、下総の古河《こが》にある。周囲には古くからの御料所が多いため、長く辺りの国人をまとめあげてきた。先代公方が上杉と争った際には、幼い成氏を水海城に匿い、再起を図った地でもあった。結城城の西なので、すぐに加勢の兵を送り出せる。

家臣を呼びつけると、伝令を水海城に走らせた。出陣を拒んだ千葉にも、策を講じておきたい。千葉と領地を接する安房の里見は今、鎌倉にいた。千葉の家督争いを狙って、家中に内通をそそのかす策を採るほかに打開の手立はなかった。

大広間と回廊を挟んだ中庭に、鎧姿の奉公衆が勢ぞろいした。御座所から進み出た成氏も、すでに豪奢な胴丸と草摺を身につけている。

持助は武蔵の絵図を広げてみせた。

「上野の上杉勢は入間川沿いを南へ下っておると聞きまする。遅くとも今月中ごろには武蔵国府に到達するものと思われます」

成氏は絵図を睨むことなく、奉公衆を見回した。

「当然、伊豆に逃げた道朝らも、兵を押し進めてくるであろうな」

伊豆も上杉の配下にあった。兵を集め、寺社領にも半済を課したうえで兵糧米を備えていよう。持助は絵図に描かれた利根川《とねがわ》を指し示した。

「ただ今、東より結城の軍勢が江戸の内海へと下っております。公方様が武蔵の国府で待ち受ければ、結城が上杉を東から攻め立てられましょう」

うまく回りこむことができれば、敵の背後をつける。兵の数では負けていようと、充分に勝機はある、と考えられる。

成氏は庭の枯れ枝を見やり、しばらく考えてから、目を持助に戻した。

「確かに妙案である。敵は成潤を守ろうと、兵を分けているに違いない。数に怖れをなして手をこまねいておれば、あやつらの思うがままとなろうな。——皆の者、出陣するぞ。この戦が鎌倉の明日を守ると思え」

御所の庭に幟《のぼり》で飾り立てた輿が運ばれた。が、成氏は目もくれず、踊るほどの軽やかさで庭に降り立った。一頭の馬に歩み、さらりと鞍上へ飛び乗った。

「上杉の非道を絶つためぞ。余に続け」

戦を控えた家臣の前であるから、決して臆した様は見せずにいる。その堂々たる所作は、まさしく坂東の頭領《とうりょう》たる者の振る舞いだった。

勢いこむ主君の姿を見て、男どもが高らかに鬨《とき》の声で応じた。御所が揺れるほどの勢いだった。

持助と岩松で成氏の両脇を固め、鎌倉を出立した。中ノ道を進めば、焼け落ちた管領屋敷が見えてくる。持助は馬上から家臣に告げた。

「結城に国府で待つと告げよ。我らが先に打って出るのを見てから、回りこんで上杉をたたけ。やつらを蹴散らせたなら、武蔵は我らのものぞ。御尊父殿の弔い合戦になろう」

上杉に討伐された父親の無念があるので、結城家中は決死の覚悟で戦うだろう。

先代持氏と父満助の自死によって終わりを見た永享十年の大乱から、もう十七年になる。この一戦が、再興なった鎌倉公方の大いなる明日を拓《ひら》くはずだった。

九

伊豆の三島といえども真冬の風は、傷を負った身に染みとおるほどの冷たさだった。

島河原で公方の軍勢と戦い、上杉はたちまち敗走を強いられた。数で負けていたし、日光へ向かった昌賢らの動きを悟られないための、無理を承知のうえでの合戦だった。

資長は弟と陣の右手から敵方へ斬りこんだ。弓を射かけたあとで槍を持った歩兵を押し出し、敵の陣形を崩したところで資長たちが騎馬で果敢に挑んだ。が、多勢に無勢で見る間に押し返されて、資長までが敵の矢を腕に受けて傷を負った。やがて退却の法螺貝《ほらがい》が吹き鳴らされたため、速やかに兵を下げたが、敵は執拗に追ってきた。

しかも、本領の糟屋へ戻る道を先にふさがれてしまい、道朝の判断でやむなく伊豆へ迂回したのだった。上杉が長く守護を務めてきた地なので、国府の三島まで逃げ落ちれば、地元の国衆が迎え入れてくれる。

決死の思いで退却したが、島河原から三島は遠く、数百人もの徒が手傷のために儚くも命を落としていった。資長らは泣く泣く兵を置き去りにせねばならず、若い資忠は涙に暮れながら馬を走らせた。

からくも二日をかけて三島に行き着くと、上杉軍は心経寺《しんきょうじ》とその塔頭で鎧を脱いだ。気がつけば、千五百足らずの兵になり、多くが傷を負ってもいた。まさしく弓折れ矢つきるほどの負け戦だった。

「父上、昌賢殿は無事に日光へ達せられたでありましょうか」

焚き火を起こした庭先で僧から傷の手当てを受けながら、資忠が北の地を案じる目を見せた。

「必ずや成しとげてくれよう。身を捧げた徒らの願いは必ず通じると信じておる」

道真も祈るような言い方だった。

総大将の道朝は一人で講堂に籠もると、院主と一心に経を上げた。負けるとわかっていた戦に出て、上杉のために殉じてくれた者らの成仏を祈らずにはいられなかったのだろう。

境内で野宿を強いるのは忍びなかったものの、伽藍の数は限られていた。深手を負った者に屋根の下を譲り、資長は弟と焚き火でわずかな暖を取り、多くの兵と寒い一夜をすごした。

直ちに軍の立て直しを図りたかったが、すべての者が泥のように重く疲れ果てていた。糒は頼りなく、国府の米を徴発して飯を炊いた。しばらくは身を休めることしかできそうになかった。

それでも道真は、三島の国人を集めて武具と馬の補充を進めさせた。資長も腕の痛みが多少は薄れてきたので、無傷の兵を率いて槍や胴丸の修繕に取りかかった。

「簗田らはこの三島に兵を送ってくるでしょうか」

境内で焚き火を囲み、資忠は痛みをこらえながら不安を口にした。

地元の国人の加勢は得られたものの、今伊豆に攻めこまれたら、勝負は見えていた。さらに退くとなれば、隣国駿河《するが》の今川《いまがわ》氏を頼るしかない。

周りを囲む家臣も資長の言葉を待っていた。紐を結ぶ手を止め、資長は言った。

「必ず迫ってくると思え。道朝殿が京へ再び使者を送ると仰せであった。しかれども、いつ加勢の兵を得られるか、見通しは立たぬ。我らで追い払うしかないと覚悟せよ」

「このようなことは申したくありません。しかれども、江ノ島に続いての敗走であり……。徒の中には、父上や昌賢殿の武運がついにつきたのではないか、と案じる者が多くおります」

傷を負った者が横たわる中、資忠の背が小さく丸まった。

「考え違いをするでないぞ。よいか、武運とは決してつきるものでない」

資忠の目が怪訝そうにまたたかれた。なぐさめを口にしたと思われたのだろう。

「人の力ではどうにもならないめぐり合わせは、確かに不運と言える。されども、我ら武士には、武を磨くことで己を高め、運を切り拓く力が求められるのだ」

足利学校へ赴き、上杉長棟からかけられた言葉が、今こそ思い返される。

修練を重ねた末に、心と身に真なる武が宿る。弟に語ることで、資長は初めてその言葉の重みを確かなものとして受け止められた。

「力を備えてこそ、武運は拓ける。日々心と躰を鍛えるしかない」

「はい……。しかと心得ます」

資長はまだ痛む腕を回しながら言い添えた。

「偉そうに言ったが、それがしも未熟を嫌というほど思い知らされた。ともに己を磨こうではないか」

「望むところにござります」

ようやく資忠の目に、いくらか覇気が宿りつつあった。

手分けして武具や米などの備えを進めるさなかのことだった。不穏を映したかのような黒雲の下、三人の修験者が心経寺の門をたたいた。

「長尾昌賢様より、これを仰せつかって参りました」

手分けして伊豆の消息を聞き回った末にたどり着いたという。

講堂の前で出迎えた道朝に、修験者は深々と頭を下げて一通の書状を差し出した。その慎み深き所作に、道朝が息を殺すように口元を皺《しわ》めて受け取った。

常から泰然とした人であるのに、書状を開いて読み進めるうち、目が険しく見開かれた。心なしか眦《まなじり》が赤く染まって見えた。

「いかがなさりましたでしょう」

道真が声を落として横から尋ねた。

書状を持つ道朝の手が揺らいだかと思うと、ふいに二月の曇り空を振り仰いだ。

「三郎が……身罷《みまか》りおった」

上杉修理大夫顕房。道朝の嫡男で、幼名は三郎。弟の資忠と同じ歳なので、まだ二十一歳。

声もかけられずに資長は立ちつくした。昌賢と日光山へ向かっていたはずだった。

「先月二十一日、分倍河原《ぶばいがわら》にて合戦となり、由井《ゆい》まで逃げたものの傷深く、自害して果てたという……」

道朝は天を睨み上げたまま、頤《おとがい》を震わせた。涙を懸命にこらえていた。管領の憲忠に続いて、上杉両家は二人の当主を相次いで失ったのだ。

道真が目元を拭って、小声で問いかける。

「昌賢殿はいかに……」

道朝は無念そうに手の書状をつき出した。

受け取った道真が読み進めながら、声にする。

「右馬助殿に宿老の大石《おおいし》殿までが、身罷られたか……」

道朝の嫡男のみならず、犬懸《いぬがけ》分家を率いる上杉憲秋《のりあき》までが討ち死にしたうえ、宗家の宿老を失ったのだ。まれに見る負け戦と言えよう。

「兄上……」

資忠が声をつまらせ、息を呑む。

心経寺を囲む緑薄き木々へ目をやり、資長は父にささやいた。

「敵はもう我らに近づいておるやもしれませぬ」

これほどの犠牲を払いながら、昌賢一行が日光山へたどり着いたとは記されていなかった。足利の血を受け継ぐ成潤を味方に引き入れるため下野国を目指していたが、公方の軍勢に背後をつかれてはならじと、南へ引き返して合戦になったと思われる。

もし昌賢までが上野への退却を余儀なくされていたら、成潤を次の公方に担ぐ道が絶たれかねない。足利の総大将という御旗なくしては、いくら上杉の名が関東に広まっていようと、公方とどちらに非があるのかわからず、惑う者は多くなる。

要の管領も討たれているため、号令を発しようにも、兵が集まってくれるものか……。扇谷と犬懸分家の当主まで失ったと広まれば、さらにも防戦一方となる。

天を睨み上げていた道朝が、やおら資長たちに向き直った。

「皆の者、槍と弓の補充を急げ。伊豆中の馬をかき集めるのじゃ」

その横に道真が並び立った。

「陣頭には源六が立て。わしは駿河の今川家へ加勢を求めに走る」

今川範忠《のりただ》の正室は、道朝の妹なのだ。先代公方の謀反や結城との合戦にも、上杉方として参陣していた。道朝の苦境を知れば、必ずや手助けしてくれよう。

資長も前へ進み、群がる家臣を振り返った。

「源五郎は土塀と井楼《せいろう》を築け。鎌倉への街道には隅々まで木楯《きだて》を並べよ。守りを固めたうえで、斥候と伏兵を差し向ける。よいな」

集まっていた男たちが天に向けて誓いの鬨声を発し、一斉に動きだした。

怖れていたとおり、公方の奉書が伊豆にも出回ったらしく、心経寺に籠もる上杉を探ろうとする者が近辺に出没し、資長は二度にわたって兵を率いて巡察に出た。

一度は街道筋で思いがけず敵と出くわし、斬り合いに及んだ。念のためにと徒弓を率いてきたのが幸いして、一兵残らず討ち取れたものの、敵が迫りつつあるのは動かしがたく、街道の先にも見張りの井楼を急いで築くこととなった。

三月に入ると、駿河へ赴いた道真から早馬が到来した。道朝が書状を開くなり息をつき、安堵の声をにじませた。

「おお……。皆の者、喜べ。ついに帝《みかど》が追討の御旗を下されたぞ」

京に渡った長尾景信の談判が実り、将軍が帝への奏上に動いたのだった。

これで成氏と簗田ら奉公衆は、朝敵となった。京の動きが広く伝わっていけば、成氏方の手勢にも必ず気後れが生じてくる。

さらには上杉の願いどおり、京の御所に出仕していた房顕を新たな関東管領に任じた、とも記されていた。長棟の次男であり、謀殺された憲忠の弟が関東へ兵を率いてくるのだ。信濃や駿河の守護に出陣を命じる御教書も出されたという。

これで緒戦の劣勢を挽回できる。

大いに喜んだのも束の間、もたらされたのは福音ばかりではなかった。時を置かずに、箱根への道筋に配しておいた家臣が色をなして心経寺の門前に戻ってきた。

「足柄峠の先に敵の手勢が集まっておりまする」

ついに成氏方の追っ手が、箱根の山を迂回してきたのだ。

「源六、そなたが斥候に出よ」

道朝に命じられて、二十の騎馬を率いて御殿場へ急いだ。街道筋を見張る兵に言わせると、七百近くが集結しているらしい。二日前から動いていないため、後詰めの一団を待っていると考えられる。

資長は隘路に兵を潜ませる手はずを調えてから、急ぎ三島の心経寺へ駆け戻った。

「あるいは船で伊豆を回りこみ、我らの背後をつこうという策やもしれませぬ。早急に備えの兵を沼津へ送り、守りを固めるべきと思いまする」

が、上杉の兵は限られていた。守りを固めようにも、防御の木楯を築くには多くの資材が求められる。

総大将の道朝は、講堂で家臣を前に珍しくも迷いを見せた。

「籠城して駿河からの加勢を待つが得策か……」

助けを求めに向かった道真は、まだ戻っていない。今川の動きが鈍いため、手ぶらで帰るわけにもいかず、話し合いがなお続けられているのだろう。

資長は道朝の前に進みつつ、資忠に言った。

「源五郎、そなたは駿河へ走れ。わずかな兵でもいいので、父と駿河の旗印を沼津に掲げよ」

「心得ました。今川の加勢がすでに到着した、と思わせるのですな」

資忠が策を読み解き、感嘆の声を上げた。

道朝も大きくうなずき返してくる。

「よし。走れ、源五郎。沼津の湊を今川の旗で埋めつくすのじゃ」

「御意にござりまする」

直ちに資忠が門前へ走りだした。これで万が一沼津へ船が向けられても、敵方の上陸を遅らせることができる。

二千の矢を総出でこしらえて、街道を固める兵に配った。夕刻に資長が井楼へ上り、敵兵が集結する北の地を望んでいると、道朝が梯子段を上ってきた。自らの目で周囲を見定めておきたかったらしい。

「狼煙《のろし》はまだ見えておりませぬ。敵はやはり後詰めを待っているのでしょう」

「少しは休め」

道朝が井楼の柱をつかみ、いたわりの目を向けた。

「いいえ、ここはお任せください」

「おぬしに倒れられたら、我らは終いぞ」

「ありがたきお言葉にござりまする」

身を正して礼を告げると、道朝が静かに首を振ってみせた。

「わしは甘言など口にせぬ。ゆえに、昌賢やおぬしの父から、もっと家臣を褒《ほ》めてくれと常から窘《たしな》められてきた」

「申し訳ありませぬ」

父に代わって頭を下げると、道朝が資長に目を向けた。総領の三郎を亡くして以来、思いつめていた顔にささやかな薄陽のような笑みが浮かんだ。

「おぬしは、父らの上を行く無双の案者になろうな」

「いいえ、まだ父と舅殿の足元にも――」

言いかけた資長をさえぎるように、道朝が目を細めた。

「頼むぞ、源六。おぬしの知恵と篤き義の心で上杉をまとめ、坂東の明日を支えるのじゃ。ほかに一族の命運を託せる者は見当たらぬ」

嫡男を失ったばかりであるのに、資長を激励するため、わざわざ梯子段を上がってきたとわかり、胸の内が熱くなった。扇谷分家のみならず、関東を支えるなどは、あまりに荷が重すぎた。が、公方が管領を謀殺する大事となり、鎌倉府は再び動乱に見舞われ、多くの民も不安に駆られていよう。この危急の事態に何ができるか。

「父親として、恥ずかしい限りだ。わしは三郎に何も与えてやれなかった……」

そんなことはない、と言いたかった。資長も父に厳しく諭されながらも、剣術の鍛錬のあとで汗を拭い、笑い合ったひと時のことは、今も胸の奥に大切な思い出として残っている。が、息子を亡くした道朝には、なぐさめにもならないだろう。たとえ言葉にせずとも、人として伝わるものはあると信じて、深く頭を垂れた。

「今ほど道真を妬ましく思ったことはない。ここで誓えよ、源六。何があろうと父より先には死なぬ、とな」

赤く染まる富士を見上げた道朝の横で、資長はひざまずいた。武士たる者、誓いたくとも誓えはしない。戦での死は絶えず背中合わせにあるのだ。

「時に――道朝様はいかにお考えでありましょうか」

資長は面を上げ、気になっていたことを切り出した。この数日、絶えず思案を重ねながらも、まだ答えを出せずにいた。

道朝が目で尋ねてくる。

「総大将である三郎様を失い、分家の家臣らは昌賢殿と今なお上野の地で奉公衆と戦っておるのでありましょうか。それとも――」

当主の顕房に宿老の大石までを敵方に討ち取られていた。昌賢の消息も伝わってきてはいない。もしや分家の家臣は、昌賢ら宗家と別に動いている、と考えられはしないだろうか。

その場合、分家の者が頼りとするのは、顕房の父である道朝となる。

「おお……。足柄峠から敵が動かずにおるのは、分家の一団がこの三島を目指しておるから。そう言いたいのであるな」

「もし我らの先見が当たっているならば、駿河からの兵を待つまでもなく、北と南から敵をたたけましょう」

道朝が再び北の地へ目を向けた。

心経寺へ書状を届けに来た修験の者らは、その首尾を分家の一団へ報せるべく動いたはずだ。総大将を失った軍勢は今、この三島を目指しているのではないか。

「ありうるな。この三島へたどり着けば、昌賢に比するもう一人の案者に、その才を受け継ぐ息子もおる。駿河の軍勢も加われば、鎌倉を奪い返すことも叶えられる」

道朝が思案の面輪で独りごちる。

敵は味方の来着を待っているのではなく、背後を固めにかかっている、とも考えられる。

「箱根の山の近くに兵を走らせ、狼煙を上げてはいかがでござりましょうか」

上杉のみならず、戦の際には離れた軍勢と動きをともにするため、狼煙を合図に使う。もし三島に近づく一団あらば、こちらの狼煙に応えて火を焚くだろう。その後、突撃の合図である途切れの煙を上げれば、北と南から一挙に攻められる。

「源六よ。今から我らの総大将となれ。存分に戦ってみよ」

「お任せください」

資長は一礼して答えると、井楼の梯子段へと足をかけた。


「おお、やはり狼煙が上がりましたぞ。北方おおよそ六里から七里ほどでしょうか」

井楼の上から番兵が喜悦の声を張り上げた。

数はわからずとも、分家の兵が近づいていた。峠の隘路で囲われているのは敵のほうなのだ。

資長は一千の兵に号令を下した。

「皆の者、出陣する。敵は七百。気を抜くな」

弓を持たせた騎馬を先に送り出し、街道筋の左右に配した。そのうえで、長柄組に槍衾《やりぶすま》を作らせて守りを固め、徒弓を進める策を選んだ。

先陣の大将は、沼津から戻った資忠を抜擢した。資長もその後ろに続く精鋭を指揮する。

砦と化した心経寺を早朝に出て、速やかに北へ進んだ。夕刻に兵を休め、夜明けを待って攻撃を開始する。斥候の報せでは、すでに山の中腹へと移り始めていた。高所から弓を射かけて戦うつもりなのだ。

「兄上。それがしが打ち払いましょう。麓から火を放ちまする」

もっとも手早い策だった。山へ逃げるのでは愚かすぎる。それほど敵は追いつめられている。

夜明けとともに合図の狼煙を上げた。分家の一団から返事があるのを待って、資忠一行が風向きを見たうえで、麓の野に次々と火を放った。わずかな逃げ道を残しておいたので、あとは火に追われる兵を待てばよかった。

血迷った敵は、こぞって裾野を駆け下りてきた。

「いったん、引くぞ。やつらを懐深くへ招き入れたところで、両翼から矢を放て」

資長自ら前へ回って騎馬を下がらせ、敵の接近を待ち受けた。

早くも弓が高所から飛んできた。が、引いた資長軍には届かず、道や野にむなしく突き立っていく。

敵の先陣が見えたところで、合図の法螺貝を吹き鳴らした。両翼から徒弓が迫り、一斉に矢を射かける。兵は鎧を身につけていようと、馬は大将の乗るものしか鎖帷子《くさりかたびら》で覆われてはいない。狙いをつけて馬を倒したところで、長柄組を突進させた。鋒で敵をたたき、そのうえで騎馬を向かわせ、薙ぎ払っていく。

敵の先陣を一掃したところで、再び兵を素早く引かせた。次なる兵馬の出方を見たうえで、法螺貝を吹き鳴らし、左右から弓を射かけさせる。

怒濤の攻め寄せに、敵は早くも逃散《ちょうさん》しだした。

「進め。敵の大将を討ち取れ」

資長は長刀を手に叫び、一気に馬を走らせた。

十

分倍河原で上杉軍を容赦なく打ち破ったあと、簗田持助は公方成氏と詮議を重ねて村岡まで兵を進め、ひとまず龍泉寺《りゅうせんじ》に陣を布いた。

「まだ昌賢めの行方はつかめぬのか」

緒戦に大勝しながらも、成氏の機嫌はひどく悪かった。多くの首級を挙げられたが、上杉の首《しゅ》悪《あく》と言える昌賢を取り逃がしていたのだ。

長尾氏の本領は、代官を務める上野の白井であった。多くの兵を失ったはずで、一軍を立て直すには本領へ戻るのが道理と言えたが、やつらの真の狙いは明白だった。

「日光へ向かったに決まっておろう。一刻も早く宇都宮へ使者を送り、兵を出させよ」

成氏は陣幕をめぐらせた本堂で胴丸も解かず、持助を叱りつけた。

当然の策であり、すでに宇都宮等綱には出陣の下知を与えていた。が、ろくな返書もよこさず、いまだ城から動いていない。

戦の成り行きを小狡くうかがっているのだ。上杉を蹴散らした事実を伝えてやれば、必ず帰服を誓ってくる、と成氏は疑っていなかった。

宇都宮であれば、直ちに北の日光山へ駆けつけられる。もし昌賢が下野へ忍び入り、宇都宮の調略に成功しようものなら、輪王寺へ逃げたとおぼしき成潤の身柄を奪われかねない。

弟の定尊は八幡宮寺の別当を務めていたので、直ちに家臣を差し向けて、御所にて匿った。鎌倉公方の弟としての使い道はたっぷりとある。

「すでに手は打っておりまする。幸いにも我ら簗田の賜りし地は、下総古河の水海でござります。昌賢らが日光へ向かったならば、鬼怒川沿いを北へ進むでありましょう。我ら水海や結城の城から兵を出すよう、すでに命を下しております」

ただし、不安はなくもなかった。

さらに東を見るならば、結城の合戦で武功を挙げて本領を取り戻した小栗《おぐり》氏の城があった。先代公方が自死したあと、小栗の所領は上杉によって安堵されていた。その時の恩義を忘れていない、とも考えられる。

持助はもちろん、結城も多くの兵を鎌倉へ呼び寄せた。その隙をつかれて小栗が上杉に手を貸し、もし宇都宮と結ばれたら一大事となる。奸智に長けた昌賢なれば、その調略に早くも動いているおそれはあった。

「近辺の国人に触れを一斉に出せ。昌賢一味を見つけ出したら、新たな所領の褒美を取らす。城持ちも夢ではない、と尻をたたくのだ」

上杉は関東の西をあらかた所領としていた。管領屋敷は焼き払い、鎌倉から上杉勢は一掃できた。このまま相模を奪い取れたら、被官に与える土地はいくらでも手に入るのだ。

五日が経っても、水海や結城に残した兵から新たな報せは届かなかった。その間、持助は上野の国人衆に使者を送り、公方の旗下に参陣せよと命じた。

さらに岩松持国と諮《はか》って、先に上野へ兵を進めさせた。もし昌賢が本領へ戻っていれば、岩松軍の押し入りに何かしらの動きを見せるはずだった。

二月の下旬になって、ようやく結城城から使者が到来した。

「小栗城に兵が集まっておりまする。その中に、長尾の九曜巴《くようともえ》らしき旗印を持つ者がおるとのことにござります」

三つ巴を九つ重ねた印は、長尾氏の紋所だ。小栗城の近くに長尾の血縁が住まうとは聞いていない。公方との戦が始まった中、わざわざ長尾の旗印を掲げるのでは、公方直臣に目をつけられるだけだった。長尾の兵が密かに小栗城へ逃げこんだとしか考えられない。

「昌賢め……逃げ足の速いやつよ」

あやつらは、やはり下野の宇都宮を経たうえで日光山を目指しているのだ。

持助は目通りを願い出て、御座所代わりとした本堂へ赴いた。

「即刻、支度を調えよ。結城の城へ向かうぞ」

話を聞くなり成氏は立ち上がり、居並ぶ臣下に命を下した。

持助は頭を下げつつ、声を強めた。

「どうかお待ちください。常陸は上杉に与する者どもの多い地にござります。守護の山入佐竹氏に水戸の江戸氏、霞《かすみ》ヶ浦《うら》の国人もすべて上杉方と見るべきに思われまする」

「昌賢はそやつらの加勢を得て、日光を目指す気ぞ。遅れを取ってはならぬのだ」

「ここはまず水海城に入り、結城や小山と陣容を固めたうえで、小栗城を攻めるべきと思われまする」

「さもあれ直ちに兵は進めよ。上野は岩松がおれば、睨みは利かせられる。直ちに出陣ぞ」

一人だけ上野に残されたと知れば、岩松は機嫌を損ねて、恨み言を並べ立てるだろう。が、今は何より昌賢の日光行きを阻むことが求められる。上野の上杉勢に西から迫られたのでは、小栗を攻めるどころではなくなってしまう。成氏たっての願いと伝えておけば、岩松も今は我慢の時と考えるだろう。

成氏と七千の兵を率いて、三月三日に下総の水海城へ入った。

この古河の地には、古くから鎌倉府の御料所が多く、簗田一族が長く代官を務めてきた。これで当分は兵糧に困ることはなくなった。

「東は小田讃岐守《さぬきのかみ》に、北は烏山城《からすやまじょう》を治める那須《なす》越後守が公方様の麾下に入るべく、出陣したとのことにござりまする」

持助の命を受けて、城代は見事に務めを果たしてくれた。これで総勢一万は下るまい。

そもそも小栗は二千ほどしか兵を持たない小物だった。そこに逃げてきた上杉の残党が加わったところで、ものの数ではなかった。

「直ちに小栗を攻めよ。余も結城城まで進む」

成氏の命を受けて、持助は三千の兵と結城城へ向かう手はずを調えた。

いざ出立の直前になって、上野に残した岩松持国の使者が駆けつけ、加勢を求めてきた。差し向かう上杉勢との戦がついに始まったのだ。しかも、従兄弟である分家の長純が上杉方へ加わったため、骨肉の争いになっているという。

「ならば、定尊を向かわせよ。兵は五百もあればよいであろう」

使者を迎えた成氏は、さして考えるでもなく冷淡に告げた。

公方の弟が参陣するにしても、たった五百では頼りにならなかった。持助は成氏に告げず、もう五百の兵を定尊に預けて送り出した。

学僧から多くを学ばせたものの、先人が担ってきた鎌倉公方という大任への誇りを、成氏は持ちすぎる嫌いが見えた。まだ若く血気にあふれているからではなく、父の持氏や祖父の満兼も足利という血統への自負を強く抱いてきた。ゆえに征夷大将軍への未練を断ちきれず、関東管領を受け継ぐ上杉から絶えず諫められ、そのたびに騒動となってきたのだ。

血は争えないらしく、成氏も奉公衆が公方に傅《かしず》くのは当然と考えている。が、ろくな褒美も得られずに、身を捨ててまで働く者はいない。

弟の定尊は、確かに鎌倉から逃げ出しはしなかった。ひとまず兄に恭順の情を示したと言える。が、少ない兵しか預けられずに出陣を迫られたうえ、追いつめられたあげく身の危険を感じたなら、冷淡な兄に背こうとするかもしれない。

戦の際に最も頼りとなる岩松も、手厚く遇してやってこそ、存分に働いてくれるのだ。家臣を重んじる心を忘れないよう、おいおい成氏を諭していかねばならないだろう。

岩松が踏み堪えてくれねば、越後の上杉も上野を経て古河へ攻めてくるだろう。緒戦を勝ったにすぎず、まだ上杉は力を有しており、決して油断はできなかった。

「今は耐えてくれよ、左馬助」

遥か三十里も離れた古河の地から、同志の戦いようを持助は祈った。

総大将の成氏を水海城に残し、持助は自ら二千の兵を率いて結城城に入った。残る一千は西の小山祇園城《ぎおんじょう》に置いた。

「よいか。三日で武具をそろえよ。兵糧は古河から持参しておる。小栗を囲んで陣を構え、城攻めにかかる」

持助は公方の名代として、城内に集う兵を前に号令を発した。祇園城の兵には、鬼怒川を上らせて北から攻めるように命を下した。

北の地さえ抑えてしまえば、日光への道は封じられる。成潤へ迫ることができる。

「十日で落とすぞ。心してかかれよ」

先代公方を殺し、結城城を攻め落とした末に、持助の父をも自害させた。すべては上杉宗家を家務として司る昌賢の計らいだった。あの男だけは、断じて生かしておけない。

持助は櫓に上り、小栗の地を望んだ。

今こそ昌賢の首を落とす時なのだった。

十一

上杉方の使者として京へ向かった長尾景信が室町御所に訴えたため、将軍義政は成氏の討伐を決めた。関東管領に選任された房顕には、帝から下された〝天子御旗〟を与え、これで成氏は朝敵となったのだった。

駿河の今川氏にも討伐の命が出されたことで、道真はようやく三島に戻ってきた。

ところが、守護の今川範忠は常から在京を命じられていた。将軍による〝武家御旗〟を託された範忠は京を発ったものの、いまだ本領に到着してもいなかった。

「力足らずで申し訳ない……」

道真は先に兵を出してくれと嘆願したが、今川の重臣は頑として首を縦に振らなかった。あくまで当主の帰りを待ち、ともに出陣すると譲らなかったのだ。

たとえ将軍の下知があろうと、出陣には犠牲がともなう。上杉の戦いぶりを見定めるとともに、成氏軍の陣容も確かめてからでないと兵は出せない、というのが本音だろう。

道真は昌賢の動静を気にかけて、白井城に使者を送り出した。が、三島から上野の地は遠く、いつまで待っても返事は届かなかった。

足柄峠の敵は、退却してきた分家の兵と打ち払えたものの、いつ次の追っ手が攻めてくるかわからない。武蔵と上野で上杉が敗走し、道朝の嫡男ら多大な犠牲を出したうえ、昌賢が無事であるのかもまだ不明のままなのだ。多くの上杉勢が、霧の中で居場所を見失っているようなものだった。

「我らの本意ではないが、ここは今川軍を待つしかあるまい。それまでは、この三島で耐えようではないか……」

道朝は無念の相を見せて、焦《じ》れる家臣らを説き伏せた。

分倍河原から来た兵が加わったため、心経寺に籠もる道朝軍は三千を超えた。敵の動きを見つつ、鎌倉を目指すべきではないか。そう訴える者が多くなっていたのだ。

が、たとえ鎌倉に戻れても、御所を守る敵が待ち受けている。たった三千で何ができるか。

道朝は息子を亡くして臆したわけではなかった。今川軍の加勢を得られたなら、必ず鎌倉の地は取り戻せる。そこから攻めに転じるほうが確かな策を打てると信じたのだ。急ぎすぎたのでは、不測の泥濘《ぬかるみ》に足を取られて転ぶことも起こりうる。

資長は弟と二人、武具と兵糧の備えをさらに進めた。梅や青菜を手に入れるため、伊豆の地をはしから駆けめぐりもした。

四月末になって、待ちに待った駿河の今川軍が動きだした。その数、一万強。大いに心強い。

「直ちに出陣するぞ。我らには天子御旗が下されておる。主君たる公方に刃向かうのではなく、帝の命を受けて朝敵を征伐するのじゃ。正義は我らにある」

道朝は気焔《きえん》に満ちた声で、群れ集う兵に訴えた。

先陣として資長は父や弟と直ちに心経寺を出た。先に箱根や足柄の峠を押さえておき、今川軍を待ち受けるためだ。

案に反して、今川の軍勢はもどかしいほど動きが遅かった。大将の範忠はやっと駿河城を出たばかりで、来着にはまだ六日はかかるという。

「御屋形様より下知は受けてまいりました。このまま鎌倉へ進め。邪魔立てする者あらば、打ち払え、とのことにござりまする」

駿河から駆けつけた今川の先陣は少なく、二千強だった。上杉と合わせて五千になるので、充分に戦える。まずは上杉の力を見せよ。そう範忠は考えているのだった。

将軍の下知は得ていても、助けを借りる身としては、今川の重臣らに強く異見はできなかった。道朝は自ら先陣に加わって進むと言いだし、家臣らを大いに慌てさせた。

「ここは我らにお任せください」

道真が頭を下げて嘆願したが、道朝は頑として譲らなかった。

「言うな、道真。鎌倉を取り戻してこそ、三郎の敵を取れるというものぞ。大事な一戦を前に父が臆した様を見せたのでは、黄泉路《よみじ》から息子に笑われよう」

そうまで言われては、諫められる者はなく、皆ただ静かにうなずき返すしかなかった。

道真は資長に近寄るなり、そっと耳元で告げた。

「おぬしらが命に代えても守れ。続けざまに当主を失えば、被官の国人までが逃げ出しかねぬ。源五郎と左右を固めよ。危うき際は身をもって盾となれ」

「しかと承りましてござりまする」

三郎顕房亡き今、扇谷分家の当主は道朝なのだ。息子の敵を取ろうと、身命《しんみょう》をなげうつ覚悟で戦おうとするだろう。剃髪したとはいえ、道朝はまだ四十歳で、道真より五歳も若く、筋骨も衰えてはいない。

峠を越えて鎌倉へ近づくと、早朝に放った十太夫らの斥候が駆け戻った。

「鎌倉より三千強の兵が出陣しました。まず先陣の里見が、島河原に陣を布《し》いております」

「三千なら、怖るるに足らん。このまま進むぞ」

道朝は眦《まなじり》を決して言いきった。

資長は目で暗に父に問いかけたが、ここでも異見は出せなかった。島河原は道朝軍が緒戦で敗れた地である。ゆえに成氏方は、同じ場所で待ち受ける動きに出てきた。返り討ちにあいたいのか、と脅すつもりなのだった。

敵はもしや今川軍の数を読みきれていないのか。悪くすれば、武蔵からの後詰めがまだ加わる、とも考えられる。さらなる斥候を出すにしても、今川軍が同道しているため、臆したと思われるわけにはいかない。

「父上。今川には北から攻めていただきましょう。我らは花水川《はなみずがわ》を越えたところで、しばし時を稼ぎ、敵を引きつけるのです」

昨夜から考えていた策を打ち明けると、道真は一も二もなくうなずいた。

「その間に回りこんでもらうのだな」

早めに兵を二手に分けて進めば、敵はまず上杉のみの軍勢を先にたたこうと動くだろう。上杉勢が耐えている間に、後ろや横合から攻めかかってもらう手だった。

もし今川軍が遅れを取れば、上杉に甚大な犠牲が出る。それでも我らは今川を信じている。そう身をもって伝えることで、両軍の結びを強める狙いもあった。

「任せろ」

道真は短く言いおくと、今川の重臣の前へ進んで頭を下げた。

「我らは今川家のお力を信じ、微塵も疑ってはおりませぬ。ゆえに上杉が先に仕掛けまする」

「相わかり申した。我らの誓いを今ここで立てましょうぞ、太田殿」

誓いの杯が酌み交わされた。

翌朝、上杉軍は花水川の浅瀬に木橋を渡し、一気に兵を進めた。やがて敵も動いた、と斥候が戻ってきた。こちらの軍勢のみに気を取られてくれれば、願ってもない。

時をかけて兵を進めていくと、午《ひる》すぎに敵の姿が見えた。すべての渡河を終えてからひと塊になって攻めてくると読んだか、敵は左右に広く、鶴翼《かくよく》に近い陣立てを採っていた。こちらの読みどおりの動きだった。

道真が素早く貝役に指示を出した。法螺貝の音が高らかに三度鳴り渡る。

あらかじめ決められた音色にしたがって、上杉軍も左右に広がっていく。

互いに間をつめていき、今度は陣太鼓が大きくたたかれた。長槍を構える徒が足を止め、その後ろから矢が次々と射かけられる。

「兄上、ご覧くだされ」

資忠が北の空を長刀で示した。

薄雲の浮かぶ青い空に、一筋の狼煙がゆらりと立ち昇っていた。回りこんだ今川軍が陣太鼓の音を聞きつけ、いよいよ攻め寄せにかかるとの合図だった。

馬上から道朝が叫ぶ。

「この機を逃すな。者ども、進め」

陣鐘が激しく打ち鳴らされる。木盾を持った徒に続いて、長柄組が槍を手に駆けていく。騎馬が左右に分かれて、間へ斬りこむ。

資長は馬を進めたがる道朝の横につき、示し合わせたとおりに槍衾を前に張りめぐらせた。その奥から矢を放ち、敵を充分に散らしてから、道朝とともに騎馬の群を走らせた。左前を資忠が守り、敵兵を押しこんでいく。

ほどなく砂塵の奥に、今川の幟が見えた。

「皆の者、今川の加勢が到着したぞ」

資長は馬を返して、高らかに報じた。

鬨の声が渦巻き、砂埃の舞う草原にうねりとなって広がった。見る間に徒の動きが弾み、敵を押しこんでいく。

「この戦はもらったぞ」

資長は馬を駆って、道朝の前に迫ろうとする騎馬兵を斬りつけた。どうと敵が地に倒れる音が響く。屍《しかばね》を越えて長柄組が進んでいく。

法螺貝の音がまたも高鳴り、上杉の兵が勢い立つ。早くも敵の陣形が崩れ、左右に逃げゆく者が見え始めた。左の先陣で、陣太鼓が大きく打たれる。敵兵が引き始めた合図だった。

「逃がすな、前へ進め。押せ、押すのじゃ」

ここを先途《せんど》と見て、道朝が薙刀《なぎなた》を振り乱す。

長柄でとどめを差すべく、敵兵ののどを突く者。逃げる者を追って、資長たちの横を騎馬が走り抜けていく。折れた旗指物を蹴り飛ばして、兵が駆けていく。

「公方軍、退却。今川が追っていきます」

今川の押し寄せる左陣を任せた家臣が駆け戻り、道朝に叫んだ。

「兄上、手柄を奪う気ですぞ」

資忠が恨みがましく声を張り上げた。このまま一気に敵を追い、鎌倉への一番乗りを果たす気なのだ。

「仕方あるまい。今川は武家御旗を託されておる。我らの総大将は上総介殿であられるぞ」

資長も悔しくはあったが、総大将の今川範忠は道朝より八歳も年長だった。ここは慎ましく、上杉は後陣を務めるほかはない。

「源五郎は陣僧を呼び、傷ついた者の手当てにかかれ。あとは小荷駄の守りに就かせよ」

道朝は亡骸の転がる荒野を見渡し、静かに命を下した。

やむなく資忠は頭を垂れたのち、家臣を引き連れて戦場から離れていった。

道朝が馬を寄せた道真に目を戻した。

「我らは行くぞ。無傷の者を集めて、今川を追う」

「御意にござりまする」

資長は重臣の樋口兼信《ひぐちかねのぶ》を呼び寄せて、兵をまとめさせた。傷を負った者は三百余名。死者は百六十を超えていた。命と引き換えに戦ってくれた者らの無念を思い、皆で祈りを捧げてから、鎌倉へ向けて出立した。

中ノ道を進むと、矢を身に突き立てた兵が道々に横たわる。が、今川や上杉の幟はなく、公方直臣の木戸《きど》氏や安房里見氏の旗指物ばかりだった。身内を捨て置き、逃げ出したらしい。

今川勢に追いつけないまま夕刻を迎え、江ノ島に近い宝珠寺《ほうしゅじ》で兵を休めた。

「あれをご覧ください」

資長と道真で住持を説き伏せて門前に戻ると、境内を埋める兵が茫然と立ちつくし、鎌倉の方角を見やっていた。

「火の手が上がっておりまする」

資長は足が止まった。空が真っ赤に染まっていたのだ。無論、夕照《せきしょう》ではない。燃えるような赤の中に、いくつもの黒い煙が立ち昇っている。

仏堂の広さを確かめていた道朝も、家臣と門前へ走ってきた。その乱れた足取りに困惑が表れていた。暮色《ぼしょく》の空を赤々と染めるほどの火の手が、鎌倉の地を焼いているのだ。

今川軍が攻め上がり、敵方と戦になったとしても、あれほどの火の手が一度に上がるとは思えなかった。道真が憤怒の声をしぼり出す。

「あやつら……」

今川勢の数と勢いにおそれをなした敵が、町中に火を放って逃げたのだ。このまま鎌倉を上杉に奪われたのでは、さらにも追いつめられる。むざむざと明け渡してなるものか。焼け野原となってしまえば、今川と上杉も後始末に追われよう。

道朝が歯をきしらせるように言った。

「気でも狂ったか……」

上杉の管領屋敷はすでに焼かれていた。おそらく扇谷の地も同じだろう。兵糧を根こそぎ奪い、御所も火の手に包まれているに違いなかった。

「鎌倉の地を見限るとは、恥を知れ」

道真が赤い空から目をそらし、境内に敷きつめられた砂利を悔しげに踏みにじる。

二百五十年にわたって坂東の都として栄えた鎌倉が、無惨な炎に焼かれていた。

いくら朝敵になったとはいえ、鎌倉の地を捨てたからには、もはや公方とは名乗れまい。それでも京の将軍に抗い続けると、広く世に伝えるための所業なのか。

翌朝、資長は弟と家臣をともない、鎌倉へ馬を走らせた。

扇谷はおろか、八幡宮寺の前に建ち並ぶ武家屋敷もすべて灰燼《かいじん》に帰していた。まだあちこちに火がくすぶり、何百もの煙が立ち昇って空を黒々と覆いつくす勢いだった。黒炭となった町の中を、亡霊のように彷徨《さまよ》い歩く人々がいた。寺社が焼かれなかっただけ、まだ救われる。

鎌倉の時代は今、終わりを告げたのだ。

坂東の地はこの先、未曾有《みぞう》の戦乱に見舞われる。

耐えがたい悲しみと辛苦の思いに身をしぼられながらも、涙は出てこなかった。昌賢がどこにいるのかも、今はまだわからずにいる。品川の屋敷に残してきた静は無事であろうか。

「新たな城を我らの手で築かねばならぬな」

資長は、茫然と辺りを見る弟を振り返って告げた。

「この鎌倉に、ですな」

「いや、わからぬ。公方の軍勢がどこへ逃げたか。敵の布陣を見定めてからになろう。しかれども、その前にこの鎌倉の人々に手を貸さねばならぬぞ」

「――はい」

資忠と固くうなずき合って、馬を出した。くすぶる火を消し止め、五山や八幡宮寺の僧侶や今川軍の助けも借りて、まず町の人々を支え、鎌倉の守りを固めねばならなかった。

肌に当たる風がまだ熱を帯びていた。それは資長自身の抱く憤りの熱さなのかもしれない。

明日をも知れぬ苦難の日々が、焼け野原となった鎌倉の地の先に待ち受けていた。

第二章　江戸築城

一

享徳四年（一四五五）十二月　古河

白木の香の漂う中、寂しいほどに飾り気のない回廊を歩むと、真冬の凍てつく風が簗田《やなだ》持助《もちすけ》の首を冷たくなで上げた。沼の畔の高台に急ごしらえの居館を設えてから、早くもひと月がすぎようとしていた。

この十ヵ月を顧みるたび、足下の湖面を覆う薄氷を透すがごとく先行きが朧《おぼろ》になり、胸の内を凍えさせる。江ノ島の戦いで勝利をつかみ、上杉《うえすぎ》の傍若無人な振る舞いは京の将軍家にも伝わったはずなのだ。分倍河原でも上杉を蹴散らし、道朝《どうちょう》の嫡男までを討ち取った。

ところが、いつしか将軍家に楯ついた逆賊と見なされて、住み慣れた鎌倉までを追われている。今は簡素な板を張りめぐらせた粗末な屋舎が、御所の代わりなのだった。

「どこで道を違えたのか……」

持助は寒風に耐えながら、深く考える。

六月の末になって、鎌倉を捨てた警固の一団が奉行人をともなって祇園城まで逃げてきた。武家御旗を掲げた今川範忠《いまがわのりただ》が一万を超える兵を率いて押し寄せたのだ。

成氏《しげうじ》は逃げてきた面々を睨みつけ、炎を吐くほどの勢いで叱りつけた。

「あれほど西への備えを忘れるな、と申したであろうが」

いくら罵《ののし》ろうと、もはや鎌倉へは戻れなかった。

相模に残した兵が頼りなかったにしても、伊豆へ逃げた道朝を仕留めるどころか、返り討ちにされるとは考えてもいなかった。そこに今川の軍勢まで加わったのだから、鎌倉を守りとおすなど、土台無理な話だったのだ。

今川範忠は在京を命じられていたため、鎌倉への出陣はもっと遅くなると踏んでいた。が、上杉が手を回して管領細川勝元《ほそかわかつもと》を動かしたという。

ほどなく、越後からも守護の上杉房定《ふささだ》自ら出陣したとの報せが、上野《こうずけ》で力戦する岩松持国《いわまつもちくに》からもたらされた。さらには、誅殺した憲忠《のりただ》の弟が新たな関東管領に選任されて、京から軍勢を引き連れて鎌倉へ下向してきたのだった。

返す返すも憎き長《なが》尾《お》昌賢《しょうけん》を取り逃がしたのが、悔やまれてならない。

分倍河原で上杉勢を蹴散らしたあと、日光へ向かった昌賢を追って、持助らは成氏と結城《ゆうき》城へ入った。総掛かりで小栗城を攻め落としたものの、そこでまたもや昌賢を取り逃がした。あの男は懲りもせず、本領の上野へ戻る道はさけて、足利《あしかが》に近い只木山《ただきやま》に身を隠した。

足利の地は、かねてより鎌倉府の御料所だった。が、将軍が代官を置くと決めたため、怒った先代の持氏が足利荘を押領《おうりょう》して、管領の憲実《のりざね》と反目し合う一因となった地なのだ。上杉が厚顔にも足利に代官を置いていたので、昌賢は秋の実りを目当てに只木山へ逃げたのである。

成氏は直ちに足利へ兵を進めた。が、敵を蹴散らすどころか、七月には無念にも小山《おやま》城へ引かざるをえなかった。上野で戦っていた岩松勢が、上杉に押されて三宮原から高井《たかい》砦《とりで》へ退き、籠城するはめになったのだ。

小山城へいったん兵を戻すと、持助は結城と小山の加勢を送り出した。

が、そこでまたも新たな不運が重なった。あろうことか、下野《しもつけ》の宇都宮等綱《うつのみやともつな》が謀反の動きを見せたのだった。

等綱の父の持綱は、先代公方から所領を譲れと言われて拒んだために討伐を受け、敗死していた。等綱は宇都宮の地を一度は追われたが、結城との戦いで上杉勢に加わったことで将軍家の許しを得られて、運よく家督を継げた。

江ノ島の合戦では奉公衆として務めを果たしておきながら、急に心変わりして成氏に背こうというのだ。今こそ父の敵を討つ時であろう。当主を謀殺された我らと、恨みは同じはず。そういう上杉の甘言に乗せられたに違いなかった。

「那須《なす》に公方御旗を与えよ」

成氏は宇都宮の討伐を決めると、烏山城主の那須資持《すけもち》に出陣の命を下した。

が、秋の収穫に勤《いそ》しむ時であり、那須は返事をにごした。公方御旗は直臣の総大将を命じる意であるが、上杉は武家御旗に天子御旗までを掲げていた。本拠たる鎌倉を追われた公方の旗印に、どれほどの値打ちがあるものか。

成潤《せいじゅん》の逃げた日光を北から攻めさせようと、陸奥《むつ》の白川《しらかわ》氏にも御旗を授けると伝えたが、色よい返事は得られなかった。口惜しくも朝敵となった公方の威光は衰え、空吹く風のあしらいを受ける身になったのだ。

　持助は一計を案じ、成氏に奏上した。

　三十年も昔、宇都宮等綱は家督を分家の者に奪われる憂き目にあっている。いまだ、家内はひとつにまとまったとは言いがたい。しかも、宇都宮の正室は小山の娘なのだ。さらに側室は那須の娘であり、宇都宮家中には成氏方の縁者が多い。その者らに呼びかけることで、家中に騒動を起こさせる手がある、と考えたのだ。

「一刻も早く取りかかれ。昌賢めを断じて日光に向かわせてはならぬ」

　持助は直ちに策を仕組み、小山と那須に密書を送った。

　古河には公方の軍勢がひかえ、結城も出陣の支度に入った。このまま抗うつもりならば、小栗城の二の舞いぞ。そう揺さぶりをかけたうえで宇都宮城に迫れば、等綱の家臣は必ず揺れ動く。

　十月に入ると狙いは当たり、小山の血を引く等綱の嫡男が持助の呼びかけに応じてきた。秋の収穫も終わり、郷村から陣夫《じんぷ》を集めることも容易くなる。

「一気に兵を進めよ」

　成氏の許しを得たのち、持助は伝令を諸氏へ走らせた。

　古河の地でも夫役を課し、昌賢が籠もる只木山に送りこんだ。宇都宮さえ落とせたなら、すべての手勢を昌賢の討伐にそそぎこめる。

　その間に、岩松からまたも加勢を求める使者が送られてきた。穂積原で上杉と合戦の末、岩松勢は本領の新田荘へさらに引くこととなったのだった。

「定尊《じょうそん》は何をしておる。公方の弟であるなら、その威勢で兵を徴《ちょう》すればよいではないか」

成氏は座学でしか戦を知らず、事の次第が見通せていなかった。

足利の地であればまだしも、上野内の多くが今や上杉の所領になっていた。公方の弟が乗りこんできたと知らされても、戦の行く末次第では、再び上杉の支配が及ぶかもしれない。多くの国人が態度を決めかねているのだった。

思案した末に、持助は水海城から配下を加勢に向かわせた。

あと少しだけ持ちこたえてくれれば、必ず上杉を討ち果たせる。鎌倉では手練《てだ》れの太田道真《おおたどうしん》が守りを固めていたが、昌賢率いる上杉宗家を倒せば、京の管領家との繋がりを絶てる。同じ足利の血を受け継ぐ将軍義政であれば、成氏の本意を必ず受け入れてくれる。朝敵と見なされたのは、管領細川と上杉の奸計《かんけい》にほかならないのだ。

幸いにも、岩松に送った加勢が功を奏して、上杉方の騎西城《きさいじょう》を落とすことができた。ひとまず成氏は、陣の立て直しを図るために水海城へと戻った。

年頭に鎌倉を出陣してから、早十ヵ月。

多くの兵が命を落とした。が、長く苦しい戦いはまだ終わりが見えない。憎き昌賢の首は取れず、成潤の行方もつかめず、鎌倉へ戻ることもできなくなっている。

流浪の公方とするわけにはいかず、本居を定めねばならなかった。古河城を守る野田氏範《うじのり》に、公方が居すに相応しい城にすべく、土塁と館の造営を命じた。

が、城の縄張りから進めるため、落成までには時を要する。新たな御所の代わりとして、古河城の西に広がる沼の畔に、この白木の居館を手始めに建てさせたのだった。

成氏には仮の御所と伝えていたが、もはや帰るべき場所はなくなっている。

「河内守はまだか」

回廊の先から成氏の哮《たけ》り声が聞こえた。地元の女をあてがいもしたが、このところ機嫌はすこぶる悪い。たとえ女人の肌の温みを与えようと、心は冷えたままなのだった。

「ここにおりまする」

持助は足早に回廊を進んだ。

御座所とした広間の前で端座し、丁寧に頭を下げた。上段の間には、胴丸と兜を横に置いて今にも戦に挑もうとする出で立ちの成氏が待っていた。

「成潤の捕縛はまだなのか」

「お伝えしておきたき吉兆がひとつござりまする」

「早く申せ」

「我らの計略が叶い、宇都宮城で家臣の反乱が起きております」

「でかしたぞ」

宇都宮等綱は重臣に背かれて、城を追われたという。今のところは狙いどおりと言えた。

「今こそ日光を目指せ。成潤を追いつめよ」

当然ながら、次なる手は打っていた。宇都宮と小山の兵が輪王寺へ向かったところだ。昌賢は只木山から動けずにいる。必ずや先にたどり着ける。

年が明けると、公方の明日を照らす報せが早馬にて届けられた。

日光に身を隠していた成潤が、宇都宮の軍勢に怖れをなして、服従を誓う起請文を出してきたのだった。

持助は仮御所の奉行人をともない、直ちに御座所へ及んだ。

「まこと祝着《しゅうちゃく》至極《しごく》にございまする。これにて上杉らが身勝手にも新たな公方を担ぐなど、望むべくもなくなったと申せましょう」

「直ちに首を刎ねよ」

異腹とはいえ血の繋がる兄を殺せ、と成氏は冷淡に言い放った。一年の苦しい戦を経て、たくましさと非情さは備わっている。

持助は面を伏せて告げた。

「畏れながら申し上げます。足利の血脈を許しなく絶とうものなら、公方様のご高名に傷がつきかねませぬ」

「迂闊なことを申すでない。あやつが起請文を出したなど、京に知られてはならぬのだ。あくまで我らに逆らって戦いを挑んできた末、流れ矢にでも当たって討ち死にした、と伝えればよいであろうが」

江ノ島での合戦の際も、成潤は勝寿門院から逃げて、上杉方につこうと動いた。弟の定尊と違って、成潤が次なる鎌倉公方の座を見すえているのは明らかだった。生かしておいたのでは、坂東の地がさらなる混乱に陥る。

「首を待っているぞ」

持助の返事を聞かず、成氏は席を立つなり、御座所を出ていった。

命を受けたのでは仕方なかった。密かに兵を差し向けて、始末させるしかない。

宇都宮の家臣に託したのでは不安なので、結城城から腕の立つ者を送らせた。

ところが、六日後に結城の使者が駆けつけて、青ざめた顔で持助の前にひれ伏した。

「――申し上げます。日光山より成潤様のお姿が消えたとのことにござりまする」

持助は啞然《あぜん》としたのち、立ち上がって使者をののしった。

「輪王寺は兵で囲ったのではなかったか」

「門前を固め、猿一匹見逃すはずのない布陣であったと……」

「うつけめが。裏手の山を越えたに決まっておろう」

鎌倉北条《ほうじょう》家が倒された時、後醍醐《ごだいご》天皇のもとに多くの修験者が集い、その号令を津々浦々へ届けたという。修験者は山野を駆けめぐって霊験の体得に務めているため、獣道に通じている。日光も霊山として名高い地だ。その別当でもある成潤ならば、道なき山野を這い伝うこともできるだろう。

神妙に起請文を出してきたのは、警固の兵を油断させるための下衆《げす》な策だったのだ。

昌賢をいくたびも取り逃がしたうえ、成潤までを捕らえ損なうとは……。持助は回廊で悔しさに打ち震えた。折しも白い空から小雪までが舞い落ちてきた。

成氏が怒り狂うのは見えていた。

雪よ、もっと降ってくれ。天を仰いで切なる願いをかけた。雪がこのまま降り積もってくれれば、春まで出陣はできなくなる。

時を稼いで成氏の機嫌を計りつつ、次なる妙案をひねり出さねばならなかった。

二

江戸の蒼茫《そうぼう》たる入り江から、冷たい冬の風が吹き寄せてくる。

太田資長《すけなが》は高台へ馬を走らせ、眼下の寂れた湊を見下ろした。遅れて枯れ木立の間を抜けてきた資忠も馬を止め、夕陽を跳ね返して銀と茜に煌《きら》めく内海の果てを眺め渡した。

「ここしかありませぬな、兄上」

「おう、わかるか、源五郎《げんごろう》でも」

「お戯れはせぬように願います。兄上にしたがっておれば、九つの童にもわかりましょう」

「そう怖い目で睨むな。そなたの考ゆるところも聞いておきたかったから、同道させたのだ」

資長は軽やかに笑い、日比谷の入り江にそそぐ東の平川へ目を向けた。

ゆるやかな流れが広々とした台地を潤し、無辺の干潟を作っていた。あの水を堀へ引きこめば、守りは盤石《ばんじゃく》となる。

「兄上。懸念があるとするならば、豊島氏の成り行きかと思われますな」

枯れ木立の高台に人気《ひとけ》はなくとも、資忠はいわくありげに声を低めた。そこまでわかっているなら、もう一軍の将と言っていい。

昨年の夏、資長らが焼け落ちた鎌倉へ入ったころ、下総の守護を務める千葉《ちば》氏で内乱が生じた。当主の千葉胤宣《たねのぶ》は上杉への加勢を決めて、領内で兵を集めにかかった。ところが、出陣の直前になって、庶流の康胤《やすたね》が集めた兵を用いて当主の胤宣を攻め、自害へ追いやったのだ。成氏方による調略に疑いなかった。

千葉嫡流の兄弟は城を追われて、市河《いちかわ》へ逃げ落ちた。鎌倉の上杉と談合して北上されては困ると考えた成氏は、簗田の軍勢を差し向け、たちまちに市河城を落とした。

驚いたことに、重臣の簗田河内守持助が自ら出陣してきたという。

成氏の配下で宿老筆頭と言える持助が、いくら同族の加勢とはいえ、古河からはるばる市河まで出てくるとは、どうにも解せないところはあった。よほど上野での合戦で禍敗《かはい》を重ねるかして、咎め立てを受けての出陣だったろうか。

実状はわからずとも、持助の軍勢が加わったことで、成氏方が勢いを増したのは確かだった。千葉実胤《さねたね》と自胤《よりたね》の兄弟は命からがら上杉の領する武蔵へ逃れ、今は石浜《いしはま》と赤塚《あかつか》の地を預けられて、砦造りに精を出していた。

このままでは、千葉と簗田の軍勢が武蔵へ攻め入ってくると考えられた。

火急の事態と見た道朝《どうちょう》は、千葉康胤の討伐に兵を出すと決めた。その先陣を命じられたのが、資長だった。が、市河城を奪った千葉と戦うには、まず足がかりとなる砦が要る。そう資長は考えて、品川から北東への検分に出たのだ。

かつて江戸に居館を構えた江戸氏はすでに没落し、今は石神井《しゃくじい》城主の豊島泰経《やすつね》が上杉の命で江戸湊の治めを任されていた。が、品川や神奈川の湊とは比べるべくもなく、乗りつける船は数えるほどと聞く。豊島氏はただ湊を預かるのみで、商人を集めることがまったくできずにいるのだった。

「いかがいたしましょうか、兄上。石浜と赤塚の地には千葉の兄弟が入っております。そのうえに、この江戸を召し上げられたら、豊島一族は我らを恨むでありましょうな」

才に欠けた者ほど、人を認めず、羨みたがる。が、この江戸の高台ほど、城を築くに相応しい地はなかった。見晴らしはもちろん、海と川の水に湊も備えているため、水運の要衝へ育てられるとの目算が立つ。

「入り江に吹く風が心地よいな」

「はい、我らが城に相応しき地に思えます」

資長は木々を切り倒したあとの縄張りが、胸に浮かびつつあった。同門衆に恨まれようと、太田の居城もなくてはならない。利根を越えた先は今、成氏方の領地となりつつあり、その抑えのためにも強固な砦が求められていた。

公方成氏は古河の地にとどまって、自ら住まう城を築いているという。新たな関東管領に選任された上杉房顕《ふさあき》と、無事に上野へ逃げてきた昌賢は今、成氏軍に相対すべく、古河に近い利根川の対岸に陣城を築こうと動いていた。

この江戸も、古河から見れば、利根川の支流の対岸に当たる。しかも、眼下には小さくとも湊が開けており、兵糧はもちろん武具や資材の運び入れにも重宝《ちょうほう》する。この江戸にこそ新たな城を築くべきと思えるのだった。

資長は心に決めると、河越《かわごえ》へ戻り、扇谷分家をまとめる道朝に許しを求めた。

灰燼に帰した鎌倉にいたのでは、古河の成氏方に遠すぎて、すぐには動き出せない。道朝はやむなく鎌倉を出て、河越に陣を布いた。今は道真が武蔵の国人を率いて土塁を築き、城と呼べる営所にすべく指図しているところだった。

「豊島には、わしから伝えおいたうえ、兵《ひょう》部《ぶ》少輔《しょうゆう》殿から奉書を下していただこう。おぬしの望む城を存分に築いてみよ」

「ありがたきお言葉にござりまする」

「ただし、いくばくかの備えができ次第、市河へ出陣せねばならぬ。仕事を急ぐのじゃぞ」

道朝の横に端座する道真が息子を見つめて言葉を継いだ。

「はい。春までに資材を運び、人馬を招集いたしまする」

「招集とは源六《げんろく》らしい言いようであるな。辺一帯に徴発の令を出すのであろうが」

道朝が見咎む目をそそいできた。

資長は面を上げ、小さく首を振った。

「いいえ。領内からの徴発はいたしませぬ。無理にしたがわせようとしたのでは、陣夫《じんぷ》が思うように働いてくれぬ時もござります」

「確かに、兵も同じであるな」

道朝がうなずき、横の道真へと目を向けた。

「では、どのように人を集めるつもりか」

「父上ほどのおかたにしても、わかりませぬか」

「そういう申しようをするな。おまえの悪い癖ぞ。端的に申せ」

父に苦笑いを作られて、資長は姿勢を正した。

「領内に広く、触れ回ります。働き次第で褒美を篤く出すと。一団を率いてきたなら、頭領として取り立てもすると」

おお、と道朝が感じ入ったように声をもらした。

道真はまだ首尾を疑う目を向けた。

「おぬしに褒美が用立てできるのか」

「はい。健気に働く者を見出して、江戸の湊を任せます。商人らとも競わせて、品川と同じように倉役や棟別銭《むねべつせん》の免除も考えております」

成氏方の奉公衆が採った策を、そのまま使うのだ。

税がかからぬとなれば、噂を聞きつけて多くの商人が船を乗りつけ、湊は栄える。人が集まれば、戦のさなかであろうと領内は活気づき、近隣の郷村も収穫に励み、国人衆も潤う。品川湊に屋敷を構えていたので、必ずやうまく運ぶと思えるのだった。

「道真よ。さらにもまして、そなたを妬ましく思うぞ」

「もったいのうございます。いまだ源六は何ひとつ事を成してはおりませぬ。それがしも与えられし務めを果たすべく、親子そろって競わせていただきましょう」

昌賢が古河の対岸に砦を構え、主家を追いやった千葉の討伐へ向けて資長が江戸に城を築く。上杉宗家と扇谷分家が武蔵にそれぞれの拠り所を持ち、その間を取り持つために道真がこの河越で新たな城の普請に動く。

南北の守りを固めることで、成氏方の動きを封じる狙いだった。

「誉れ高き父と競い合うのじゃ、源六。ただし、事を急ぐあまりに、守りの薄い砦にしてはならぬ。そなたの腕の見せ所ぞ」

資長は胸を張ってうなずき返した。

「決して父上に負けはいたしませぬ」

二十五歳にして、築城を任されるとは思ってもいなかった。

道朝の手配りによって、管領となった房顕から豊島氏へ江戸湊を召し上げる代わりに近在の所領を増やすことが伝えられた。上杉勢が江戸で城造りを始めたと知れば、利根川を越えて市河の成氏方が邪魔立てに出るかもしれず、石浜と赤塚を預けられた千葉兄弟には備えを忘れるなとの下知も与えられた。

資長は家臣の一人を石浜城へ送り、伝令役を置かせてもらった。上杉の見張りがいるとなれば、千葉も警戒は怠るまい。これでしばらく築城に専念できる。

品川や神奈川の湊に出入りする商人に触れを出したので、多くの船が江戸に集まってきた。時期を見つつ、道朝から託された分の兵糧を売り渡し、材木や大工用具をそろえて陣夫に貸し与えた。

高台の木を切り出して地をならす仕事には家中の者もつぎこみ、陣夫と競い合わせた。中には労役夫を見下す家臣もいたが、その働きぶりを見せられるに及んで大いに驚き、心入れをあらためる者が続いた。

「見事でございますな。兄上の目算どおりと申せましょう」

早くも土塁が形を成してきたのを満足そうに眺めながら、資忠が笑みを浮かべた。

城の東を流れる平川から、広く張りめぐらせた堀へ水をなみなみと引き入れた。そこから十丈の高さの崖上に本丸とふたつの曲輪を置き、さらに周りを土塁で囲ませる。今はまだ手つかずだが、二十を超える石門を造り、本城を包むように中城と外城が三重に囲む。本城の両脇には、そびえるほどの高櫓を築く。

　大手門の前面には、市を開ける広場を設ける。耳目を集めて人を呼ぶには、名の通った神社仏閣も要る。まだまだなすべき仕事は多い。

「昌賢殿の家臣から教えられたことぞ。公方の兵に追われて、小栗から下野、上野へと逃れゆくごとに、昌賢殿は兵を失っていった。そこで、新たに陣夫を集めるため、功績ありし者は被官に取り立てる約定を設けたのだ。たとえ山の獣道を知るにすぎぬ者であろうと、必ず褒美を取らせて、ゆくゆくは小荷駄役を任せたとも聞いた」

　山野を逃げ回る中、決死の思いで人を集めたという。追いつめられた末に思いついた苦し紛れの案だったかもしれないが、新たに取り立てた者の力があったから、昌賢は迫りくる敵から逃げおおせることができたのだった。

「それほどの窮地にあられたとは知らずにおりました……」

　資忠は苦難を思い、声をつまらせた。

「よく覚えておけよ、源五郎。知恵を有し、相手の動きを見たうえで果敢に断を下せし者が、戦場では生き延びられる」

「まさしく武運を磨いてこられたのですな」

「父上も同じぞ。この先は、ただ武のみに頼る将では、勝ち抜いていけぬ」

　両家の家務が、無双の案者と称されるほどに知恵を駆使してきたから、今の上杉の地位があるのだ。父たちから学ぶべきことはまだ多い。

「この江戸の地は、敵方と向き合うための出城ではない。公方の移った古河へも船で向かえるし、海と川どちらの水路でも要となる地だ。ゆえに敵の動きをつかみやすい」

「まこと重き地にございますな」

「この戦を勝ち抜いて、かつての平穏を取り戻せた暁には、いずれこの江戸こそが坂東の本丸になろうぞ」

今はまだ大地がむき出しとなった高台を低い土塁が囲むだけである。が、資長の目には、堂々たる城と湊町が栄え、人々の集う姿がくっきりと見えていた。

三

市河城に迫った簗田出羽守安助《でわのかみやすすけ》から、援助を求める使者が寄せられたため、持助は急ぎ古河から出陣した。成潤を取り逃がしたこともあって、成氏の命を拒むことはできなかった。

持助は嫡男の成助《しげすけ》をともない、二千の兵を率いて武蔵へ押し入った。上杉方の足立郡《あだちごおり》から代官を追い払うと、市河城へ通じる道を拓いて陣城を築いた。

これで上杉も迂闊に下総へは近づけなくなる。

総出で市河城を落としたあとは、安助に領内の治めを任せ、息子ともども古河へ帰陣した。

すると成氏は、持助の舅である武田信長にも命を下し、直ちに上総《かずさ》を攻めさせた。下総から兵を次々と送って上杉勢を追い払った末、今は安房の里見と砦造りに入っていた。めでたくも関東の東は、ほぼ成氏の所領となりつつあった。

が、持助は鎧を解く間もなく御所へ呼びつけられると、背筋の凍る話を奉行人から耳打ちされた。成氏が那須資持に命じて、日光の落人に厳しい咎を科し、多くが首を刎ねられたという。いよいよ成氏は、足利血脈の猛き本性を現しだしたのだった。成潤を取り逃がしたことで急の出陣を命じられはしたが、自分はまだ運がよかったと言える。

持助は御座所へ進み、下総における戦の子細を奏上した。

「武蔵に逃げし千葉兄弟は、石浜と赤塚の地に砦を築いております。ただ、こたびの戦で我らが奪いし足立郡に兵を配しておけば、怖るるに足りぬと思われまする」

自らの手柄をいくらか織り交ぜて言ったが、成氏からねぎらいの言葉はかからなかった。持助は平伏したまま、先の見通しを口にした。

「さらに上杉は江戸にも砦を築いておると聞きまする。石浜や赤塚より遥かに縄張り広く、湊も有しておるゆえ、海を越えて下総の南への攻め寄せを企てていると思えてなりませぬ」

「驚くには値せぬわい。そのためにこそ市河城を落としたのであろうが」

成氏はまったく意に介さなかった。気にかけているのは、古河の西方なのだ。

上杉は武蔵の守りを固め、利根川を渡った先の五十子《いかっこ》の地にも陣城を築いていた。あの憎き昌賢がいつしか上野《こうずけ》へ舞い戻り、管領となった上杉兵部少輔房顕のために、新たな砦造りに取りかかったのだ。

斥候の話では、中山道沿いに三千ほどの兵や陣夫が汗を流し、逆茂木と土塁が長々と伸びて囲み、多くの建屋が作られているという。ちょうど長尾《ながお》氏の白井城と古河を結ぶ間に当たり、本領から手早く加勢を呼べる地でもあった。

さらには、五十子の南の深谷《ふかや》でも、砦を築く動きが見られた。五十子本陣と江戸を結ぶ河越の地でも、太田道真が砦造りを進めていた。

持助は近習に絵図を広げさせた。

「五十子本陣に深谷、河越、江戸と、すべて利根を挟み、我らに備えた出城にござります」

「ならばこそ、一刻も早く古河城の普請を終えるのが筋であろう」

成氏はにべもなかった。が、上野や下総での戦に加勢と兵糧を送ったため、城の造作《ぞうさく》は遅れる一方だった。このままでは年が明けても落成は望めそうにない。

「上野での戦を担う岩松には、しかと兵を送っておけよ」

古河の本城がまだ形を成していないとなれば、五十子の普請を黙って見ているわけにはいかなかった。成氏は平然と新たな出陣までを命じてきた。

岩松持国は本領の新田荘に戻り、陣立を調え直していると聞く。が、新たに兵を送ることで、定尊を総大将に今すぐにも五十子を襲わせるべき、と成氏は考えているのだ。

ろくな加勢も得られぬまま、岩松は敵の籠もる騎西城を巧みに落としてみせた。よくぞここまで戦い抜いてくれたと思う。が、古河の備えが万全となるまでは、南の守りを忘れるわけにはいかない。

もし江戸に足場とする城ができ、上杉が兵を進めてきたなら、市河の地が危うくなる。同じ下総ではあるものの、古河からは離れているため、速やかに兵を送るのが難しい。

持助は御座所から下がると、溜の間に嫡男の成助を呼びつけた。足立郡の戦にも加わり、見事に初陣を飾ってくれた。まだ十八歳だが、そろそろ人を使う仕事を任せていい歳だった。

「次なる出陣の命が下されたのでござりましょうか」

父の前で頭を下げるなり、熱き眼差しをそそいできた。もともと物怖じせぬ子であったが、戦を重ねたことで、より目に力が漲《みなぎ》り、所作に重みが増しつつある。

「そなたに兵を預ける。しかれども、出陣ではない。土にまみれてもらいたい」

「お任せください。いずこに砦を築けばよろしいのでしょう」

即座に父の意を汲み取り、当然のように言ってのけた息子を見て、持助は小さくうなずき返した。幼いころより足利学校で学ばせた甲斐があったというものである。妻に似て持助より色白で躰は細いものの、道理に通じた武士に育ってくれている。

「関宿《せきやど》を考えておる。五十子はもちろん、深谷と河越に備えた地ぞ。いずれ、そなたが城主になると思って存分に働いてみよ。急ぎ取りかかるのじゃ」

「期日を定めていただければ、必ずや普請を終えましょう」

自信に満ちた口ぶりだった。

成助は直ちに兵を率いて関宿へ向かった。が、持助の見立てはもろくも外れた。

利根に冷たい風が吹き始めると、簗田安助の家臣から驚嘆すべき報せが届いたのだった。

泥にまみれた書状を開いて、目を疑うほかはなかった。上杉に手を貸そうとした千葉宗家に背いて城を乗っ取った康胤が、家臣ともども討ち死にしたというのである。

「ありえぬ……」

書状を読み進めて、息がつまる。いつしか手が震えていた。

上杉道朝の軍勢が江戸沖から渡海し、下総に乗りこんできたというのだ。

「出羽守は手をこまねいておったのか。守りを固めよと、あれほど命じたではないか」

再度の吐息が奥座敷にむなしく響き渡った。

これほど早くに海を渡る船を支度できるとは……。

江戸で城を築いていると聞かされてから、まだ半年も経っていなかった。普請を進めながらも、多くの兵と船を集めていたわけか。そこまでの手並みを見せる者となれば――。

「……太田道真か」

道朝の下には、昌賢と並び立ち、ともに無双の案者と称される太田道真が仕えていた。あの者は、品川の商人と結ぶため、息子に命じて湊の近くに屋敷を建てさせた。品川は多くの廻船を有し、伊勢や熊野から来る千石船の荷下ろしが日ごとに増しているという。

もしや江戸湊で海の底を掘り下げ、大きな千石船を泊まれるようにしたのか。そうでなければ、兵馬を江戸から下総へ送れるわけがなかった。

「畏れながら申し上げます」

取り次ぎの近習が回廊で深々と頭を下げた。

「河越にて砦造りを任されておるのは、太田道真と聞いておりまする」

すっかり失念していた。上杉道朝の下に知恵者あらば、道真に違いないと踏んでいた。

まさか、道真の嫡男であるわけか……。

持助も鎌倉御所で顔は見ていた。あのころはまだ元服したばかりの若党であったが、今は二十半ばに達したころだろう。息子の成助を五山へ通わせた時、太田の嫡男も負けじと秀出《しゅうしゅつ》だったと聞かされた覚えがあった。

あの嫡男が江戸にあっさりと城を築いたうえ、密かに千石船を手配して兵を渡海させたのか。歳若くとも、父親に負けじと侮れぬ男……。

持助は傅く近習に問いかけた。

「道真の嫡男の名を知るか」

「太田備中守《びっちゅうのかみ》資長と聞いておりまする」

父親が出家したので、その官位をも受け継いだらしい。備中守資長。上杉にまた一人、手強《てごわ》き男が現れたのだ。


その後も持助は下総の動静を聞き、何度も息を呑まされた。道朝軍の勢いは凄まじく、将軍の命を受けて下向した東常縁《とうつねより》の兵も加わって、上総まで押し寄せるほどだった。

簗田安助と逃げてきた千葉が結束し、市河城はかろうじて守り通すことができた。が、太井川を越えた葛西《かさい》の地は、武蔵から攻め入った一団があり、たちまちのうちに奪われた。

周囲は湿地が多く、利根の分流が堀代わりとなり、迂闊に攻め返すことができずにいた。そこに次々と道朝軍が加わってきたのだ。相手を見たうえで、波のごとく次々と兵をくり出すという戦立てにも驚かされた。

このままでは葛西の地に新たな砦が築かれてしまう。上杉は江戸より東に、足がかりとなる出城を持とうと企てたのだ。すべて太田資長の知略であるなら、末恐ろしい。

悪報《あくほう》はさらに続いた。

「右京大夫様より火急の使者が駆けつけましてござりまする」

四月に新田荘へ攻めこんできた上杉勢は、岩松親子の力戦により打ち払っていた。その勇ましき戦いぶりに感激した成氏は、岩松に褒美として右京大夫の官位を与えた。

右京大夫は管領細川家のみに許された官位なのだ。

鎌倉から追われた公方の認証とはいえ、管領に匹敵する武将と称されたも同じであり、喜び勇んだ岩松は、七月に入って成氏の望みどおりに上杉本陣の営造を邪魔立てすべく出陣した。が、親子ともども傷を負ったため、やむなく本領へと退いていた。今度こそと勢いこみ、またもや加勢を求めてきたのだろう。

そう高をくくりながら中庭に使者を通すと、武者姿の男五人が地にひれ伏した。

「畏れながら申し上げます。上杉の五十子陣中に、成潤様のお姿があり、とお伝えせねばなりませぬ」

武者の発した名が、いつまでも持助の耳の奥で木霊《こだま》した。

日光から逃げた成潤が、ついにその姿を現したのだ。

それも上杉の陣中に――。

「京で還俗なされて、足利義氏《よしうじ》を名乗られたとのことにござりまする」

日光から京へ逃げて還俗したとなれば、将軍義政の許しを得てのことになる。その証に、義の一字を下されていた。

――これが上杉の力量であるのか。

持助は直ちに奉公衆を集めて、御座所へ急いだ。

朝から酒をたしなんでいたのか、上段の間に現れた成氏の頬と鼻がわずかに赤かった。その赤が、たちまち顔すべてを埋め、首と顳顬《こめかみ》に晩夏の稲妻を思わせる太い筋がうねった。

「おのれ、余を差し置いて義氏を名乗るとはおこがましい」

頭を下げる持助の鼻先に、蹴飛ばされた脇息が転がってきた。

「あやつめ、将軍に取り入ったあげくに、関東の公方を称するつもりか」

腹違いの兄が上杉に担がれて、ついに関東足利家の主君たる者として名乗りを上げた。

将軍義政と上杉は、今や朝敵となった成氏を討伐した暁には、義氏を次なる鎌倉公方に据える決意を示してきたのだ。

成氏は、兄のいる西の陣に向けて吠え立てた。

「岩松はまだ動かぬのか。鎧を持て。余が成敗してくれる。直ちに出陣するぞ」

成氏が怒り狂うのは見えていたが、冬間近にして兵を出したところで勝機があるとは考えにくい。頼りとする岩松親子の傷が癒えたとも聞いてはいない。もし上杉が五十子陣に兵を集結していれば、苦戦はまぬがれまい。

敵は江戸に河越、葛西に五十子と、この一年で多くの砦を築いていた。策もなく兵を出したところで、痛手を被るのは見えていた。

息子の成助に命じた関宿の城はまだ形も成していないのに、上杉は着々と利根に沿って厚く守りを固めていた。今は下野、常陸、下総、上総、安房の地から、上杉に与する国人どもを一掃して、備えを盤石にすべきだろう。成氏の怒りをなだめつつ、形ばかりに戦を仕掛けておき、次なる一手を思案するのが先決だった。

胸が痛むものの、また岩松には泣いてもらうしかない。

管領に等しき勇者であれば、公方の下知のとおりに出陣するのが望ましい。そう使者を送り出し、あとを託した。

ただでさえ岩松の家中では、従兄弟の長純《ながずみ》が京から下向し、上杉方に加わっていた。父親が討伐を受けたために出家を余儀なくされたが、六代将軍の義教《よしのり》に許されて還俗し、京で仕えていた男だ。結城との合戦でも上杉軍に加わっており、将軍家への恩を果たそうと、また上杉に与して今は家純《いえずみ》と名を変えていた。

「——許せよ、左馬助」

そなたが上野の地を脅かしているうちに、奉公衆の足場を是非にも固めて、さらなる兵の加増を成し遂げてみせよう。それまでの辛抱であるぞ。

いかに成氏から狙いどおりの奉書を下させるか。その方策を、持助は頭を下げつつ胸の内でひたすら思案するのだった。

四

あまりにも儚《はかな》すぎる最期ではないか。

江戸で城の営造を仕上げていると、予期もしない使者が到来した。資長は弟二人にあとを任せて、家臣と取り急ぎ五十子へ出立した。が、駆けつけた時には手遅れで、あろうことか足利義氏は静かに息を引き取ったあとだった。

五十子の広い陣中は悲嘆の吐息に暮れていた。日光へ逃げた成潤を助けるべく、下野で成氏軍と戦い果《おお》せた昌賢は、痩せ細るほどに消沈して見えた。今日までの労苦がすべて水の泡と消えたのだ。

江戸の築城を任されていた資長は、一度も義氏に拝謁《はいえつ》できなかった。成氏の兄でありながら、長く僧籍に身を窶《やつ》して命を長らえてきたためか、まさしく老僧のような慎ましき見目《みめ》形《かたち》だった。急な病が頬を削ぎ落としていたのだろう。享年三十。

上杉は苦難の末に得た次なる公方という正義の御旗を失ったのだ。

「古河の者が知れば、威勢を取り戻し、直ちに兵を出すであろうな」

評定《ひょうじょう》の上座には、関東管領の任を継いだ兵部少輔房顕がいた。義氏と同じく、資長にとっては初めての目通りとなる。二十三歳。謀殺された憲忠の弟で、涼やかな目元が父の長棟によく似ていた。

「我ら陣中の兵は今、誇れる数にはありませぬ」

道真が不安を灯した目を昌賢へ向けた。

資長も到着してすぐに悟れた。兵の起居する建屋は作られていたが、土塁の作事に当たる者の数から見て、陣夫をふくめて二千はいない。新田荘の岩松勢と戦をくり返したため、少なくない兵を失い、深手を負った者は本領へ帰していたのだ。

「源六、江戸から手勢を呼べるか」

父に問われて、正直にも返事が遅れた。

「……下総へ出陣したため、傷の癒えぬ者がまだ数多おりまする。千を差し向けたのでは、江戸の守りにほころびが出かねぬと」

「我らの窮迫は、決して出入りの商人どもに知られてはならぬぞ」

昌賢が骨張った面輪を皺めて、口吻《こうふん》鋭く言った。

いまだ陣城の作事は続き、多くの商人が資材を届けに五十子を訪れていた。兵糧の蓄えはあるものの、青菜や味噌に酒などの市が陣の南で開かれ、砦の周りには町が作られつつあるのだった。

「我らの公方様は平癒に向かわれておる。まだ館を出られぬが、必ず全治される。そう広く陣中に伝えるのじゃ」

昌賢が一同へ目を配りながら睨みを利かせた。が、道朝は無理と判ずるように、ただ首を振っている。その素振りを見て、昌賢がさらに声をとがらせた。

「口外した者は、死罪に処する。そう家中に触れを出す。のみならず、右京亮《うきょうのすけ》殿が謀殺されし際と同じく、直ちに彦四郎を京へ遣わそうではないか」

名を呼ばれた長尾景信《かげのぶ》が背筋を伸ばした。先代管領の憲忠が成氏方に殺された時、あとを継ぐべき者を求めて、景信が使者として京へ渡っていた。

「次なる公方になるおかたを探していただかねばな」

管領の房顕が上座で控えめに言い、自らうなずいた。

先代の血を引く男子は成氏のほか、あと二人いた。八幡宮寺別当の定尊。父持氏の塔所である長春院《ちょうしゅんいん》を預かる守実《しゅじつ》。鎌倉足利氏の血を残すべく、成氏に同道しているはずで、その二人の身柄を奪うことはまず見こめなかった。

あとはもう京の将軍家の血筋を頼るしかない。

「悩ましき賭けになるやもしれませぬぞ」

道真が言い、上目に昌賢を見た。

資長も父の懸念は受け取れた。成潤はそもそも弟の成氏とそりが合わずにいたから、上杉と通じて、次なる公方を目指そうと考えたのだ。だが、京の将軍家を頼るのは、怖くもあった。たとえ新たな公方を得られたとしても、将軍の血筋を誇るあまりに上杉など一家臣と軽んじるかもしれない。

成氏を鎌倉公方に迎えたのは、かつての奉公衆が次々と反乱を起こし、仕方なく願いを聞き入れるほかなかったからだ。ところが、成氏は周りを固める奉公衆にそそのかされたあげく、憲忠謀殺の愚挙に出た。

過去を振り返ってみれば、鎌倉公方は絶えず将軍の座をうかがい、分別なく野心を抱いてきた。次なる公方が、坂東の覇者と任ずるあまり、横妨をくり返さないと誰が言えるか。

「それではお尋ねしよう。成潤様が没したと聞けば、簗田ら奉公衆はいかに考えるであろうか」

昌賢が道真を睨み返して言った。

「京の将軍家は我らに武家御旗をお与えくださりました。帝からも天子御旗を賜っております。簗田ら奉公衆は、今や朝敵なのですぞ。その者らを怖れて、また新たな公方を担ぎ出せば、上杉の腰は定まっておらぬと、被官の国衆らから思われましょう」

道真の異論に、昌賢はなおも首を振った。

「いいや、多くの坂東武者は、所領を与えてくれたのは鎌倉公方であると信じておる。京の将軍家は長く上杉を通じてしか坂東のことを知ろうとしてこなかった。無論、我らがそうさせてきたからでもあるが、上杉は坂東の情実を正しく京へ伝えていない、と思われている。多くの国人、一揆勢（小領主の集団）に、果ては領民までが、長く上杉に苦しめられてきたと疑ってもおらぬ。上杉をありがたがる者など、我らの被官の一部のみぞ」

成潤を味方に引き入れるため、常陸から下野を敗走してきた昌賢の言葉には、絵空事ではない重みがあった。

逃げ落ちた先で兵を集めようにも、領主の目を気にして夫役に応じる者は限られていた。その辛苦を味わってきたため、陣夫として功績ありし者は必ず取り立てると誓約し、追っ手から逃げきることができたのだ。

「坂東の地には上杉への不満が渦巻いておる。結城を討伐したあとと同じであるぞ」

上杉は京の将軍家に媚びるのみで、坂東の明日を見ていない。その不満がつのるあまり、簗田ら奉公衆は決起し、憲忠の謀殺へとつながったのだ。

「我らのみで受け止めきれると思うのか」

昌賢は道真に向けて言ったが、新たな当主となった房顕や道朝にも強く訴えていた。

「力のみで押さえつけようとすれば、鎌倉北条氏の二の舞いになるであろう」

忠義に篤き御家人として知られた足利尊氏《たかうじ》は、執権北条の無慈悲な下知の数々に憤った末、源氏の再興を目指して兵を挙げた。新田義貞《よしさだ》も重くのしかかる税に耐えかねて、本領の官吏を捕縛し、乱に打って出た。今日まで鎌倉府を守るために上杉は職をまっとうしてきたものの、長く執権の座にあった北条氏と同じ立場にあった。

地に蔓延《はびこ》る不満を上杉のみで拭い去れるものではない。足利という神輿《みこし》を頼って、坂東武者の心根を汲み上げつつ、府内の治めに精を出すほか打つ手があるのか。

　道朝が吐息をつくように言った。

「下総の千葉に下野の宇都宮、常陸の佐竹までが家督をめぐって争っておる。すでに我ら上杉の目の届かぬところで、不満は戦となって表れ、夥《おびただ》しい血が流される始末よ。古河の公方も簗田ら奉公衆も、与党の諍いを収めることはできていない。たとえ我らが新たな足利公方を迎えられたとしても、醜くき争いは続くであろうな……」

「しかれども、我ら上杉が公方の座には就けぬのですぞ。将軍家の意を仰がず、勝手な振る舞いに及べば、管領職は召し上げとなろう。悪くすれば、討伐もありうる。ならば、将軍家とともに坂東のみならず、奥州に近畿、鎮西とともに、日の本すべてを滞りなく治めるため、力をつくすほかはあるまい」

　昌賢は頑として自説を曲げなかった。

　今は将軍家の力を笠に、曲がりなりにも関東の雄となれている。尊氏公や新田義貞と同じく戦に明け暮れ、すべての国を統べゆく威勢があると思うならば、新たな公方になど用はないだろう。だが、戦い抜く力なしとなれば、将軍家を頼るほかに策があろうか。

「よろしいかな、皆の者。成潤様が身罷ったと京に伝われば、必ず次の公方を差し向けてくるであろう。関東を上杉のみに任せたのでは、国が二分すると怖れる者が出るに決まっておる」

「昌賢殿の申すとおりであろう」

　二年前まで将軍に仕えていた房顕が言い、男どもを見回した。

「それがしが関東管領を仰せつかった際、将軍家の裁許を忘れるでないと、細川殿からも念を押されている」

管領の細川勝元。将軍義政の信を最も得ている重臣だった。たとえ上杉が古河に逃げた公方を討ち取ったとしても、将軍家の命は必ず守れ。そう宣告されたに等しいだろう。

将軍の下知を受けた今川範忠らの加勢がなければ、鎌倉を取り戻すどころか、道朝と昌賢も討たれていたかもしれないのだ。

「仕方あるまい……。次なる公方という旗頭はなくてはならぬ。直ちに使者を送ろう」

道朝が断を下すように告げた。目でうながされて、道真もうなずき返した。

足利の血と誇りは、上杉のみの力では抑えられそうにない。過去の公方の振る舞いが、何より雄弁に物語っていた。おそらく北条得宗家も、己が力を信じ、この国を一門で統べるべきと考えていただろうが、目の届かぬところで綻びは生まれ、反乱の兵が蜂起したのだ。

今度こそ新たな公方をしかと支え、正道に導いていかねば、さらなる恨みを上杉が背負うこととなる。進むも退くも苦難の道が待っている。

若い房顕が詮議を取りまとめるべく声を張った。

「新たな公方が補任されるまで、成潤様の死を隠し、五十子の守りを固める。さらに、各地の砦は皆、城郭とするよう作事を進める。よいであろうな」

五

享徳七年——。

京では康正から長禄という年号に変わったが、成氏は上杉との戦を始めた際の享徳という年号を使い続けると宣した。奉公衆への書状もすべて享徳の日付とするのだった。

先代の持氏も、自分をのけ者にして籤引きで将軍が決められたことに憤り、当時の正長という年号を使い続けたことがあった。

関東足利家の血を引く者として、譲れない一念があるのはわかりもするが、持氏はその頑なさから上杉憲実の苦言を聞き入れず、ついには討伐される道をたどった。その顚末を知りながら、享徳を押し通そうというのは、公方の決意を奉公衆に知らしめるとともに、さらなる結束を図る狙いがあった。

上杉との戦は長引き、憲忠を誅殺してから早くも三年がすぎた。ようやく古河城は形が整い、落成なった新御所に成氏を迎え入れることができた。

さらに祝事を重ねるため、持助は一族から新たに迎えた養女をようやく成氏に嫁がせた。これで簗田家と公方の結びつきは、益々もって強固となる。

上杉は五十子、河越、江戸に葛西と、砦の守りを固めにかかっていた。上野で岩松親子が盛んに上杉方へ攻め寄せ、多くの兵を討ち取ってきたことが効いているのだ。管領に等しき右京大夫の官位を与えた甲斐あり、と成氏は大いに喜んでいた。

その間に、持助は京に学僧を遣わし、管領細川勝元や正親町三条《おおぎまちさんじょう》実雅《さねまさ》に奉書を届けた。成氏は決して幕領を奪っておらず、将軍家の認めた公方に兵を差し向けてきた上杉を討伐したにすぎない旨を訴えたのだ。

関東に使節を出していただければ、成氏の本意が必ず了知されよう。そうくり返して書状を送ったが、返答は一度も届いていない。

「あきらめるでないぞ。上杉が手を回して細川と結んだため、取り次ぎが滞っておるのだ。正親町では力足らずだったらしい。頼りになる者を探し、財物で念入りにもてなせ」

成氏は賄《まいない》を使えと言って聞かなかった。上杉も京に金を撒いているに違いないのだ。が、古河や関宿の城を普請するのに、徴収した兵糧の大半を売り払っていた。今秋の収穫を待たねば、大がかりな出陣はできそうにもない実情なのだ。

「しかと承りましてござりまする」

頭は下げたものの、京に贈る財貨はなく、別の手立ても思いつかなかった。公方におもねって古河に集まってきた禅僧も、口ほどの役にも立たずにいた。

「まだ動きはつかめぬのか。五十子に向かわせた者どもはまったく才に欠けておるな。もっとましな知者は配下におらぬのか」

成氏は苛々とひざを揺らして語勢を強めた。

昨年の暮れごろ、五十子に通っていた商人が陣城から閉め出された。その秋までは、医師や薬売りが集められたとも聞き、重臣が病に倒れたとしか思えなかった。ついに身罷ったため、陣城の曲輪にでも埋葬したのだろう。

上杉の出方を見るため、しつこく新田荘から岩松が兵を出したが、やつらは利根川を越えずに対陣するのみだった。成氏の命で馴染みの学僧と商人をわざわざ相模の側から送りこんだものの、上杉の警固は厚く、陣中の様子を探ることはできていない。

京の将軍家に取り入りたくとも、頼りとしていた斯波《しば》氏までが醜い家督争いを始め、兵を出し合う騒動になっていた。とても仲立ちを頼めはしない。

管領の細川はすでに上杉と通じており、近づくことさえ叶わなかった。京の五山僧へ働きかけたくとも、結びの強い鎌倉五山は上杉方に抑えられ、はかばかしい成果は得られずにいた。あとは奥州の伊達氏を通じて、京の領袖に呼びかけができるかどうか……。

次なる手立てに迷ううちに冬の寒さが押し寄せると、京へ向かわせた学僧から書状が届いた。

持助は封を開いて、目を見開いた。将軍義政の庶兄であり、天龍寺《てんりゅうじ》香厳院《きょうごんいん》主の清久《せいきゅう》が還俗して、新たな関東主君に任ぜられたというのだった。

関東主君――つまり鎌倉公方にほかならない。

直ちに書状を手に近臣と御座所へ走った。

成氏は祐筆に書状を読み上げさせると、はっきりと頬に笑みを浮かべた。

「そうか……。五十子で身罷ったのは成潤であるな」

ほかには考えられない。義氏と名乗りを替えた成潤が上杉の陣中にありながら、次の関東主君を補任するのでは理屈が通らなかった。五十子陣から商人が閉め出されたのは、せっかく迎えた義氏の身に不幸が降りかかったからなのだ。

「清久という輩を知る者はおるか」

「長く院主であったのならば、成潤殿と同じく飾りの主君でしかありませぬ」

「怖るるに足るものではなし、と思いまする」

へつらう近臣らが頭を下げて進言した。

確かに飾りではあろうが、将軍の兄と聞けば、多くの武門が畏《かしこ》まる。足利の名を使うことで、将軍に逆らう成氏一味を討伐する時勢を高めようというのだ。

持助はわずかに面を上げた。

「敵を侮ったのでは、知らぬうちに油断が生じましょう。関東への下向に際して、多くの兵を引き連れてくるやもしれませぬ。今から春の出陣に備えるべきと存じまする」

「ならば、右京大夫に攻めさせよ」

成氏はまたも岩松親子に仕掛けさせる腹づもりだった。敵の五十子に最も近い新田荘に岩松は陣取っている。兵を送り出すには何より都合のよい地なのだ。

「畏れながら申し上げます。右京大夫殿は御嫡男ともども傷の癒えぬうちからたびたび出陣を命じられてまいりました。まずは宇都宮と那須の内紛を収めたうえで、結城と小田に出陣を命じ、右京大夫殿には後詰めを任せるべきかと存じまする」

「結城らはすぐに出立できるのか」

「支度は進めておりましょう。寒さが和らいだところで種つけを急がせれば、陣夫の集めにかかれると聞きまする」

「戯言《ざれごと》を申すでない。新たな主君が来る前に、上杉をたたかぬでいかにする」

成氏は平手で脇息をたたきつけた。

一喝されては、ひとまず引き下がるしかない。だが、岩松のみに重荷を背負わせるわけにはいかなかった。

持助は御座所から下がると、溜に近臣を集めて内密の評定に入った。今のうちから兵を新田荘へ送っておけるか、先に見定めておきたかった。

「春は徒《いたずら》に夫役を強いるわけにはまいりませぬ。配下の者を縒《よ》り合わせるしかないかと……」

臣下の多くは所領を任されている。この時節に人手を駆り出されては、秋の収穫に響く。御所の兵を出したのでは、守りが手薄になる。ここは関宿の城造りを中断させて、息子の成助を向かわせるしかないか。

「ひとまず少ない手勢で渡河して、上杉の領内で田畑に火を放つべきと思いまする」

敵の実りに深手を負わせる。使い古された手のうえ、効が出るまで時を要する。敵が巡検に力を入れていれば、大挙しての出陣を招くおそれもあった。

妙案は思いつかず、持助は岩松家中に書状を送った。

新たな公方が来る前に兵を出せ、と成氏が言っている。その前段として、渡河したうえでの刈《かり》田狼藉《たろうぜき》に出るゆとりはあるか。

返書はなかなか届かなかった。

「まだ岩松は動かぬのか」

成氏は苛立ちに声をうわずらせた。

ようやくにして届いた返書は、わけもなく短かった。今は難しい。どうぞ古河から兵を出してほしい。あまりに素気ない文言だった。

もし関宿から兵を出す時には、後詰めとして直ちに渡河を請う、と奉書を送った。

するとまた、煮えきらない返事が戻ってきた。関宿では遠すぎる。古河の奉公衆が兵を出すべきである。明らかに機嫌を損ねた物言いだった。

成氏による度重なる出陣の下知に、腹を据えかねているのだ。どうして我らのみが使役させられるのか。そなたらは真新しい城に住まい、夜ごと酒宴に暮れているのであろう。そうとまで書かれていなかったが、冷ややかな文面から岩松の本心が読み取れた。

　戦の際に最も頼りとなる男を軽く扱うわけにはいかなかった。

「右京大夫殿の進言は宜《うべ》なるかなと思えまする。関宿から兵を出し、五十子へ向かわせる策はござりましょう」

　持助は書状を示して、成氏に許しを求めた。

「右京大夫は管領の官位であるぞ。あやつの忠信はそこまでなのか」

「いいえ。右京大夫殿ほど公方様の御身を案じ、一身を捧げてきた者はおりませぬ」

「必ず褒美を取らすと伝えよ。新たな主君を上杉が担ぎ上げて勢いづいたのでは、手遅れになりかねぬ。今こそ打って出る時ぞ」

　奉公衆は公方の下知を果たすのが務めだった。成氏から見れば当然であるのに、頑なまでに動こうとしない理屈が腑に落ちずにいるのだ。君主は非情なまでの意志の強さがなければ、単なる人情家に終わり、国を遅滞なく治めてはいけない。

　成氏は一歩も引かずに、命を下した。

　古河に集う者も必ず出陣する。そう岩松に伝えると、こちらの兵の数を問う返書がすぐに届いた。徴《しるし》ばかりの兵では許さぬぞ。またも短い書面から怒りの声が聞こえてくる。

　兵を徴発する算段に取りかかると、京から火急の報せが届けられた。

　ついに清久が足利政知《まさとも》と名乗りを変えて、天子御旗を引っさげて京を発ったのだ。足利一門からは渋川義鏡《しぶかわよしかね》が加わり、京に出仕していた上杉教朝《のりとも》や政憲《まさのり》などの同門衆も多数が加わっていた。

同道する兵は、たとえ少なく見積もっても三千は下るまい。

それでも岩松は動かなかった。

明らかに不審の念を抱き、持助らの動きを見ているのだ。官位という正味のない褒美しか与えずに、この先も牛馬のごとく働かせるつもりか。そう憤りをつのらせている。

「もしや……」

持助の背を冷たい汗が滑り落ちた。

ちょうど新たな公方が関東に下向する。この機を逃してはならじと、上杉が奉公衆にさらなる調略を仕掛けてきたとするならば……。

将軍義政の兄。朝敵となった成氏。どちらが関東を統べるに相応しき者か。将軍の兄が来たからには、奥州や東海にも号令が発せられて、大軍が攻め寄せるぞ。将軍家に忠節を誓うのであれば、謀反に与したことは許されよう。

すでに宇都宮が調略されて、今も下野国内には騒乱が続く。常陸でも、かつては上杉の領内で代官を務めた真壁《まかべ》氏の間で家督争いが起き、いまだ収まっていない。下総の千葉もふたつに割れた。岩松も同じで、庶流の家純がすでに上杉方となっている。

「馬を持て」

持助は溜を飛び出し、近習に叫んだ。岩松の本意を確かめねばならなかった。

「関宿にお戻りでしょうか」

家臣は事態の危うさをわかっていない。

「新田荘へ出向く」

庭へ進みながら決意を語ると、前に回りこまれた。

「なりませぬ。佐野《さの》の近辺には上杉勢が跋扈しておりまする」

「わしが行かねばならぬのだ」

「お考え直しください。――皆の者、河内守様をお止めするのだ」

近習が声を上げ、たちまち臣下の者に囲まれた。その奥には成氏の近臣、設楽《したら》成兼《しげかね》の姿があった。進み出てくるなり、持助の前でひざをついた。

「それがしが名代として参ります。どうかここは、御了見くださりませ」


不安の兆しは悲しくも的《まと》を射貫き、まもなく岩松の家臣五十人が陣を離れて古河へ逃げてきたのだった。

「まことに申し訳ございませぬ。それがしの父は腹を切って諫めもしたのですが、無念ながら御屋形様の執意《しつい》をあらためさせること相成らず、我らのみ参上するほかはなく……」

泣き顔を伏せる武者を前に、持助は立ちつくした。代わりに、成氏近臣の佐野盛綱《もりつな》が震える声で問いかけた。

「よもや、上杉方に加担しようというわけではあるまいな」

「新田荘はもちろん、多くの所領を上杉に約されたと聞いておりまする」

「河内守殿。いかがなさりましょう」

足元にひざまずく男が何か言っていた。

持助は回廊を下がり、天を振り仰いだ。いくたびも出陣を重ね、敵と戦ってきたが、これほどの痛手を受けたことはなかった。最も頼りとなる朋友を失ったのだ。

何ゆえ、とは問えなかった。充分に岩松の怒りは察せられた。が、その胸に滾《たぎ》る熱を、持助も見誤っていた。すなわち、心のどこかで岩松という男を見くびってきたのだった。

「管領職を自ら捨てて、上杉の軍門に降るとは器の小さき男よ。立志の念の欠片《かけら》も持ち合わせておらぬ。なげかわしくて、涙も出ぬわい」

岩松が背いたと知らされた成氏は、しばし茫然たる面輪ののちに言った。心の底から驚き、呆れ果ててもいるようだった。が、岩松の懊悩《おうのう》に御所の誰もが気づけずにいたから、この窮状が訪れたのだ。

「定尊は足利の地におるのだな」

「はい。直ちに加勢の兵を送らせていただきました」

持助はわずかな安堵を覚えながら頭を下げた。少なくとも上野の地で戦う弟の身を案じることはできていた。己の分身たる総大将を失ったのでは、さらなる大事になる。

「ここを先途と、あやつらは渡河して来るであろうな」

成氏は戦の雲行きを憂いて近臣を見回した。

「川岸に陣を布くとともに、木楯、逆茂木を張りめぐらせる下知をお与えくださりませ」

古河に戻った設楽が策を上申すると、成氏はしばし考え、不敵とも言える笑みを見せた。

「定尊に使者を送れ。上杉の出方を見たうえで、水上へと昇り、古木を次々と流せ、とな」

渡河にかかる軍勢を、流木の大群で押し流す策だった。そのうえで、東の古河から兵を差し向け、足利の定尊軍が北から押し寄せる。もちろん、岩松勢の動きにも備えねばならない。

持助が目でうながすと、設楽が上野の絵図を広げた。

利根の流れは長く、上杉がいずれの地から渡河を試みるか、その手並みを読むのが難しい。斥候の働きが、この戦の分かれ目となる。才ある者を惜しまずに放たねばならなかった。

成氏が袴の裾をはたきつけ、立ち上がった。

「奉公衆すべてに触れを出せ。岩松の首を取った者が、次の右京大夫ぞ。急ぎ出陣せよ」

六

上野の上杉勢を次々と打ち払っていた岩松持国の調略が成功したにもかかわらず、利根を越えての古河攻めは叶わなかった。

敵は充分な備えを川岸に張りめぐらせたうえ、昌賢の策を見通したかのように大軍が一気に押し寄せてきたという。長尾景信の一行は流木に渡河を邪魔されたうえ、伏兵に背後を突かれて、無念ながらも退却するほかはなかった。

急の報せを受けて資長が江戸より馳せ参じた時は、佐貫荘《さぬきのしょう》へ迂回した昌賢の軍勢が敗れ去ったため、傷を負った兵をかばいながら五十子陣へ逃げ帰ってきたあとだった。

先代の持氏が兵を挙げて以来、長く戦場を鬼神のごとく駆けめぐってきた昌賢も、齢六十にならんとしていた。家臣に守られつつ五十子へ戻ってきた舅の体は、この数年でふた回りも小さくなったように、資長の目には見えた。

「岩松めは言い訳ばかりしおって、まともに兵を出そうとしなかった。あやつは我らの動きを見たうえで、兵を出す真似事をしたまでよ。どこまで狡猾な男か……」

昌賢は悪し様に岩松持国をなじり続けた。が、上杉から所領の安堵を認められたとはいえ、従兄弟である家純の配下に入れと命じられたのでは、素直にしたがえというほうが無理だった。一族の間ですでに刃を交わし合い、身内の命を奪われた者もいたはずなのだ。

事を急ぐあまりに、せっかく帰服を誓ってきた岩松をろくに使えもしなかったと聞き、知恵者の昌賢らしくない戦い様に思えてならなかった。

「源六よ。おぬしの父上を河越からすぐ呼び寄せよ。道真であれば、何より頼りになる」

昌賢の取り乱した姿を見て、管領の房顕が諭すように言った。

「よく考えてくだされ、昌賢殿。河越が手薄になれば、関宿から簗田が攻めてきますぞ。今は兵を休め、次に備える時にござりましょう」

昌賢の嫡男で家務を継いだ景信も賛同し、父の前に進み出た。

「結城の調略さえ進めば、必ず成氏勢は綻びを見せましょう。それがしにお任せください」

遅れて五十子へ参上したため、資長には初耳だったが、岩松のみでなく、結城成朝にも帰参を勧める企てが進んでいたらしい。

新たな公方となる足利政知は今、伊豆の国清寺《こくせいじ》に入ったところだという。将軍による討伐がいよいよ始まると伝えることで、奉公衆を味方につけるべく動いているのだ。

関東管領と息子にまで諭されては、昌賢も自説を強弁するわけにはいかなかった。

兵を休めつつ新たな年を迎えると、事態は急転した。

岩松持国の次男が、多くの家臣を引き連れて、定尊の下へ逃げ去ったのだ。新たな公方が関東へ来たというのに、上杉が形勢の打開をできず、五十子陣に引きこもったままでいるのを見せられて、焦りを覚えたのだという。当主の持国が上杉の心根を確かめようと、態度を曖昧にしてきたせいもあったろう。

ようやく結城の家臣がなびいてきたと喜んだのも束の間、次男と家臣に逃げられたため、持国と長男は新田荘の砦で孤立した。その報を聞き及んだか、結城も腰が引けて、急に使者の禅僧を送り返してきた。

もはや上杉のみで多くの兵を集めるのは難しく、次の収穫の時を待つしかなさそうだった。当然、敵も兵糧を蓄え、万全の備えを計る。

五十子へ駆けつけながらも、資長は戦に出ることなく、房顕の命で江戸へ戻った。その後、苛立ちをつのらせた昌賢が、武蔵の太田荘を経て上野の佐野荘へ攻め入ったが、敵の守りは堅く、またも五十子陣へ退くことになった、と報された。

たび重なるしくじりを諸将に難じられて、昌賢は息子の景信にあとを託し、隠居を決めた。その時すでに、病が身を蝕んでいたと聞く。

一報を聞きつけた資長は、昌賢と会うために、道朝と道真の守る河越城へ赴いた。

奥座敷で見《まみ》えた昌賢は、半年前よりさらに痩せて頰も落ち、目と声にも覇気はなく、胸が締めつけられた。いくら知恵を有しようとも、人は否応なしに老いていき、身を引くべき時を自ら決めねばならないのだった。

「もはや戦場に向かう力が失せてしもうた。すまぬ。命つき果てるまで、一人でも多くの敵を倒そうと誓い合ったのに……」

「言うな、昌賢。そなたほど上杉と坂東の安寧のために戦った者はおらぬ」

道朝が慰撫《いぶ》するように言い、道真も真摯な目で応じた。

「そなたの思いは我らがしかと受け取った」

肩を落とすようにうなずいた昌賢の目が、ふいに資長へとそそがれた。

「……子はまだなのか」

「申し訳ございません」

静を迎えて早十年になる。戦に追われていたが、江戸城を成してからは屋敷も構え、二人ですごす時をいくらか持てるようになっていた。

「謝るのはわしぞ。石女《うまずめ》を嫁がせてしまい、すまぬ」

「いいえ。よき妻を迎えられたと、家臣ともども喜んでおります」

「弟の源五郎には、早くも二人目の男子が生まれたというではないか」

ここは静かに頭を下げるしかない。

品川に居館を構えたのを機に、資忠は宗家重臣の娘を娶った。丸々とした赤子を資長と静も抱き上げ、我がことのように喜び合った。

見かねたように道真が言葉を挟んだ。

「源五郎の子を養子に迎える話が進んでおります」

「それもよしとしよう。しかれども――嫡男あれば、家中はよりまとまるものぞ」

昌賢の目が見すえてきた。

「源六よ、遠慮はいらぬ。側室を取れ。必ず子をなせ。道真を見よ。素晴らしき子に支えられて、今や上杉家中で最も誉れ高き男ぞ」

末の弟の六郎も元服して資常《すけつね》と名乗り、太田の一軍を率いるまでになっていた。父の目までが同じ望みを託しているように見えてならない。

家内の宿老からも何度となく勧められていた。自分の娘を当主となる男に娶らせることが叶えば、必ず出世につながる。養子の件を了承しながら、資忠さえもが側室の話を切り出すほどだった。

資長は応えずに、再びただ頭を下げた。

昌賢がのどを鳴らすようなかすれぎみの声で言った。

「よいか、源六。上杉の望みは、そなたと道真に託されたと了知せよ。それがしの失計《しっけい》を糧に、兵を調えるのみでなく、鍛え、学ばせ、真の武芸を身につけさせるのだ。わかっておろうな」

「しかと承りましてござりまする」


昌賢の意に応えて兵を鍛え直す時は、無念ながら持てなかった。上杉の領内では旱魃《かんばつ》のために秋の実りが乏しく、新たな田畑の開墾に励まねばならなかったからだ。

次なる公方の足利政知と下向してきた家臣から聞いた話によると、畿内は台風にも襲われて、多くの地で稲穂が実をつけなかったという。

「兄上。古河の公方の御料所では我らより痛手を受けたようにござりますぞ。日照りに続いて長雨が襲い、田畑が大水に浸かったと、赤塚の千葉より報せが届いております」

資長は城内の屋敷で話を聞き、大いにうなずけた。

昌賢が五十子陣へ退却したあと、公方の軍勢は追討の兵を一度たりとも送ってこなかった。敵も兵糧が頼りなくなっていたと見える。

が、上杉も似た実状にあり、相手の窮状は知れても、戦を仕掛ける目処《めど》は立たなかった。商人も畿内との交易が滞りがちとなり、江戸湊に出入りする船は数えるばかりに減った。領内の治めに力をそそがねば、郷村に多大な被害が出かねず、翌秋の年貢も望めなくなる。

「畿内と関東のみではないかもしれぬな。急ぎ越後や奥州の収穫も探らせよ」

資長が家臣に命を下すと、資忠も先を慮《おもんぱか》る目になった。

「駿河も案じられてなりませぬ」

将軍義政は奥州にも出陣の下知を与えたが、実りが乏しかったとなれば、まず加勢は得られないだろう。もし駿河までもが旱魃や大雨に襲われていたら、鎌倉を守る今川軍が兵を引くと言い出しかねない。

五山の僧を通じて修験の者に働きかければ、国々の実状は調べられる。十太夫に命じて、鎌倉へ使者を放たせた。春までは土中の虫のごとく息をつめてすごすほかないだろう。

ところが、年明けとともに、鎌倉へ戻って隠居した昌賢の家臣が不虞《ふぐ》の事態を伝えに来た。

「今川殿の軍勢が領国へ戻られるとのことにございまする」

怖れていた事態が目の前に立ち現れた。上杉は頼みとしていた今川の兵を失うことになったのだった。

旱魃のせいもあり、隣国の遠江《とおとうみ》で内乱が始まったという。守護の斯波氏に対して、重臣でもあった今川庶流が反乱の兵を起こしたのだ。

秋の実りがあまりに少なく、各地で所領の奪い合いになったらしい。隣国で戦に打って出た同門を助けるべく、急の帰国が決まったのだ。

「兄上。相模の篠窪《しのくぼ》や伊豆の伊東には、古河の公方と結ぶ者らがおります」

使者を送り出して屋敷に戻ると、資忠が腰を落ち着かせることなく言い、唇を噛んだ。

相模と伊豆は、ほぼ上杉の領国だった。が、資長らが三島へ逃げた際には、奉公衆に与する国人らに苦しめられた。今川軍が大挙して駿河から加勢に来たため、表立った動きは見せていないが、いまだ頑なに領地を守り通していた。国清寺に足利政知の一行がとどまっているのは、その者らが次々と砦を築き、新たな公方に争う様を見せているからだった。

「鎌倉の守りは三浦《みうら》殿に任せるほかないであろうな」

三浦時高《ときたか》は道朝の次男を養子に迎えており、かつては相模の守護代を務めた名将でもある。

今川軍の帰国は、五十子陣にも伝えられた。だが、宗家は古河からの攻めに備えねばならず、動きが取れなかった。資長の江戸からも鎌倉や伊豆は遠い。糟屋を守る扇谷分家と三浦で守ってもらうしか、手立てはないだろう。

危ぶみを抱きつつも、荏原郡《えばらごおり》や江戸湊の治めに専念していると、その糟屋から早馬が訪れた。

「古河の公方に与しし国人が三島を襲い、国清寺が焼け落ちたとのことにござりまする」

多くの国々が旱魃に見舞われて混乱する中、ついに古河方が新たな一手に出てきたのだ。今川の軍勢が去った今こそ、足利政知の警固は手薄となっている。

「公方様はご無事であられるのか」

「三島の兵に守られて、伊豆北条の地に逃れました。執事の伊予守《いよのかみ》殿をはじめ宿老の皆様はご無事にあられます」

近臣が一人残らず無傷であるとは、ろくに戦いもせず、すぐさま逃げ出したとしか考えにくい。加勢を得られる見こみがなかったにしても、あまりに不甲斐なく思えた。今は糟屋の分家から手勢が送られ、北条の守りを固めにかかったという。

不安に駆られて河越へ使者を出すと、道真自らが二百の兵をともなって江戸城に駆けつけた。

「直ちに北条へ向かう。支度を急げ」

国清寺は敵の手に落ちていた。古河方の国人衆が箱根や足柄の峠を押さえているかもしれず、かなり難儀な道中となるだろう。

「案ずるな。相模の領内から箱根へさらに兵を出させる。篠窪の二階堂《にかいどう》らに睨みを利かせるためだ。小田原の曽我《そが》にも使者を遣わしたところぞ」

さらに道真と資長が兵を率いていけば、万全となろう。

資忠にあとを任せて、直ちに兵をまとめあげた。翌日の朝、道真と江戸城から出立した。

「我らが伊豆へ急ぐのは、守りのためだけではない」

「ほかにも役目があると……」

「ああ、わしも話を聞いて驚いた。公方様は伊豆に新たな御所を建てようとなされておる。しかれども、伊豆の地も旱魃に見舞われて、租米の上がりはあまりに乏しい。そこで、近在どころか、相模の寺社領、果ては我ら扇谷の領地まで召し上げるとの奉書を出し始めたという……」

確かに聞き捨てならない話だった。

関東に下向しながら、まともな居城なくては不安ではあろう。が、領民が食べるものにも困っているさなかに、税を集めてわざわざ御所を新造するなど、道理に反した行いに見えてしまう。しかも、扇谷分家の所領を召し上げてのことなのだ。

「無論、北条の守りは固めねばならぬ。しかれども、旱魃で多くの領民が苦しむ今は、無体とわかっていただくしかない」

道行きを警戒しつつ、十日をかけて北条の砦を訪れた。早くも白木の屋形が建てられ、多くの陣夫が働いていた。徴発された領民のみで、京から率いてきた徒の者は手を貸しもせずにいるようだった。

道真が目通りを願うと、まず関東執事を言い渡された上杉伊予守教朝の待つ広間へ通された。

上杉宗家の房顕が関東管領の職にあるが、新たな公方に補任された政知の重臣ということで、関東執事と称されていた。つまりは、関東に二人の管領がいるも同じなのだ。道真より三歳上で、長く京で仕えていたからか、武家というより公家を思わせる所作と面立ちだった。

「国清寺が焼き討ちされながら、公方様がご無事であられたと知り、我ら坂東の上杉一門、いたく安堵いたしました。伊予守殿ら近臣の御《お》旁《かたがた》の尽力あればこそ、と感服いたしております」

道真は内意を隠して、まずは礼をつくした。

「しかれども、国々で旱魃と大雨が続き、伊豆のみならず相模や武蔵でも実り少なく、よって兵糧も乏しき有様にござります。そのような時節に、寺社領はじめ国衆の料所を召し上げるとの下知を出されるのでは、いらぬ俗難を呼ぶと懸念されてなりませぬ」

「つまり、関東上杉の所領には手をつけるでない、と仰せられるのですな」

遠回しの言い方だったが、教朝は即座に意中を汲み取って、冷ややかな目を向けた。

「いいえ、関東上杉のみでなく、多くの国衆が戸惑い、難儀しておるのです」

「では、うかがわせていただこう。関東公方を仰せつかりし足利一門の御明珠《ごめいしゅ》が、城も持てず、寺院の片端に住まわれしままでよい、と思われるのでしょうかな」

「国清寺を居館にすると決められたのは、我らではありませぬ。扇谷分家がこの伊豆で敵方の攻めを耐えたのは、心経寺にござります。我らが守りを固め、土塁や木楯で囲んでおったのをご覧にならなかったとは知りもしませんでした」

教朝らは、あえて心経寺を使わず、国清寺に居を構えたのである。

足利の明珠たる者が、家臣でしかない上杉が籠もった寺に入ることはできない。そう上辺を気にした者らがいたためだ。国清寺は上杉宗家の氏寺であり、多少の無理も通る。

「聞き捨てなりませぬな」

教朝が細い眉根を寄せると、道真が受けて立つようにうなずき返した。

「そのとおりにござります。心経寺に入られるべしと伝えた我らの忠言を聞き捨てにされたうえ、国清寺からも逃げるしかなくなった。さらには、悪辣な古河の公方と奉公衆相手に命を賭して戦ってきた者の所領を召し上げようとは、我らも断じて聞き捨てなどなりませぬ」

真っ向から苦言をぶつけられて、教朝がわずかに身を引いた。

「駿河の今川軍が鎌倉から退き、不安に思われるのは当然ながら、身を挺して戦う様を見せもせず、足利家の威を笠に着て国衆の料所を奪おうとするのが、公方様の正義でござりましょうか。もし非道な下知をこの先もお与えになるのであれば、我が上杉の兵をすべて三島から五十子へ引き上げましょうぞ。どうぞ足利御一家の加勢をお求めください」

上杉は警固から一切手を引く。そもそも侘しい兵で下向してきたことが納得できていないのだ。関東を平らげる気が京の者にあったなら、ただ無闇に号令を発するのみでなく、多くの兵を率いて敵に斬りこむべきなのだ。

関東の地などは遠い田舎で、新たな公方さえお出ましとなれば、すべての片はつこう。

これまでも、六代義教が富士まで足を伸ばせば、鎌倉公方は縮み上がって服従を誓った。兵を挙げた先代の持氏も、将軍が号令を発して、自害へ追いつめている。今度は新たな公方を送ったのだから、必ず事は収まる。そう安易に考える者が京には多いのだ。

「お考えをあらためていただくほかはありませぬ。古河のみならず、下総や常陸には多くの料所があり、敵方は兵糧と財に困ることはないと思われます。ゆえに戦は長引き、我らは多くの将と兵を失いました。さらには、飢饉の兆しに悩まされて、今は満足に兵をそろえることも叶いませぬ。そのような苦境を見て見ぬ振りをして、所領を召し上げようとは、まさしく言語道断。我ら上杉はいつでも伊豆を見捨て、地元の治めに専心するのみならず、ことによっては古河の者らと和睦を結ぶべきではないか、との進言さえ集まっておる始末にござります」

資長は驚きを顔に出してはならじと、腹に力をこめた。

和睦の話は聞いていないが、もし将軍家に抗った成氏と上杉が手を結ぼうものなら、坂東の地は京の指図が及ばぬ強大な一国となる。

下向した政知と重臣らは面目を失うどころか、命さえ脅かされる事態となろう。

「そなた……公方様を脅す気であるのか」

「いいえ。脅すなど言いがかりもはなはだしい。ただ我らは坂東の地を守り抜くとの決意を表したまでにございます」

真に関東の末を見つめているのは、どちらであるのか。

おそらく公方政知は家臣に担がれるまま、実状をまったく見てもいない。かつての鎌倉御所でもよく見られた例《ためし》と同じだ。片角《かたかど》の奉公衆が公方に取り入って政を意のままに動かし、権威を得て驕り高ぶっていく。

そもそも目の前にいる教朝の父の上杉禅秀がそうだった。関東管領の座につくと、娘を次々と有力武将に嫁がせ、鎌倉府をほしいままに操った。公方持氏と宗家に恨まれて管領職を辞すると、あろうことか兵を集めて御所を襲い、鎌倉を占拠した。が、将軍の怒りを買って討伐され、自害に追いこまれた。

父親と違って、教朝は有力な兵を持たされていない。それでも公方を使って身勝手な命を下す気ならば、上杉一門を敵に回すと思え。道真は明らかにそう宣告していた。

「どうぞ、時節はもちろん伊豆や相模の実状をご覧になり、とくとお考えください。伊予守殿でなければ、公方様の重臣をまとめ上げることは叶わぬでしょう。宗家を統べる関東管領兵部少輔ならびに、扇谷分家当主たる上杉道朝の切なる願いにございます」

道真はそう言いきると、恭《うやうや》しく頭を下げてから教朝を見つめ返すのだった。

「よいか、源六。たとえ我らの願いが受け入れられようと、公方様の宿老に直言したそれがしは、責めを負うほかはない。隠居を余儀なくされるであろう」

仮御所から相模へ帰る道中、道真が辛苦の面持ちで資長を見た。まるで悟りきったような声に驚かされた。

「父上……。それでは覚悟のうえで、わざわざ伊豆へ」

「家督を継ぐそなたが何も知らぬのでは困る。ゆえに供をさせたのだ」

伊豆や相模の守護は、扇谷分家が担っている。このまま教朝らが料所を召し上げていこうものなら、道朝一門――ひいては家務の太田家も――かなりの痛手を受ける。古河一味との戦いにも響きかねず、上杉の危機ともなっていく。

そこで道真が身を賭して伊豆北条へ乗りこみ、談判することが決められたのだ。

「そなたであれば、太田のみならず、上杉を雄々しく導いていける。道朝様もそう仰せであった。それがしも心置きなく隠居できる。昌賢殿と連歌でも楽しもうと思っておるわい」

道真が青く澄み渡る夏空を望んで、軽やかに笑ってみせた。

父や道朝の見立ては嬉しくもあったが、嫌でも身が引き締まる。扇谷分家を支えて、上杉一門につくすことで今の戦を収め、関東に平穏をもたらす。あまりの大役と言えたが、太田の嫡男として生を享けたからには、果たさねばならない務めだった。

「頼むぞ、源六」

「しかと承りましてござりまする」

道真には事の運びが見えていたらしい。

上杉と直臣の間に置かれて窮した伊予守教朝は、父の禅秀と同じ道をたどるかのように、御所の一室で自害して果てた。おそらくは、公方様より上杉の嘆願を採るつもりなのかと、重臣らに責め立てられたに違いなかった。が、命を賭した教朝の申請によって、非道な下知は取り下げられた。

道真は、一門の教朝を追いつめた責めを負い、公言どおりに隠居を決めた。資長は齢三十にして、太田の家督と分家の家務職を継いだのだった。

その年、関東はさらなる大雨に襲われて、来る秋の実りはさらにも減った。太田の領内も天を呪いたくなるほどの痛手を受けた。京では数万もの民が餓死する騒ぎになったと聞く。

古河の公方と一戦を交えるどころか、領民に救いの手を差し伸べるため、何をすべきか。懸命に考えるのが、分家の家務としての最も重き仕事となったのだった。

幕間

享徳二十年（一四七一）　関宿城

多くの武士が黄泉路へ旅立っていった。

嫡男の成助に任せた関宿城へ久方ぶりに帰り着いて、簗田持助は屋敷の回廊から見える庭木を眺め、ふと足が動かなくなった。木々の緑が生い茂り、血のように真っ赤な花が咲き乱れていたのだ。

この長い戦でどれほど敵の血潮を浴び、儕《ともがら》の涙を見せられてきたことか。

人々が踏みにじった台地であろうと、春になれば若芽が育ち、やがて青葉に覆われる。その実りあってこそ、人や獣は生き永らえていけるが、野の恵みを糧に悲しき武士は今日も戦いの場へ挑みいく定めが待っている。

上杉との戦はいつ終わりを見るのか。

いくたびも公方に逆らってきた憎き上杉の管領を誅殺してから、早くも十七年の月日が流れた。京でも家督争いが次々と始まり、果ては幕府がふたつに割れて、騒乱は畿内の隅々へと広がった。鎌倉府が公方と上杉一味でふたつに割れて争ってきたのを、そっくり真似たかのような有様になったのだった。

この乱歩賞作家たちがすごい！2023

EDOGAWA RAMPO AWARD

KODANSHA

「今日もまた アレ・コレ・ソレで
日が暮れて」
60代～アラ100《ハン》男女 7人
笑い、泣き、困惑し、
挑戦する！
川柳小説、誕生！
第48回
逝きたいなピンピンコロリで明日以降
三浦明博
逝きたいなピンピンコロリで明日以降
三浦明博
Akihiro Miura
頭と体はガタだらけ。
失われゆく記憶、
気力、体力。
簡単に決壊する
涙腺と堪忍袋。
でも心と知恵と
経験なら、たっぷりある。
今日もまた
アレ・コレ・ソレで
日が暮れて
何度目だ？
同じ映画が
新鮮だ
乱歩賞作家の
著者も挑戦する！
60代～アラ100《ハン》男女7人が
笑い、泣き、困惑し、挑戦する！
講談社
9/13
発売予定

半沢直樹シリーズ、最新作！
探偵、半沢。
絵画の謎に挑む
シリーズ「エピソード ゼロ」
第44回
アルルカンと道化師
池井戸潤
NOW
PRINTING
9/15
発売予定
文庫

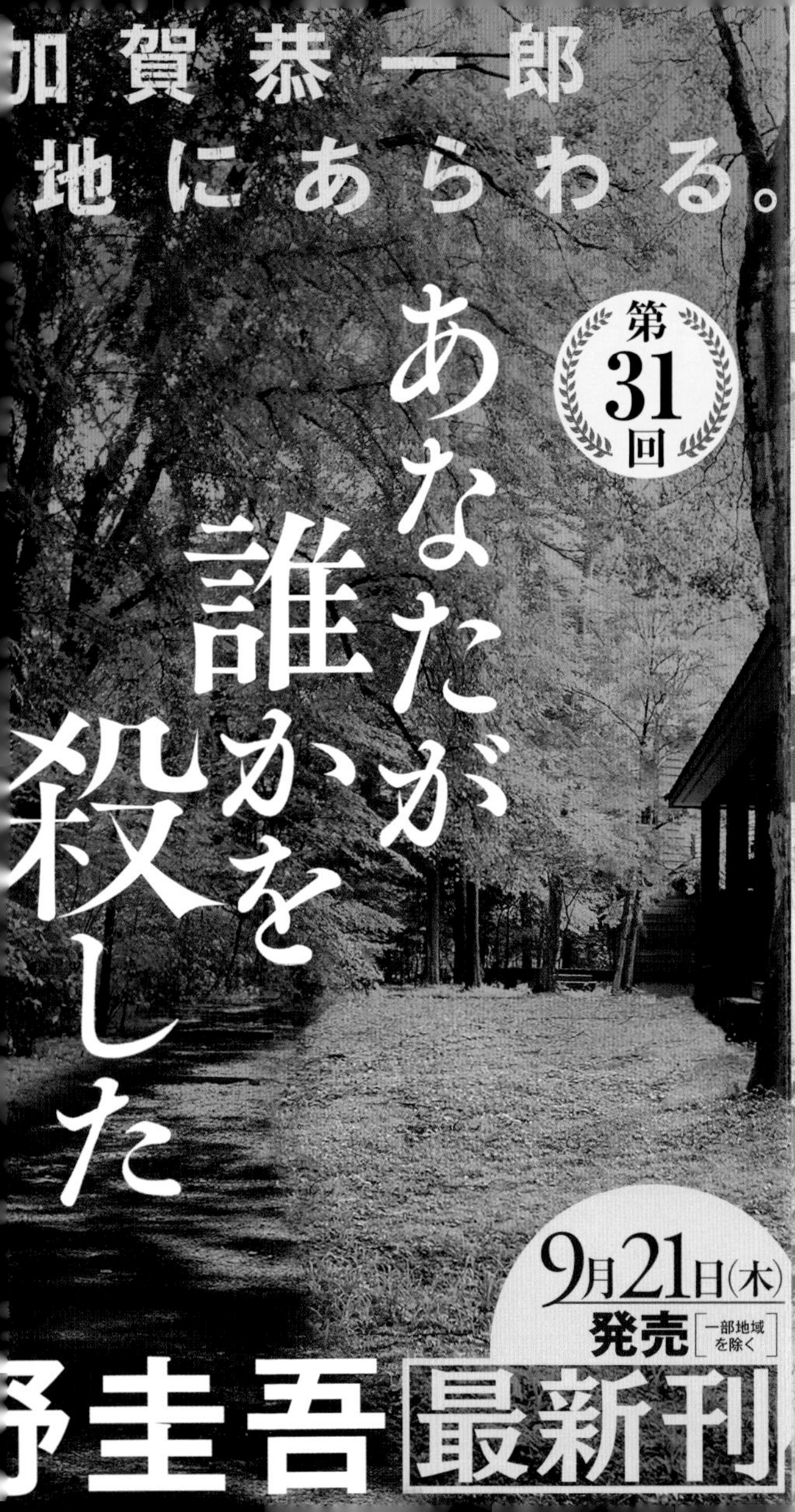
加賀恭一郎
地にあらわる。
第31回
あなたが
誰かを
殺した
9月21日(木)
発売[一部地域を除く]
圭吾
最新刊

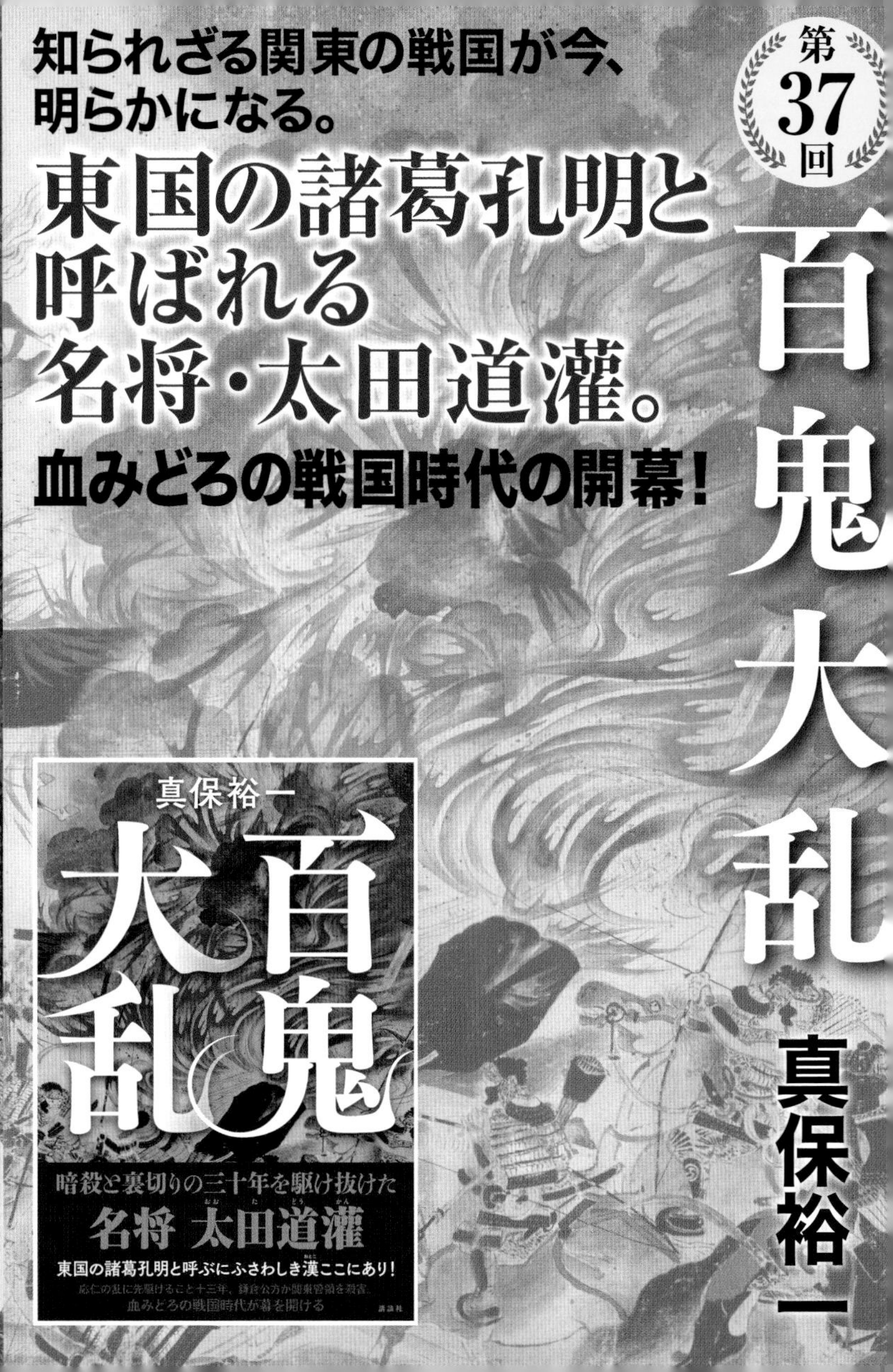
知られざる関東の戦国が今、
明らかになる。
東国の諸葛孔明と
呼ばれる
名将・太田道灌。
血みどろの戦国時代の開幕!
第37回
百鬼大乱
真保裕一
真保裕一
百鬼大乱
暗殺と裏切りの三十年を駆け抜けた
名将 太田道灌《おおたどうかん》
東国の諸葛孔明と呼ぶにふさわしき漢《おとこ》ここにあり!
応仁の乱に先駆けること十三年、鎌倉公方が関東管領を殺害。
血みどろの戦国時代が幕を開ける
講談社

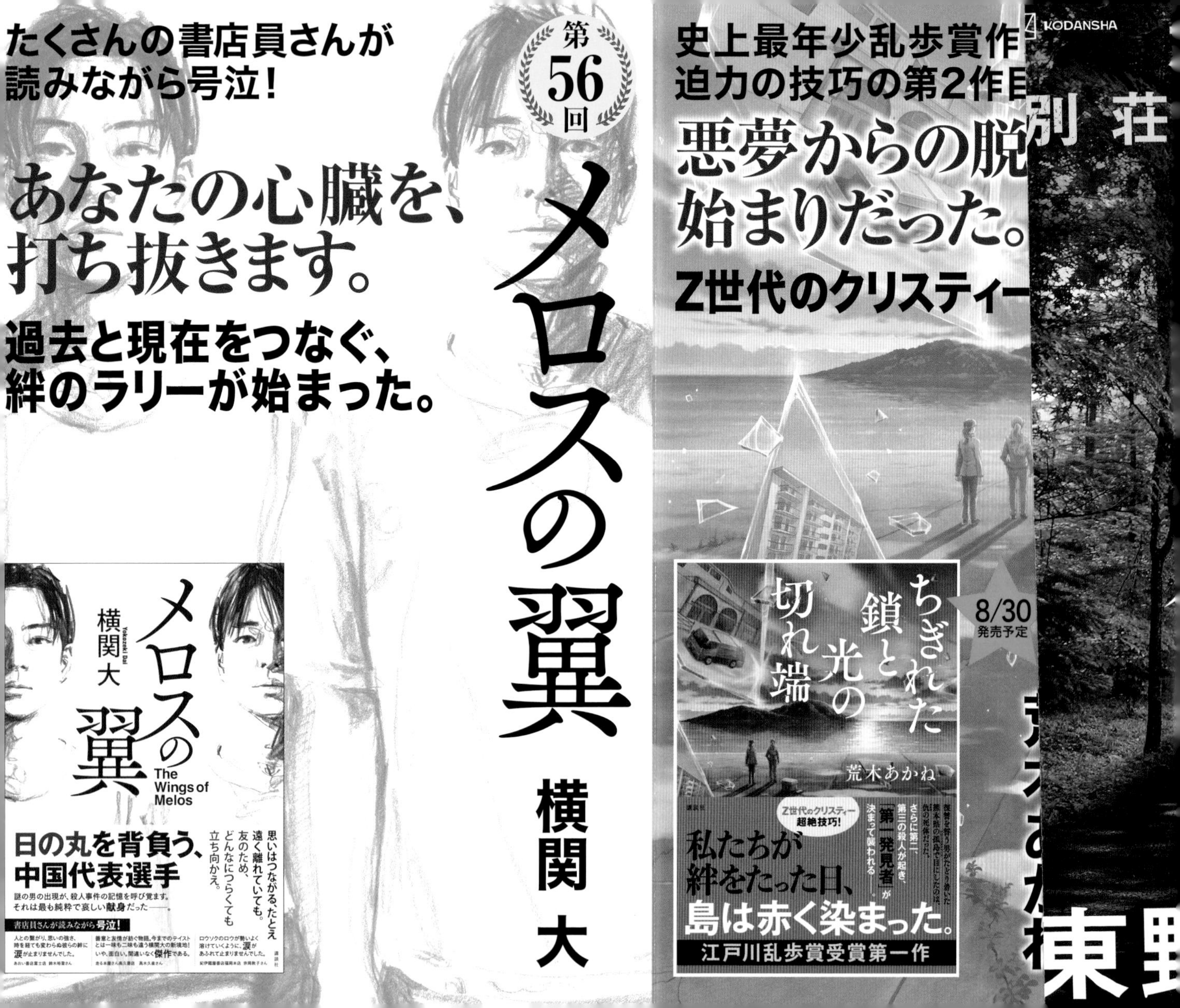

たくさんの書店員さんが
読みながら号泣!
第56回
あなたの心臓を、
打ち抜きます。
過去と現在をつなぐ、
絆のラリーが始まった。
メロスの翼
横関 大
メロスの翼
横関 大
Yokozeki Dai
The Wings of Melos
日の丸を背負う、
中国代表選手
思いはつながる、たとえ
遠く離れていても。
友のため、
どんなにつらくても
立ち向かえ。
謎の男の出現が、殺人事件の記憶を呼び覚ます。
それは最も純粋で哀しい献身だった——。
書店員さんが読みながら号泣!
人との繋がり、思いの強さ、時を経ても変わらぬ彼らの絆に涙が止まりませんでした。
善意と友情が紡ぐ物語。今までのテイストとは一味も二味も違う横関大の新境地! いや、面白い。間違いなく傑作である。
ロウソクのロウが勢いよく溶けていくように、涙があふれて止まりませんでした。
講談社
KODANSHA
史上最年少乱歩賞作
迫力の技巧の第2作目
悪夢からの脱
始まりだった。
Z世代のクリスティー
ちぎれた鎖と光の切れ端
荒木あかね
8/30
発売予定
講談社
Z世代のクリスティー
超絶技巧!
復讐を誓う男がたどり着いた
熊本県の孤島で目にしたのは、
仇の死体だった。
さらに第二、
第三の殺人が起き、
「第一発見者」が
決まって襲われる——。
私たちが
絆をたった日、
島は赤く染まった。
江戸川乱歩賞受賞第一作
別 荘

成氏は京で将軍を称する者が二人になったと知るや、菓子を前にした童のように喜んだ。

「山名《やまな》宗全《そうぜん》の西方には、周防《すおう》の大内までが参陣したぞ。この勢いで細川を倒せば、晴れて弟君が将軍となり、我らは朝敵の汚名をそそげよう」

九つもの領国を一族で治める山名宗全は、足利義政の弟である義視《よしみ》を西方の将軍として迎え入れた。京にふたつの幕府が生まれたのだ。

「今こそ、山名と結ぶ時であろう。我らが上杉を葬り、山名が細川を成敗すれば、畿内と関東がひとつとなれる。それでこそ日の本に安寧の礎を築けるというものぞ」

成氏の命を受けて、持助は禅僧の使いを次々と京へ送りこんだ。昨年の四月には、宗全の娘婿で西方管領の斯波義廉《よしかど》から、都鄙《とひ》の和睦に応ずる、との喜ばしき返書を受けた。が、所詮は顔を合わせもせず、書状のみによる申し合わせにすぎなかった。成氏も宗全も敵を倒すまでにはいたらず、今は自力で形勢の打開を図るほかはないのだ。

関東も畿内も、ようやく飢饉の痛手から立ち直りつつある。食うに困る者があふれたことで、多くの武士が所領の堅持と押領にひた走り、国々で家督争いが相次ぎ、そのせめぎ合いが今なお倦《あぐ》ねるほどに続く。

岩松持国が上杉方へ転じたのも、新たな所領の話を出されたからだ。が、従兄弟の家純が上杉と先に結んだため、持国は単なる一将と見なされた。あげくの果て、再び成氏方につこうとしたと疑われて、持国は嫡男ともども家純によって惨殺された。それが当初からの思惑でもあったに違いなく、友の成仏を今はただ祈るしかない。

持助が仲立ちして、結城家の再興を叶えてやったにもかかわらず、家督を継いだ成朝はあろうことか上杉の調略を真に受け、不忠を企てた。が、公方成氏への忠義に篤き家臣らによって、図らずも誅殺された。

愚かではあるが、岩松も結城も領内が旱魃に見舞われて、家臣を繋ぎとめるのに懸命であったのだ。家内の窮状を成氏に告げても、出陣の命を出されるのみで、兵糧の援助は得られなかった。古河も関宿城下も余力はまったくなかったからだ。

食うに困れば、心はさもしくなり、自ら因果を招く。上杉も実状はさして変わりなかったらしく、戦の仕掛けはめっきりなくなった。

その間に、あの憎き長尾昌賢が死に、管領の上杉房顕も病没した。長く上杉を取り仕切ってきた道朝も、河越城内で息を引き取ったという。

鎌倉公方に逆らい続け、この長い戦の本因と言える男らが相次いで死を迎えたのだ。それでも戦の炎は京まで燃え広がり、止むにやまれず、いまだ尾を引いている。

持助が関宿城へ戻ったのも、将軍義政による調略が、成氏配下の諸将に及んだと聞き、直ちに兵を集めよと命じられたからだった。が、将軍のかけ声ひとつで諸国の国衆がそろって動くのであれば、とうに戦は終わっている。

遠い京の地で旗を振り回そうと、すでに将軍の威勢は地に落ちていた。呆れたことに、義政の乱発した御教書が、関宿城を守る息子の成助にまで届くほどだった。

国々の治めには目もくれず、詩歌や技芸に勤しんできた腑抜けの将軍なのだ。坂東の誉れ高き武士が、そうそうなびくものか。

持助は領内に臨時の夫役を課した。兵の算段に頭を悩ませていると、五人の禅僧が関宿城を訪ねてきた。そのうち三人は、警固のためとして侍が僧侶に扮した者らであった。

ついに持助にまで京からの使者が送られてきたらしい。

そう見当をつけながら、筆頭の禅僧一人のみを御座所に上げると、恭しくも便書を差し出してきた。案のごとく、見慣れた足利のふたつ引き紋が黒々と記されていた。

将軍からの御内書だった。朝敵成氏の奏者を務める宿老に、将軍が何を持ちかけてきたのか。大いに気をそそられて、持助は便書を開いた。

余に忠節つくせば存分に褒美を取らそう。高みに立った書きぶりのうえに、いくら読み返しても褒美の詳しい記はなかった。このような甘い言葉のみで主君に背こうという坂東武者がいてたまるものか。息子の成助に奉書を送りながら、捨て置かれたことを、もう忘れたらしい。

京でも戦乱は広がり、室町御所もよほど度を失って、破れかぶれに御内書を送りつけているのだろう。多くの奉公衆に似たような書状が届いているに違いない。

たとえ形ばかりでも、成氏は西方の山名宗全と和睦を結んだ。京の情勢を知りもせず、御内書の威光をありがたく受け取る者が出たのでは困る。古河御所を通じて、奉公衆すべてを今一度戒めておくべきだった。

「上杉の非道さを見聞きしたうえで、京に帰られよ。このような奉書をいくら送ろうと無駄であるぞ」

使者の首を斬るまではないと考え、放免した。すると、古河から火急の早馬が到来した。

「小山下野守殿、不忠にござりまする」

持助は声をなくし、立ちつくした。奥座敷から庭の青葉を睨みつけた。

あの小山持政に限って、あり得ない……。

いやしくも上杉に内応した宇都宮等綱と戦い、嫡男と孫を立て続けに失いながらも、果敢に打ち払った男なのだ。その功に報いるため、成氏は義兄弟の契りを交わした。足利荘をめぐる戦いでも出陣を厭わず、佐貫荘では新たに砦を築き、上杉勢の押し入りを塞ぎ止めもした。

公方との契りは確かに栄誉であっても、所領の褒美を得られたわけではなかった。義に篤き小山までが、目の前にぶら下げられた餌に食らいつくしかなかったらしい。

「父上。小山の不忠が広まったなら、上杉が攻め寄せてくるに違いありませぬ」

脇にしたがう成助に呼びかけられて、持助はようやく我に返った。

ほかにも内応が続けば、大事となる。すでに足利荘は上杉に制されつつある。このままでは、古河の地さえ脅かされる。

持助は回廊へ走り出ると、家臣に告げた。

「皆の者、出陣ぞ。直ちに古河へ向かう」


さらに災厄は続き、関東八屋形と称された常陸の小田成治《しげはる》の家中にまで、不忠の動きが出た。結城の庶家はすでに上杉方と通じており、そこに小山と小田まで続いたとあって、古河は東と西からの攻めを受けかねない状況となったのだった。

兵を率いて古河城へ入ると、上杉の一団が足利荘の赤見《あかみ》城《じょう》を囲んだと急の一報が届いた。

「遅いぞ、河内守。直ちに立林《たてばやし》城《じょう》へ向かえ。赤見を支えるのじゃ」

成氏は色をなして持助に叫んだ。

「申し上げます。北の桐生から佐野氏が、南からは渡良瀬を渡河した長尾勢が迫り、落城は間近と思えまする。立林城まで上杉宗家の一団が囲む勢いにございまする」

　新たな報せを聞いた奉行人が泣きだしそうな顔になって頭を下げる。

　定尊が総大将となって兵をまとめ、すでに立林へ向かったところだった。成氏は御座所で仁王立ちとなり、両肩を震わせた。

　西の地はすでに、上杉の分厚い軍勢が迫って風前の灯火となっている。そこに東から小山らに総掛かりで攻めてこられたら、いくら守りの固い古河城でも危うくなる。

　持助は成氏の前へ進み出た。

「この古河は、それがしがお守りいたしまする。公方様はどうか御出陣をひかえられ、まずは身の安全をお計りください」

　成氏は我に返ったように顔を振り、強弁した。

「上杉など何するものぞ。返り討ちにしてくれる」

「いいえ、ここは御深慮のほど願いまする。立林まで抜かれたなら、東より小山が来たり、小田が鬼怒川を越えて迫るやもしれませぬ。たちまち古河の四方は敵ばかりとなりましょう」

　小童《こわらわ》にもわかる理屈であった。さらに不忠が続けば取り返しはつかない。三十八の齢になった成氏に事態が悟れぬわけはなかった。

　持助は即座に心を決めて、後ろに控える息子に告げた。

「八郎。そなたは公方様とお身内を守り、直ちに城を出よ」

　三十二年前、先代持氏が討伐を受けた際、父の満助から命じられた下知を、持助はそっくりそのまま息子に告げた。あの時、父と先代は自死に至っている。同じしくじりをくり返せば、関東足利家の命運はつきる。

「関宿にお連れいたしまする」

「いいや、我らの城は、古河に近すぎる。もっと離れた地でなくば、安心できぬ」

「ならば、千葉を頼りましょうぞ」

成助は素早く答えを導き出して言った。東の小田の動きがまだ読めないため、今は急いで南へ下るほか手はなかった。太田の守る江戸城はあるものの、千葉が市河を押さえているため、まだ逃げる道は保たれている。

「我らがこの古河と関宿で、上杉を必ず食い止める。公方様をお守り通すのじゃ」

「それがしも残りますぞ」

宿老の一人、野田成朝《しげとも》が名乗りを上げるように言った。定尊とともに足利荘を奪い返す戦いで名を上げた野田が残ってくれれば、大いに心強い。

「命に替えてもお守りいたしまする」

成助が決然と立ち上がった。

古河に城を築いて十五年がすぎた。ようやく成した城であるのに、鎌倉に続いてまたも追われる身になるとは思ってもいなかった。

京で山名方は、まだ細川を討ち果たせずにいる。加勢を得たくとも、遠い地の戦に望みを託している時ではなかった。今は公方を守り、欲をたぎらせる上杉を断じて打ち払わねば、坂東に明日はないのだった。

郵便はがき

料金受取人払郵便

小石川局承認

1095

差出有効期間
2023年12月
31日まで

112-8731

〈受取人〉
東京都文京区
音羽二—一二—二一

講談社
文芸第二出版部 行

書名をお書きください。

この本の感想、著者へのメッセージをご自由にご記入ください。

おすまいの都道府県

性別 男 女

年齢 10代 20代 30代 40代 50代 60代 70代 80代～

頂戴したご意見・ご感想を、小社ホームページ・新聞宣伝・書籍帯・販促物などに使用させていただいてもよろしいでしょうか。 はい（承諾します） いいえ（承諾しません）

TY 000044-2112

ご購読ありがとうございます。
今後の出版企画の参考にさせていただくため、
アンケートへのご協力のほど、よろしくお願いいたします。

■ **Q1** この本をどこでお知りになりましたか。

1 書店で本をみて

2 新聞、雑誌、フリーペーパー〔誌名・紙名　　　　〕

3 テレビ、ラジオ〔番組名　　　　〕

4 ネット書店〔書店名　　　　〕

5 Webサイト〔サイト名　　　　〕

6 携帯サイト〔サイト名　　　　〕

7 メールマガジン　8 人にすすめられて　9 講談社のサイト

10 その他〔　　　　〕

■ **Q2** 購入された動機を教えてください。〔複数可〕

1 著者が好き　2 気になるタイトル　3 装丁が好き

4 気になるテーマ　5 読んで面白そうだった　6 話題になっていた

7 好きなジャンルだから

8 その他〔　　　　〕

■ **Q3** 好きな作家を教えてください。〔複数可〕

〔　　　　〕

■ **Q4** 今後どんなテーマの小説を読んでみたいですか。

〔　　　　〕

住所

氏名　　　　電話番号

ご記入いただいた個人情報は、この企画の目的以外には使用いたしません。

第三章　獅子奮迅

一

文明五年（一四七三）　越生龍穏寺

青み渡る夏木立に囲われた細い参道に、涼やかな風が舞っていた。

太田《おおた》資長《すけなが》は手綱を引いて馬を止めると、後ろに続く資忠《すけただ》を案じて振り返った。

「傷は痛んでおらぬか。我慢しようにも、我らには通じぬからな」

笑みとともに言うと、馬上の資忠が大仰なまでに顔をしかめてみせた。

「出立前にも申し上げました。もう一年にもなるのです。明日にもまた出陣できるほど癒えております」

資忠が無理しているのはわかっていた。まだ一年なのだ。

結城《ゆうき》の調略が成るとともに、上杉は総出で五十子《いかっこ》陣《じん》を出て、成氏《しげうじ》方へ攻め入った。利根川を一気に越えると、足利荘内で手薄と見た赤見城を囲んで落とした。敵は児玉塚《こだまづか》へ兵を進めて陣を布いたので、資忠が岩松《いわまつ》勢と北から回り、佐野城に籠もる一団を打ち破った。

そのまま破竹の勢いで資忠は攻め上がり、長尾《ながお》景信《かげのぶ》と景春《かげはる》親子の軍勢と立林城を続けて落とし、ついに敵の本拠たる古河へ迫った。すると、足利成氏は簗田《やなだ》ら奉公衆に守られて小賢しくも城を抜け出し、南へと逃亡した。

ところが、古河城の守りは巨石のごとく堅く、そこに下野と常陸から加勢の大軍が駆けつけた。対陣が長引くと、下総の千葉氏を頼って兵を立て直した成氏が、奉公衆とともに怒濤の勢いで攻め返してきた。

その兵の数に怖じ気づいたか、一度は上杉側についた宇都宮と小山が、あらためて成氏に帰服を誓う始末となり、事態は一気に変転した。上杉は古河の地から押し返されたうえ、敵は五十子陣へ迫る勢いを見せたのだった。

折からの雪に運よく助けられたこともあって、敵の攻めをどうにか跳ね返すことはできた。が、その戦で資忠は不覚にも胸に矢を受け、かなりの深手を負った。長く伏せり、半年近くも歩くことさえ叶わなかったのだ。

資忠の後ろから、源五郎《げんごろう》資雄《すけかつ》が馬を寄せて心地よいほどの笑い声を上げる。

「父上は、それがしも驚くほど案じておられました。昨夜も、叔父上の馬の毛並みを整え、世話を焼きどおしだったのです」

「口を慎め、源五郎」

「はい。静かにしておりましょう」

今年十七歳。資忠の嫡男ながら、三歳のころに資長の養子となり、昨年の夏に元服していた。二人の父と祖父のもとを訪れる今日の日を、心から喜んでいるようだった。

末の弟の資常《すけつね》は、江戸城を留守にするわけにもいかず、同道できないのを心から悔しがっていた。その資常も三十路にさしかかり、弓と大太刀の使い手として名が通り、家務としても心強く思うばかりだった。

山門前に家臣を残して三人で境内へ歩むと、わざわざ道真《どうしん》が迎え出てくれた。

「おお、よく来た。息災と聞いて安堵しておったぞ。源五郎もたくましさを増したのう」

戦場では鬼と怖れられた道真が、人の親の顔になっていた。

「さあ、入れ。それは見事な草庵ぞ」

「これは異なことを仰せでござりますな、父上。いくら自慢であるにしても、草庵が見事とはあまり聞いたことがござりませぬ」

資忠が胸を押さえながらも軽やかに笑い返した。藁や茅《かや》で屋根を葺《ふ》いた粗末な家を称して、草庵と呼ぶ。道真が苦笑いしつつ、先を進む。

河越城から西におおよそ十五里。かつて道朝《どうちょう》が再興した龍穏寺《りゅうおんじ》の境内に、道真は草庵を設えて自得軒《じとくけん》と名づけ、隠居の住まいとしたのだった。

資長は寺の由来を聞かされて、父の深謀に感じ入った。

もとは天台宗《てんだいしゅう》の瑞雲山長昌寺《ずいうんざんちょうしょうじ》といい、近くに霊場として知られる秩父三峰山《ちちぶみつみねさん》や黒山三滝《くろやまさんたき》があり、修験の道場としても名高い。道朝が再興したのを機に、曹洞宗《そうとうしゅう》にあらためられたが、今なお修験者の通う寺なのだった。

上杉家は鎌倉五山をはじめ、禅宗を長く庇護してきた。戦で身罷った兵を弔う陣僧としての務めはもちろん、時に使者としても頼りにできる。修験の道場を守ることで、験者《げんざ》を密使とする狙いがあった。

隠居すると言いながらも、道真は一昨年の古河攻めにも加わったし、今なお調略の備えに余念がないのだ。無双の案者と称される所以《ゆえん》がここにある。

境内には新たに法堂も建立され、その片隅に茅葺きながらも、庫裏より広い庵が見えた。庭先には青や赤の花が彩《いろどり》を添え、小さな池も造られていた。見事と自慢したくなるのも無理のない風情ある眺めだった。

道真のあとに続いて、資長らは自得軒の座敷に上がって足を拭った。

「宗祇《そうぎ》殿は再びこの寺を訪れたのでござりましょうな」

資長は庭の青木と花を見て目を休めつつ父に尋ねた。

近ごろ道真は、名高き連歌師の宗祇をわざわざ京から呼び寄せた。実はそこにも深い心匠《こころだく》みが隠されている。連歌は智や才器を磨くと言われ、公家のみならず、多くの武家にも好まれていた。評判の連歌師は声がかかれば遠方へも出かけ、そのつど数多の知見を得る機会が多い。

つまり、名うての連歌師を呼ぶことで、他家の動静までを知ることが叶う。

道真は河越で宗祇をはじめとする連歌師を招いて歌会を開いた。その少し前に、宗祇は日光を参詣し、陸奥《むつ》へも足をのばしていた。その警固役として、道真は修験者と身内の徒の者を同道させた。

成氏方が領する下野《しもつけ》国へ深く入ることで、調略の密使とさせるためだった。その労あって、一時とは言え、小山氏を帰服させることができたのだ。

「もう二十五年も昔になります。足利学校で長棟殿にお目にかかった時のことを懐かしく思いだします」

心静かに庭を眺めながら資長が言うと、道真が相づちを返してきた。

「ほう、そうか……。素晴らしきおかたであるからな」

「はい。修練を重ねた末に、心と身に真なる武が宿る。そう教えを受けました」

「さては父上も同じですな。隠居してなお才を磨き、知見を得ようと努めておられる。長棟殿の教えのとおりと申せましょう」

資忠が応じて言い添えると、道真が短く首を振った。

「何のことはない。昌賢殿にうるさく言われたからな」

道真は懐かしげに目を細めてみせた。

資長も深くうなずき返した。

「舅殿は長棟殿のもとで長く仕えてこられた。ゆえに道真の倅も、長棟殿に是非とも見《まみ》えておくべき、必ず学び取れるものがある、そう考えられたから、それがしを足利学校へ送ったのでしょうな……」

「では、そのころから昌賢殿は、兄上に篤き親心を抱いておられた」

資忠が感じ入ったように言葉を継いだ。資雄はただ黙して父たちを見ている。

「あやつも喜んでおろう。太田家にまで信者が増えておるようだからな」

道真は豪快に笑い飛ばしたのち、大きく息をついた。ふいに声を落とし、資長に目を戻した。

「聞いておるか。三月に山名宗全が没し、続け様に細川右京大夫殿までが亡くなられた。西と東の領袖が代替わりとなったのを機に、京では和睦の話が進んでおるという」

関東で戦乱が始まり、西にまで飛び火したようなものでありながら、先に京で和睦の話が出ていたとは知らなかった。関東などは辺境の地であり、その戦の行く末より京の平穏が大事と考える者が多いのだろう。近ごろは将軍の奉書も届かなくなっていた。

関東は二の次であるにしても、山名と細川の和睦が成れば、必ず事態は移り変わる。その時に備えて、道真は験者と結んでおこうと、この地に草庵を構えたのだ。

それに引き比べて、宗家の家務は武威に頼るしか策を打てずにいる。

「懸念があるのか」

父に胸の内を読み取られて、資長は口元を引き結び、言った。

「はい。左衛門尉《さえもんのじょう》殿はいささか一徹すぎるかと……」

長尾左衛門尉景信。昌賢の嫡男で、資長の義兄でもある。

「長寿寺《ちょうじゅじ》の代官の件で、いまだ張言《はりごと》をくり返しております」

「それがしのもとにも、わざわざ家臣が来おったわい」

道真も半ば呆れたように首を振った。

そもそも鎌倉長寿寺の代官は、宗家被官の島根《しまね》氏が受け継いできた。が、度重なる乱行《らんぎょう》に長寿寺の住持が耐えかねて伊豆の堀越御所《ほりごえごしょ》に訴え出たことで、所領を召し上げられた。資長は相模の守護代としての任を果たし、新たな代官を据えた。すると、景信が異議を申し立ててきた。

宗家の被官が代官を務めてきた地であり、その選任は自分がすべきだ、と。

だが、代官の乱行を窘《たしな》めずにきたから、所領を召し上げられたのだった。そのうえ、新たな代官を宗家から出すのでは、堀越御所も長寿寺も納得はしない。

景信からすれば、太田家が宗家の所領を奪ったも同じと思えたのだろう。

「せっかく古河へ迫りながら、先代公方を逃したうえ、みすみす敵方の渡河を見逃したのは解せませぬ」

若い資雄までが浮かない面輪を見せた。その采配《さいはい》のせいで、実の父である資忠が深手を負ったと考えているのだ。

考え違いと言い切れないものの、戦は些細な運や天気によっても移ろいやすい。すべてを采配のせいにするのは酷でもあった。

「そう不平を口にするでない。左衛門尉殿は秀でた武将であるぞ」

道真の言うとおりで、勇猛さは広く知れ渡っていた。多くの戦で兵を果敢に率い、敵を打ち破ってきた。その嫡男の孫四郎《まごしろう》景春も、父に負けない剛毅《ごうき》さを持つ。が、ともに昌賢のような案者とは言えず、武威に頼りすぎると多くの者が見てもいた。

そのため、領内の治めは家臣に任せきりで、飢饉から立ち直るのが相模よりも遅れた。成氏を追いつめながらも取り逃がし、せっかく調略なった小山や宇都宮まで、ろくな褒美を与えなかったために背かれている。

「父上からも、京の戦の子細をお伝えすべきかと……」

資忠が胸に手を当てつつ意見した。

「無論のこと、進言はしておる。しかれども、太田の意を素直に取り入れたのでは恥と考えておるようでな。昌賢殿の昔話をしてみたが、左衛門尉はちっとも喜ばぬ。頑なな男よ。楽に事は運ばぬものであるな」

宗家と分家の家務が、身内で競り合っている時ではなかった。

京の大乱では、足軽と呼ばれる身軽な出で立ちの兵が重用されたと聞く。素早く立ち動いて敵を攪乱したあと、国衆や家門の一軍が攻め上がる戦法なのだ。ただ、軽々しい行いに走る者も多く、戦場での狼藉が増え、足軽の悪名は高い。が、将がよき手本さえ示せば、役立つ者らであるのは疑いなかった。

資長は江戸城下で集めた陣夫を常から競い合わせ、秀でた者には褒美を出していた。彼らは稼ぎになるとわかれば、懸命に働いてくれる。陣夫を槍衾の盾として、ただ使い捨てにするのでは不満がつのり、戦場から遁走する者が多く出かねないのだ。

いくら武に秀でていようと、兵や領民を案じられない主君では、信頼を得られるはずはなかった。乱行をくり返す代官を長く見逃してきたところに、景信の家務としての器量が垣間見える気がするのだった。

「この地でゆるりと暮らせたなら幸いであるのだがな……」

道真が独りごちて長嘆した。

京と違って関東に和睦の話は出ていなかった。平穏な日々は遠い。

互いに多くの身内を失い、その敵を討つためにも兵を引くわけにはいかず、利根川を挟んだ戦はまだまだ終わりそうにもなかった。

二

「上様のお成りであるぞ」

回廊を進み出た簗田持助《もちすけ》は、庭に居並ぶ諸将を見渡し、音太《ねぶと》に告げた。御座所の前で端座すると、上段の間に足利成氏が凜然たる足使いで現れた。あれから、江ノ島へ逃げた時は十七歳の若さだったが、早いもので成氏も不惑《ふわく》の齢を迎えた。二十三年もの年月がすぎていた。

時の流れに慈悲はなく、持助も髻《もとどり》が半ば白く染まり、顔や手に皺が増えた。戦が長引きすぎたせいで、口惜しくも一門衆の結束にいつしかゆるみが生じかけていた。この無益な戦を終わらせるためであれば、上杉方への帰服も許される。そう軽々しく考える者が続いたため、成氏は古河の地を一度は追われることになった。

持助と野田で城を守り、千葉と那須の加勢を得たことで大過なく古河へ戻ることはできたが、もう二度と不忠者を出してはならぬと成氏は憤り、再び恭順を誓った小山や宇都宮から人質として嫡男や正室を召し出した。のみならず、すべての奉公衆にも人質を求めようとしたのだった。

「どうぞご深慮のほど、お願いつかまつります。確かに岩松は上杉と通じましたものの、その粗相がたたって謀殺されるにいたったのでござりまする。野田や一色の宿老は、二十余年の長きにわたって公方様を支えてまいりました。佐々木や海老名も命を賭し、つつがなく務めを果たしてきております。そのような忠信篤き奉公衆を軽んじる扱いをなされたなら、我らの結束にまたも新たな罅《ひび》が生じることになりませぬでしょうか」

持助は意をつくして申し入れた。

京の将軍家に劣らず、とうに関東の公方も威信に陰りが出ていた。将軍が初代尊氏公と同じほどの信望を得ていれば、畿内に動乱が広がることはなかったのだろう。武威で意を押しつけず、真の義を果たして礼節を保ち、徳で世を治める王道を歩んでこそ、家臣や領民の信望を得られるのだ。

「皆の者に告ぐ。二十余年の忠節には、報謝の念しかない。昨秋には古河を取り戻し、敵の五十子陣に迫りながら、雪によって行く手をはばまれたのは不運でしかなかったろう。そなたらの無念は、余も同じである。我らの明日のために命を落とした忠臣を思えば、戦い抜いて勝利を得るほかはなしと決意を新たにすべきであろうぞ」

成氏が切々と訴えかける。

奉公衆に語りかける文言を用意すると持助が暗に切り出すと、成氏は即座に首を振った。己の言葉でなければ、皆の胸に届くわけはなし。そう悟れているのだから、公方としての気骨が太く根を張りつつある。たとえ不惑の歳になろうと、人は万木《ばんぼく》に負けず成長できる。

「我らがつまずいたのでは、坂東の地に安らぎの日は訪れまい。己を鍛え、兵を育てよ。民にも手を差し伸べねば、陣夫は増えぬ。料所の上がりを奪うのみでは、国衆に背かれると思え。よいな」

人質を取られると怖れていた奉公衆は、互いの瞳に安堵の色を浮かべ合った。が、あらためて主君に励まされようと、覇気を面輪に表す者は見受けられない。多くの者が濡れ落ち葉のように萎《しお》れ、疲れ果て、戦う意義を見失っていた。

持助も同じで、祝勝の美酒を呑める日が実《げ》にも来るのか、不安しか持てずにいる。奉公衆の縮こまる背を押し、熱き義心をかき立てる方策がまったく思い浮かばずにいるのだった。

京の将軍家を真似て、成氏の奉書を送りつけてはいた。が、褒美として御料所を切り崩せば、兵や武具の元手が頼りなくなる。取り戻した足利や新田の地では、地元の国衆や奉公衆の間で料所の醜い奪い合いまでが演じられていた。

打開の手立てに悩むうち、気がかりな報せが古河御所にもたらされた。

敵の五十子陣に塩や青菜を届けていた商人が、またも六日にわたって出入りができなくなったという。その翌日には、河越や江戸から太田親子が駆けつけたらしい。

「おい……。成潤が死んだ時と同じであるな」

成氏に上奏すると、直ちに答えを見出して目の色を変えた。

足利義氏《よしうじ》と名乗りを替えた成潤が身罷った時も、しばらく商人が閉め出された。今回もよほどの武将が陣没したのだろう。太田の親子が駆けつけたとなれば、管領の座に就いた上杉顕定《あきさだ》か、家務の長尾景信あたりか……。

「直ちに調べさせます」

持助は馴染みの学僧と商人を送り出した。

戻ってきたのは十三日もあとになってからだった。

「畏れながら申し上げます。五十子にて身罷りしは長尾左衛門尉に違いありませぬ」

上杉房顕《ふさあき》が齢三十二にして没したあと、越後上杉家から養子に入って管領となった顕定はまだ二十歳の若さだった。軍の指図はすべて長尾景信に委ねられていた。小山らの帰服を得て古河へ攻めてきた時も、景信親子の軍勢はひときわ手強かった。

その景信が死んでくれた。太田親子が駆けつけるのは当然だった。

景信の嫡男である孫四郎景春は、まだ二十三歳と聞く。勇猛ではあっても、上杉一門の指図ができるほどの才覚があるものか。管領という神輿《みこし》であれば若くとも務まるだろうが、家務には多くの見聞と、利を計る才が求められる。おそらく上杉宗家では、次の家務を誰に任せるか、頭を悩ませるだろう。

この機を逃してはならなかった。奉公衆を奮い立たせるものが、今求められている。そう念じていたところに、天の恵みか、格好の時運が転がりこんできた。

「直ちに兵を集めまする」

「余も出陣しようぞ」

成氏も意気盛んに告げた。それでこそ軍の結束も固まろう。

背を丸めかけていた奉公衆の尻をたたき、今こそ熱き血潮を呼び起こさせるのだった。

三

五十子にて長尾景信が病没したと伝えられて、資長は時を置かずに駆けつけた。台地の上に築かれた本丸の周りには、一門の寝泊まりする多くの建屋が囲み、今も二千を超える兵が集う。

大木を縦横に渡した厳つい大手門をくぐって曲輪に入ると、資長はまず異様な気配を察した。

重臣の死を悼んで静まっていると思いきや、久方ぶりに現れた資長らを見て、何の用だとばかりに勇み立って目をむく者が多かったのだ。

「兄上。いかなる仕儀にござりましょう」

同道した資常も危うさを覚えたらしい。辺りをうかがいながら、小声で問いかけてくる。

「もしや家督の件で争議でも起きているのでござりましょうか」

本丸館へ導かれて、資長はすべてを悟った。

御座所へ進むと、関東管領を継いだ上杉顕定の横に宿老が座し、最も上座の場に長尾修理亮《しゅりのすけ》忠《ただ》景《かげ》の姿があったからだ。

早々に弔いを終え、宗家を補佐する次の家務に、忠景が就くと決まったらしい。

長尾忠景は、亡くなった景信の長弟である。

宗家の家務はこれまで、鎌倉長尾家から出すことが多かった。分家の景信が父の昌賢のあとを引き継いだのが、そもそも異例だったのだ。

景信嫡男の景春は、まだ二十三歳と若い。そこで、養子に入って鎌倉長尾家を継いだ忠景を家務に据えるべきとなったのだろう。

「備中守殿なら、陣中に殺気立つ者がおることを怪しまれたであろうな」

管領となった顕定が、年嵩の資長へ向けて折目高《おりめだか》に言った。

将軍の命を受けて越後上杉家から養子に来た顕定も、まだ二十歳と若い。関東管領の座にありながら、今までは宿老筆頭たる景信に差配を任せきりにしてきたと言える。

若い顕定の補佐に、これまた若い景春が就いたのでは頼りなく、不安を覚える者が出る。そう考えた末、今年五十歳の忠景が家務に就いたのだ。

父の跡を継げると信じていた景春には、承服しがたい下知だったろう。ゆえに、扇谷分家の家務たる資長が参上しても、景春はこの場に姿を見せていないのだった。

「畏れながら申し上げます」

資長は歳若い管領に頭を下げた。

「御屋形様のみならず、上杉一門衆の御推挙ありせば、孫四郎も致し方なしと諒しましょう」

上杉を率いる管領に向かって問いただすことはできず、資長は遠回しな訊き方をした。長尾はもちろん、宗家もひとつにまとまっているのであれば、悶着は起きないはずではないか。

若い顕定がなぜか目をそらし、扇谷分家の当主となった上杉政真《まさざね》を見た。

長く当主を務めた道朝が没したあと、孫の政真が家督を継いだが、こちらもまだ二十三歳と若かった。戦のさなかに陣没が続き、両上杉家とも二十歳そこそこの当主を担ぐ事態となっていた。

政真が重そうに口を開いた。

「それがしの力が足りず、この陣中で上杉もふたつの所念が錯綜しておる」

戦が終わりを見せていないため、武に長けた景信の嫡男を強く推す者がいたのだろう。景春は先年の古河攻めで、父親に引けを取らない武勲を上げてもいた。

その逆の見方もあり、武に頼りたがる景春が、若い二人の当主を迎えた上杉を正しく導いていけるか。危惧を拭いきれない者も多かったのだろう。

徳をもって治めるのが王道であり、武威に頼るは覇道と言われる。望むところは王道でも、今は戦のただ中にあり、勝利を得て覇者とならねば一族の明日はなかった。家中の思惑はわかるが、初めから景春を覇道の信者と決めつけるのは、あまりに酷だった。

資長は本丸館を出ると、景春率いる長尾の建屋を一人で訪ねた。叔父が来ようと御座所に顔を出さなかったのは、たとえ礼を失しても、自らの無念を示しておきたかったからと思われる。

長く待たされた末に、景春は回廊からではなく、土の顕《あら》わな庭を回って資長の前に現れた。

若人らしき細身でありながら、肩や腕はたくましい。資長もこの若い甥に、かねてより剣術の指南をつけてきた。舅の昌賢も、同じ幼名を継いだことで景春の成長を最も楽しみにしていたと聞く。

　鍛えられた者の鋭い身ごなしようで景春は歩み、資長に向き直った。睨むに等しい目を見れば、どうせ顕定や忠景の命で来たのだろう、と信じきっているのが受け取れた。

「参上遅くなり、まこと申し訳ない。さぞやお力落としのこと、お悔やみいたします」

　青葉もろくに植わっていない侘しき裏庭で、景春は形ばかりの礼を返した。すぐに面を上げると、また睨むような目のまま見つめてくる。

「仁義を尊ぶべき戦が、いかなる地にござりましょうか」

　長幼の序をわきまえて年嵩の者を重んじよ。そう諭す者があったのだろう。

　だが、この五十子は戦に備えた陣城なのだ。これまで忠景という武将がどれほど敵の首を上げてきたというのか、教えてもらいたい。そう景春は暗に訴えていた。

「父は上杉のために身をなげうち、戦の傷がもとで身罷ったのです。祖父と父がいくたび上杉を救ってきたか。叔父上ならば承知されておりましょう」

「無論、お二人の功績は計り知れず、陣中のみならず、関東広くに知れ渡っておると言えよう。しかれども、上杉宗家の御屋形様は越後から来られたばかりで、不慣れが多い。家務の役目はより重きをなす」

「それがしには重責であると、叔父上もお思いなのですな」

「いいや、修理亮殿にも重き務めであるから、そなたが力を貸さねばならぬのだ。ひとたび戦になれば、陣中の皆がこぞってそなたを頼ってこよう」

「それがしは命を惜しまず、苦難を受け止め、ただ戦い抜けばよいと仰せですか」

管領が歳若く不慣れであるから、家務に多くの裁断が委ねられる。代官の選任をはじめ、所領安堵の差配も握る。租米の高や新たな田畑の開墾に力をそそぐ務めもあった。

父の景信が武蔵の守護代を務めてきたのに、景春が家務を継げなくなったとなれば、代官職を召し上げられる家臣も出かねなかった。身内の得失に結びつくため、一族を率いる総領としては引くに引けない話となる。

「家臣を守りたいというそなたの思いは、偽りなく尊い。しかれども、こうは考えられぬかな。修理亮殿は高齢であり、何かあろうものなら、次の家務を継ぐに相応しき者は、誰が見ても、そなたしかおらぬ。人の器は時が磨いていくものであるから、しばらくの辛抱ではなかろうか」

義兄である忠景の死を必然として言うのは気が咎めるものの、ただ説き伏せるための方便ではなかった。当然の成り行きであり、誰もが考えることだった。

「叔父上の死をじっと待て、と仰せになるとは思いもしませんでした。戦のさなか、我らは皆等しく死と隣り合わせと申せましょう。叔父上のみならず、それがしも明日、儚く討ち死にするやもしれぬのです」

武士であれば、戦での死は等しく、また雷に打たれるより揺るぎなく身に降りかかってくる。叔父の前に景春がもし命を落とそうものなら、家臣や一門の明日はさらに細りゆく。

その胸中は偲ばれるが、もう一度よく考えてほしいと言い添えてから、資長は本丸館へ戻り、再び御座所へ赴いた。

「畏れながら申し上げます。昌賢殿と左衛門尉殿と二代三十年もの長きにわたって上杉を支えてきた長尾分家の一門衆からすれば、栄誉ある家務のみならず、武蔵の代官職まで召し上げられては、家臣が大いに困窮いたす。そう孫四郎は訴えておりました。望んでいた職に就けなかった悔しさから腹を立てているのでなく、家臣への心情篤きがゆえに異議を申し立てているのでござります」

「たとえ家務に就けずとも、上杉家に誠心誠意つくしてきた者が大半であろう」

忠景がしたり顔で言った。

自分は今日まで家務の座に就いた兄にしたがい、ひとえに上杉を支えてきた。その間、不平ひとつ洩らしはしなかった。そう自負する心の声が確かに聞こえた。

「左衛門尉は見事な武将であった。まさしく坂東武者の鑑《かがみ》と言えよう」

管領の顕定までが、追従を口にした。が、侍としては見事という冷めた口ぶりから、景信に一門を導く徳があったとは言いがたい――そう告げたがっているようにも聞こえるのだった。

資長はようやく彼らの腹が読めた。

越後から来た顕定にしてみれば、頼れる重臣の筆頭は、家務の景信だった。が、自分の若さもあって、ずっと意を抑えられてきたと考えている。おそらく景春やその家臣も、顕定に頭を下げはしても、どこかで軽く見る振る舞いがあったのだろう。

おぬしは越後から借りた飾りにすぎない。ただ静かにうなずいておればよい。

あらまし忠景も同じ思いに耐えてきたのだろう。兄という重しが取れたうえ、望んでいた家務の職が手にできた。待ち望んだ恩恵を手放してたまるものか、と期している。

「そなたの心ばせはありがたく思う。されど、孫四郎も上杉重臣の一人である。道理の見通せぬ男であるはずもなく、諭せば必ず承服しよう」

　忠景は先の見通しを軽く考えていた。あるいは家務という職の重さを見誤っているのかもしれない。望んだ職に就けると喜ぶあまり、景春の心構えを甘く見てもいるのだ。

「あとは我ら宗家の者で計らうまでのことである。そなたは江戸の守りを固め、下総と上総の動きをつぶさに見て、効ある策をしかと案じてもらいたい。頼むぞ」

　顕定までもが、資長を遠ざける気でいるとわかり、胸に寒々しき風が吹き抜けた。

　父の隠居によって、資長も長く相模の代官職を務めてきた。が、父は河越に、資長は江戸に城を築き、どちらも武蔵の領国内を治めてもいる。

　若い景春であれば、太田親子が意のままに操れる。すでに先代の景信とは、寺社領の代官職で争議になっており、太田は宗家と長尾の所領に手を出してもいた。長尾の娘を室に迎えて同族にあるのだから、武蔵を領しても許されると厚かましくも信じているのではないか。そう顕定と忠景は疑心を抱いているのだ。

　あまりの料簡に心骨《しんこつ》が冷えた。

　成氏方と戦うために、宗家が五十子陣を築き、先代管領の命を得たうえで父が河越に、資長が江戸に城を構えた。が、あとから関東に来た顕定は当然ながら、兄の下にいた忠景も、当時の実状を聞かされていなかったわけか。だが、たとえ相談されずとも、利根川を挟んで睨み合う厳しき情勢は誰もが知る。

　今は上杉家中で知行をめぐる諍いをくり広げている時ではなかった。身内による見苦しい争いを、京ではすでに収めるべく、人智をつくした話し合いが進む。が、成氏方でも家督争いは続き、関東はいまだ苛酷な戦のただ中にある。

資長は足取り重く、本丸を出た。曲輪で待っていた資常が歩み寄ってきたが、言葉を返す気力もなかった。

多くの同朋が命を落としながら、戦の終わりは見えず、所領の褒美も得られずにいる。関東はこの先も西と東に分かれたまま、二人の公方をいただく時代が続く。所領を保たねば税も賦役も課せられず、一族の明日は先細る。昌賢と景信親子という勇者の下で長く耐えることを強いられてきた者からすれば、この天運を手放すわけにはいかないのだ。

もし細川と山名が相通ずれば、関東にも和睦の勧めがあるだろう。その日を迎えるまでに、己の知行は断じて守りとおすしかない。今だからこそ、醜くも生々しい我欲のぶつかり合いが上杉家中で生じている。

戦があまりに長引きすぎたのだ。

関東がここまでふたつに割れたのでは、なかなか勝ち負けはつかず、互いが折れるしか道はない気がする。その日は、いつ訪れるのか。

関東管領に命じられるまま、資長は江戸への帰路についた。景春と家臣がいくら憤ろうと、宗家という井の中の争いであり、太田の者は進言すべき立場にない。

ところが――ふた月もしないうちに、河越の道真から驚嘆すべき便りが届けられた。

直ちに五十子へ出陣せよ、というのだった。

資長は己の見通しの甘さを後悔させられた。五十子の陣中で家督をめぐる諍いが起きたと、成氏方に悟られたのだ。

「図書助《ずしょのすけ》は兵を集めよ。それがしは先に手勢を率いて出立する」

資忠にあとを託して、ひとまず五十騎で江戸を発った。

五十子へ到着した時は、低く垂れこめた雲間から冷たい雨が落ち始めていた。門前には番兵の姿もなく、陣中は驚くほどに静まり返っていた。

「敵はすでに渡河してきたのか」

曲輪に入ると、多くの建屋から胴丸を身につけた徒の者が駆けつけた。資長の顔を見るや、安堵したように両手をひざにつく者の姿があった。皆が疲れ果てているのだった。

「道真様は先刻、お戻りになられたところにございまする」

先に出陣した父がすでに戻っていた。手早くも敵を払うことができたらしい。が、そうであるにしては、陣中に活気がない。重苦しい気が張りつめている。

資長は家臣と馬を下り、本丸館へ急いだ。すると、こちらの到着を聞きつけたらしく、式台の前に道真が歩んできた。その面輪は負け戦の恥辱を噛みしめるかのように強張って見えた。

「父上。ただ今参上つかまつりました」

「それがしも少し遅すぎた……」

父さえ駆けつけるのが遅かったとなれば、痛手を受けた末に、もしや重臣が命を奪われでもしたわけか。そう考えれば、陣の静まりようにもうなずけた。

道真がそぼ降る氷雨《ひさめ》に濡れた地を見下ろし、苦しげに言った。

「……我らの御屋形様が敵の矢を首に受け、身罷られた」

扇谷《おおぎがやつ》分家の当主、上杉政真……。

まだ二十三歳の若さだった。

「御屋形様は、修理亮殿と孫四郎の仲を取り持とうと、この五十子にとどまっておられた。そこに敵の一団が渡河して押し寄せたのじゃ」

道真の後ろで涙をこらえる者がいた。太田家に長く仕えてきた宿老の一人だった。

「孫四郎殿が兵を出そうとしなかったため、御屋形様が先陣に立ち、宗家と我らを率いたのでござりまする」

分家の当主自らが、仲違いする宗家を奮い立たせるため、出陣したのだ。せめて道真が駆けつけるまで待ってくれていれば……。

「孫四郎はどこにおるのだ」

資長は怒りを抑えきれずに声を上げた。

長尾の建屋へ歩きだすと、道真が前に回りこんできた。

「孫四郎も傷を負った。あの者の一党が敵に斬りこんでいったから、御屋形様をこの五十子まで退かせることができたのじゃ。身罷られたと知り、今は泣き悔やんでおる」

今さら涙をこぼそうと、死んだ者は二度と還らなかった。

もう一人の男について、資長は父に尋ねた。

「修理亮殿は出陣なされたのでしょうな」

「無論よ。されど、利根から離れた陣で指揮を執られた」

いかにもあの男らしい振る舞いだった。

景信であれば、息子の景春と必ず打って出ていた。昌賢も同じ覚悟で戦に向かっていたから、坂東武者の誉れと称されたのだ。武威を誇った父と兄をなぜ見習おうとしないのか。

「新たな御屋形様を決めねばならぬぞ」

道真が気を取り直すように言い、資長を見つめ直した。

まだ若かった政真に男子はなかった。一族から養子を迎えることになるだろう。宗家も分家も宛てがわれた当主となり、ますます家務の取りさばきに重みが増す。

早急に当主を決め、敵の次なる攻めに備えねばならなかった。

四

またも天に邪魔立てされた。

五十子陣で長尾景信が没し、上杉は家務をめぐって諍いを始めた。そう聞き及ぶや、兵をまとめて出陣したところ、内輪でよほど騒動になっていたのか、上杉は斥候もろくすっぽ出さずにいたと見えて、あっさり利根川を越えられた。これ幸いと、二手に分かれて北と東から五十子めがけて突き進んだ。

持助は成氏にしたがって利根沿いに陣取り、嫡男の成助《しげすけ》に簗田の軍勢を託した。小山と岩松に北から攻めさせると、成助は先に武蔵へ押し入り、五十子へ迫った。

上杉は五月雨《さみだれ》のごとく少数の一団が陣城を出てきたが、おそらく北の小山勢に気を取られて、簗田の兵の数を見誤ったのだ。扇谷分家の竹に雀紋をあしらった旗印を蹴散らして進み、五十子の陣城に迫ったところで、あろうことか空がにわかにかき曇り、雷鳴とともに冷たい雨が降りつけてきた。

進むか様子を見るか、成助は大いに迷ったという。

雨のために、北から攻める小山勢と合図の狼煙が使えなくなり、仲間の進む場所がつかめなくなった。このまま敵陣に向かったところで、小山が雨の勢いを案じて兵を引いてしまえば、上杉軍を一手に引き受けることになる。

雨がすぐ止めばいいが、夜まで降り続けば、戻れなくなる事態も考えられた。成助は悩んだ末に兵を引かせることを決めたのだった。

その判断を、持助はもちろん、成氏も問いつめはしなかった。たとえ五十子陣に火を放てたとしても、河越や江戸から加勢が駆けつける。上野白井城の者らも動く。敵陣を速やかに落とせない限りは、しかるうちに南と北から攻められるおそれが待つ。ただ進むことしかできない猪武者は、多くの兵を死に急がせるも同じなのだ。

「八郎、そなたはよく戦ったぞ。皆の者、今はいったん兵を下がらせ、上杉の出方を見るぞ」

もとより成氏も五十子を落とせるとは考えていなかった。上杉の宿老が身罷った隙をつき、敵にさらなる痛手を与えるのが、そもそもの狙いであった。

古河城と同じく、五十子の陣城も落とすのは至難と思われる。この守りの堅い両陣が利根の境を挟んで在る限り、戦は終わりを見ない。そう持助はあらためて知らされる思いだった。

上杉の出方を警戒しつつ古河へ戻ると、五十子陣の実状を探るべく、あらゆる手立てをつくした。例によって僧と商人を武蔵の懐深くへ送りこんだ。すると、成助の功績がまたひとつ新たになった。

「畏れながら申し上げまする。過日の五十子攻めにて、扇谷上杉当主の修理大夫《しゅりのだいぶ》を討ち取ったことと判明いたしました」

「おお……。景信めに続いて、政真を仕留めたか」

成氏は実名を吐き捨てでもするように言い、片頬だけで微笑んだ。

「上杉宗家は次の家務を決められぬうち、扇谷分家の当主までを失ったのでございます。しかも、修理大夫に子がなかったため、次なる当主を決められずにいると聞きまする」

持助の奏上に、成氏がふいに笑みを消した。お飾りの当主を討ち取れたところで、そう喜べはしない。敵の傑物はまだ少なくないのだ。

「当主などは誰にでも務まる。……扇谷分家には、道真と資長がまだおるのだからな」

太田道真と嫡男の資長。

道真にいたっては、あの悪名高き昌賢と並ぶ案者と称され、息子も負けない才に満ちているとの評判しきりだった。道真は隠遁した身でありながら今も河越城を守り、資長は江戸から抜かりなく下総をうかがっていた。もし二人が五十子へつめることになれば、手強き相手となる。

「千葉に戦の支度を急がせよ」

市河から葛西へ兵を出せば、息子の資長は江戸に戻るしかない。そう睨んでの一計だった。

「しかれども、江戸は源六《げんろく》めの弟が守っておりまする」

持助が頭を垂れて言うと、成氏の面輪に影が差した。

成氏が古河から逃げることになった際のことが思い返される。太田図書助資忠は五千の兵を率いて唐沢山城《からさわやまじょう》と立林城を続けざまに落とし、古河へ迫った。上杉家中では、兄の資長より武将としての腕は立つとも言われるほどだ。さらに下の弟の資常も、猛者として広く知られる。

「面を上げよ。策があるから、余に報せを上げにきたのであろう」

言われて持助はわずかに頭を上げた。

「この機に上杉を分かつため、西の将軍から御内書を出していただくのです。京では山名と細川の間で和睦の話が出ております。いずれ話がまとまったなら、関東へも和睦を命じてまいりましょう。二人の鎌倉公方は認められぬとなれば、どちらが相応しき者であるか、もとより見えておりまする。伊豆から動けぬ公方が関東を広く治められるはずはござりませぬ」

しかも、伊豆の政知と家臣は、京の威を笠に着て上杉の所領を押領し、騒動にもなっていた。上杉を軽んずるのであれば、成氏方と相通じてもいいのだぞ、と道朝と道真は政知の重臣を脅しつけたと言われる。

「京の和睦が進むまでの間に、公方として相応しきおかたは考えるまでもない、との御内書を上杉方へ送れば、なびいてくる一党もあるに相違ありませぬ」

上杉宗家は今、ふたつに割れている。扇谷分家も当主が決まらずにいた。今こそ妙手を続けざまに放つ時だった。景信という重臣が没した隙をつけたから、五十子へ迫り、政真を討ち取ることができた。この機をうまくとらえれば、上杉家中に太い楔《くさび》を打ちこめる。

「即刻、使者を京へ送れ」

成氏の許しを得ると、直ちに奉行人を指図して手はずを調えた。以前にも取り次ぎに上洛させた瑞泉寺《ずいせんじ》の禅僧を呼び出して、関東足利家に伝わる名刀と砂金を土産に持たせた。

ところが、年が明けると、京から早馬にて一通の書簡が届いた。

読み進めて、持助は驚愕した。

「ありえぬ……」

足利義政が将軍の座を、まだ九歳でしかない嫡男の義尚《よしひさ》に譲り渡したのである。

次の将軍を義政から約されていた足利義視はすでに山名方へ走り、西の将軍を称していた。義尚は元服をすませたとはいえ、まだ九歳なので、母親の日野富子《ひのとみこ》とその親族が政を切り回していくと見られているらしい。

もしや……今になっての代替わりは、山名と細川の間で進む和睦の下組《したぐみ》ではないのか。

京における大乱の発端は、義政が弟に将軍を譲ると言いながら、男子が生まれたために前言を翻したことから、京の諸将へも家督をめぐる騒乱が広がったのだ。その張本たる義政が将軍から身を引くことで、事態を収めようという狙いが感じられた。

そうであるなら、山名と細川の和睦は動かしがたくなった、と見ていいだろう。

成氏に子細を伝えることができず、成り行きを危ぶんでいると、次の書簡が古河に届いた。持助はさらにもまして驚かされた。今は関東に不用意な命を下すことはできない。そう山名の家臣が言いだしたとの便りだった。

「ついに、ここまで来たか……」

もし関東の上杉におかしな誘いをかけたのでは、誓約を破るも同じ、と受け取られる。なぜなら、今なお細川は上杉と固く手を結んでいるからだった。

御所へ通じる屋敷の回廊で、持助は書状をふたつに裂いた。

上杉で騒動が起こるという絶好の機が到来しながら、最良の一手が失われたのだ。

あとから大乱となった畿内が、関東を差し置いて先に鎮まろうとしている。身内を殺され、多くの犠牲を払いながら、敵を許すことで平穏な日々を取り戻す。過去の遺恨を忘れ、互いの手を取り合わねば、この先もいたずらに死人が増えていく。生き残った者も心が荒み、気を病んで、行く行くは人でなしの鬼へと堕ちて生血をすすり合う。

　このまま戦を続けて、何が得られるのか。

　京の諸将と将軍はようやく我に返り、歩むべき道を見出そうと努めだしたのだった。

　それに引き換え……。

　関東の盟主となって政をほしいままに操ろうとした上杉さえが、一門で仲違いを起こしていた。公方に恭順を誓った奉公衆の中にも、不忠に走りたがる者が続いた。武士としての覚悟と志を忘れ、浅ましくも目先の果実をつかみ取りに走る。

　坂東武者とはこれほどまでに愚かだったのか。

　武でしか事の片をつけられない。そもそも鎌倉公方が将軍職への欲を抱き続けてきたため、関東では騒乱がつきなかった。君主が我欲に心を奪われ、その姿を真似た家臣までが利得を求めて開き直る。仁義や礼節など二の次となり、餓鬼道《がきどう》へ堕ちゆく者の何と多いことか……。

「いかがなされましたでしょうか」

　見かねた近習が声をかけてきたが、持助は回廊の端から動けなかった。欲にまみれた鬼どもに躰を縛られ、心さえ食われつつある。

　関東の戦は終わりを見ない。業火が人心を焼きつくすまで、命を食らい合う無益で惨《むご》い所行が果てしなく演じられていくのだった。

五

扇谷分家の当主はからくして決めることができた。道朝の三男で、亡くなった政真の叔父に当たる定正《さだまさ》が、家督と修理大夫の官位を継いだ。定正の正室は、先に没した景信の娘であり、長尾家との縁もあったからだ。

ところが、宗家の家務はいまだ決着がついていなかった。景春とその家臣が意地を張りとおして譲らなかったせいで、政真の死という不幸につながったにもかかわらず、いまだ五十子陣中の屋敷に籠もって抗い続けていた。

資長は父を通して再び管領の顕定に訴えた。ここまで縺《もつ》れたのでは、上杉家中が混乱しかねず、せめて武蔵の守護代職を景春に分け与えるのが得策ではないだろうか。

これまでも、宗家の家務が武蔵の守護代を兼ねることは少なかったのだ。成氏と奉公衆に実景が殺されたせいで、守護代だった昌賢が再び家務までを務めることとなった。その後、昌賢から嫡男の景信に家務が変わった際には、忠景が武蔵の守護代に就いた。その忠景が家務になるなら、景春に守護代を譲るべきと思えてならなかった。

筋の通った話であるのに、忠景は道真の進言を蹴ったという。

それなら太田が相模の代官職を与えてやればよい。景春と通じて武蔵の所領にまで手を伸ばす気ではあるまいな。そう声高に貶してきたという。

忠景という男は家務と守護代職を手放す気はさらさらなく、管領の顕定も武威を誇りたがる景春を暗に遠ざけたがっていた。ともに太田一門への警戒心もあるようだった。

「宗家の跡目によそ者が口を挟むな、と言いたいらしい」

道真は呆れるしかなく、その場で河越へ帰ることを決めた。

資長も当主となった定正の許しを得て、江戸へ戻った。景春には虚心を保てと言いおいたが、形だけのうなずきを返されるにとどまった。

権威と利得への執心を武門の誇りと言い換えて意地を張る者らに、戒めの言葉は届かないようだった。一心に武芸の鍛錬に打ちこみ、五山で禅の習得にも努めた健気な甥は、どこへ消えてしまったのだろうか。

資長は江戸城に帰り着くと、独断で出家を決めた。

「兄上の真情は、黄泉路に発たれた御屋形様に必ずや通じましょうぞ」

剃髪の助けを請うと、資忠は深く頭を垂れた。若くして没した政真を偲ぶための出家と見たためだった。

資長が静かに首を振ると、資雄が目で問い返してきた。

「わからぬか。長き戦で多くの儕《ともがら》を失ってきた。生き残った我らは、その成仏を祈らねばならぬ。さらには、父上と同じく、それがしには野心など毛頭ない。ただ上杉につくすのみ。その志をあらためて示すべき、と考えたのだ」

虚を突かれたように資忠らは目を見張り、また深々と頭を下げた。

景信の下で長く耐えてきた忠景は、ようやく働き所を得られたと喜び勇み、分家の家務に負けてはならじと気負っていた。もし資長と景春に結ばれたのでは、己の立場がなくなると考え、頑ななまでに家務と守護代職にこだわりを見せた。ならば、宗家を率いる顕定と忠景に、二心なしと示しておくに限る。そのための出家なのだ。

「どうだ、父上よりは似合っておろう」

思いつめる弟たちの前で、剃った頭をなで回してみせた。誰一人笑い返してくれる者はいなかった。

資長四十三歳。剃髪して道灌《どうかん》と名乗った。

灌の字には、台地に酒をそそいで神を招くとの意がある。人としての道を究め、地に平穏をもたらしたい。名でも志を示そうと考えて選んだ法名だった。

「素晴らしき名にございまする」

道灌が行人包で頭を覆うと、資雄が恭しくひざまずいて頭を下げた。

「ひとつ、そなたに伝えておくことがある」

「――はい」

道灌の威儀を正した口ぶりから、何を言われるのかわかったらしい。資雄は固く面輪を引き締めた。

「たとえ弟が生まれようと、太田の総領となるのは、そなたであるぞ。一門をしかと導き、上杉を支えていかねばならぬと心に決めよ。よいな」

その横で、資雄の実父である資忠も深い辞儀を返してきた。

妻の静が病没したあと、道灌は家臣に強く請われ、品川湊の治めを任せていた斎藤基行《さいとうもとゆき》の娘を後妻に迎えた。二年がすぎて、子をあきらめかけていたが、夏の終わりに侍女から懐妊を教えられた。次の年初のころには、初めての子が生まれるのだった。

もし男子であれば、家督をめぐる諍いが家臣を巻きこみかねない。

資雄は弟の嫡男であるため、資忠までが気を揉むのは目に見えていた。この機に出家して総領を定めておけば、資雄も資忠も大いに安堵しよう。

資雄は歳を重ねるごとに、資忠を水鏡に映したかのような容姿となった。並んで馬を駆る姿などは、実の親子どころか、双子の兄弟にさえ見えることがあった。

何があろうと、太田の総領を替えてはならない。資長は二人を見るたび、胸に言い聞かせてきた。宗家で家務をめぐる騒動が起きている今こそ、太田の家中にあらためて知らしめておかねばならなかった。

「しかと頼むぞ」

「ありがたきお言葉にござりまする」

資雄が目を潤ませながら、また深く頭を下げてきた。


出家と資雄を総領に決めたことの披露をかねて、江戸城内で連歌会を催した。心敬《しんけい》をはじめとする高名な連歌師を招き、京の大乱の成り行きを尋ねようという狙いもあった。

細川と山名の和睦は晴れてまとまったというが、いまだ東西両軍は京に在陣したままで、睨み合いが続く。家督争いをくり返したため、一門の間に遺恨が残っているのだ。事を収めるのは、それほどに難しいと心得るほかはない。

年の暮れになって五十子から使者が訪れ、ようやく忠景が家務に決まったとの報せを受けた。

ところが、景春の承諾を得てはいなかったらしく、その家臣が陣城の南の道に立ちはだかり、往来を邪魔立てしている、と江戸城下に集まる商人から教えられた。

何を考えているのか……。

道灌は思案に暮れた。江戸の東では、千葉孝胤《のりたね》が領国内を固め、またも葛西へ兵を送る動きを見せていた。赤塚や石浜から加勢を送るべきか迷っていると、その赤塚城から書状が届いた。

対岸の野田で多くの兵が集められ、関宿城へ向かっているというのだ。

関宿は簗田親子の城だった。またも五十子内での騒動を目敏《めざと》く探り当て、次なる出陣に備えているのだ。景信が没した直後にも、成氏方は兵をくり出し、五十子を攻めてきた。

事態は逼迫《ひっぱく》していた。道灌は千葉氏の動きがあるために、江戸を離れるわけにはいかず、早馬を出して五十子の顕定に書状を送った。

速やかに騒動を収めるには、景春に武蔵の守護代を譲るしかない。不満を抱く家臣を若い景春が抑えられるとは考えにくく、もし代官職を与えるつもりがないのであれば、景春とその重臣をひとまず五十子から退去させたほうがいい。まずは穏便な人事こそ、上杉宗家の繁栄のためとなる。簗田が兵を集めているとの報があるため、一刻の猶予もならない。今の事態を放置したのでは、取り返しのつかない凶事が待つ。そう強く訴えたのだ。

ほどなく管領側近の寺尾《てらお》入道礼春《らいしゅん》から、返事があった。

丁寧な文言ながらも、引き続き説得すれば事は収まる、と書かれていた。しかも、道灌が五十子へ参陣せずにいるのはどういうわけか、との苦言までが読み取れる文面だった。

驚くほかはなく、宗家の本意が解せなかった。

江戸へ戻って下総の動きを見よ、と遠ざけるに等しい命を下したのは、管領の顕定なのだ。ここまで揉めているのに、忠景は意地でも守護代を譲る気はなく、顕定も認めているとなれば、景春親子はよほど宗家一門に嫌われていたらしい。しつこく忠言をくり返す道灌までを、明らかに疎んじているようだった。

「源五郎よ、よく覚えておけ」

道灌は資雄にも書状を読ませた。

「そなたも独善と放恣《ほうし》にひたったならば、太田一族が恨まれることになる」

「父上を見習わせていただければ、その心配はござりませぬ」

「それが独善ぞ。父のみを見て倣うのでは身内の慢心とも映りかねぬ。絶えず多くの人を見て、我が身を省みる心のゆとりを持て」

景春も父を見習い、武勇を重ねることで家門をまとめようと努めてきた。戦のさなかだから、武に秀でた者が一族を率いていける。が、徳をかね備えていないと、人はつきしたがってはこない。

この年明けに、道灌が初めて授かった子は、愛らしき娘だった。資雄の家臣の中には、そのことを喜ぶ者があったというが、資雄が質し、きつく諭したとの話は聞こえてこない。人を育てていくのは、戦場で兵を率いるより難しいと思わざるをえなかった。甥の景春も、寄せられる多くの苦言にいまだ見向きもせずにいる。

我が身を振り返るならば、道灌は父にさえ理屈を重ねて説き伏せたがる才気走った童子だった。が、道真は面と向かって諫めず、家臣を通じて忠言を与えた。あとになって、道灌は知った。もし家臣の切なる苦言に耳を傾けず、その者を遠ざけようとしたなら、親子の縁を切るつもりだったというのだ。

　この先、たとえ資雄に義弟が産まれようと、偽りなき祝福を与えられる心広き男になってもらいたい。そして、甥の景春をいかに諭せばいいものか……。


　道灌は千葉氏の動静と病を口実に江戸から動かなかった。素気ない返事をよこすのだから、まずは顕定と忠景の手並みを見るしかないだろう。

　五日後に、七名もの騎馬に守られた僧侶が江戸城を訪れた。馬の背になびく九曜巴の旗印を見れば、景春の使いとすぐにわかった。

　静勝軒《せいしょうけん》の座敷へ通すと、僧侶は土産が入っているらしき包みを差し出し、丁寧に頭を下げた。

「畏れながら、道灌様のご参陣を望む者は五十子陣中におりませぬ。御懸念には及ばず、と右衛《うえ》門尉《もんのじょう》殿が申しておること、お伝えいたしまする」

　景春は父亡きあと、右衛門尉の受領名を称していた。道灌は包みを押し戻して言った。

「ならば、孫四郎は御屋形様の命を分別持って受け入れるのでありましょうな」

「いまだ計議《けいぎ》は続いております。いずれ近いうちに和解いたしましょう」

　使者の話をどこまで信じていいものか。五十子からは道灌が参陣しないことをなげく書が届き、景春からは参陣無用と伝えてくる。両者の綱引きはまだ決着を見ていないのだ。

　譲り合う道があるのか尋ねようとも使者はぬらりと言葉を返すのみで、まともな話にならなかった。何のための使いなのか、景春の本意までが疑われる。

　使者を帰したあと、実状を知るため、五十子に呼び出されていた道真に書状を送った。すると、道灌が案じていたより事態は悪化を見せていたのだった。

忠景らはよほど頭下しに説得を試みたのかもしれない。景春と家臣は五十子へ通じる道を力ずくでふさぎ、ついには兵糧の運び入れができなくなっているという。道灌からの書状も中身を見せろと問いつめられ、家臣の間で悶着までが起きていたのだ。

「何たることか……」

ここまで拗《こじ》れているとは思わなかった。

感情のすれ違いを越えて、積もる不満が遺恨となって、いずれも引くに引けなくなっている。道灌の忠言を聞き入れて景春らをとりあえず五十子から遠ざけておけば、少なくとも兵糧に窮する事態はさけられたろう。

直ちに参陣いたす、と先に早馬を送り出した。

すると、またも景春の使者が江戸城に到来した。道真が返書を出したと知って、時を移さず追いかけてきたのだ。僧侶はともなっておらず、景春の近臣三人が、道灌の前でかしこまりつつも、睨むような目とともに言った。

「どうか御参陣はせず、我らが殿にすべてお任せください。兵糧は止めているのでなく、我らで取り仕切るほうがよいと、殿は仰せにござります。戦に不慣れな修理亮殿に任せたのでは、敵方への備えに不足が生じかねませぬ。それゆえ別の場所に兵糧を蓄えておくべきと考えます。道灌殿なら、殿の憂心をご推察いただけましょう」

兵糧を握ることで、五十子陣を掌握するつもりなのだ。

もはや両者の和解は望めそうにない。

「たとえ孫四郎の申しようを認めるにしろ、それがし自ら参陣して、両者から話をうかがいたく考えております。簗田らが兵を集めるさなかに、宗家がふたつに割れたのでは、敵に弱みを見せることとなりましょうぞ。五十子へ戻り、孫四郎にそうお伝えください」

偽りない本心を告げて、使者を送り返した。道灌は支度を調えると、あとを資忠と資雄に任せて、供回りと江戸城を出た。

資常の守る河越城を経て、扇谷分家の宿老である上田《うえだ》上野介《こうずけのすけ》が砦を構える小河《おがわ》に一泊した。

明け方に家臣と厩へ向かうと、門前がにわかに騒がしくなった。

「長尾右衛門尉殿がお見えにございます」

上田の家臣に告げられて、道灌は背が張りつめた。

「これはまた……一途《いちず》であるな」

景春自ら、わざわざ小河に駆けつけたのだ。道灌が五十子へ参陣すると使者から聞き、その日のうちに河越へ向けて馬を走らせたと思われる。

「叔父上様にお目にかかりたく存じまする」

十人を超える家臣と馬を率いて、景春が砦の中へ歩み入ってきた。厩の前に立つ道灌の姿を認めるなり、恭しい辞儀ののちに熱をこめた目を向けた。が、道灌の姿はとらえておらず、もっと先を睨んでいるように見えた。

「ぜひとも叔父上の知恵をお借りしたく、参上つかまつりました。直談の機会いただければ、幸甚にござります」

目元が赤く染まっているのは、寝ずに馬を走らせてきたからだろう。

上田の家臣に屋敷の一室を借りた。どちらも近習を遠ざけ、二人きりで相対した。よく鍛えられた抜身を思わせるほどの鋭い眼差しを突きつけられた。

「使者を送らせていただきましたのは、叔父上の参陣を望まぬ者が五十子に多い事実を、正直にお伝えしたかったからにござります」

「その一人がそなたであろう」

人一倍口うるさい叔父が五十子へ来たのでは、忠景と張り合うことができなくなる。

景春はあごを深く引いてから、大きく頭を振った。

「それがしよりも、御屋形様や典厩《てんきゅう》様こそ、叔父上の行いを訝《いぶか》しんでおるのですぞ」

御屋形とは管領の顕定であり、典厩とは馬寮の長官職を言い、越後から兵を率いてきた上杉定《さだ》昌《まさ》（扇谷当主の定正とは別人）の官位の左馬助にちなんだ呼び名だった。定昌は越後守護である上杉房定の嫡男で、顕定の実兄なのだ。つまり、越後から来た二人が道灌の参陣を望んでいないと言いたいらしい。

「昔から口うるさい質であったと自覚はしておる」

「戯れはおやめください。叔父上と大叔父殿は武蔵にて城を構えておいでです。それがしを武蔵の守護代に据えたがっておるのは、上杉宗家の所領をさらにも奪おうと考えているからだ。そう御屋形様と典厩様が疑っておるのを知らぬのですか」

「なに、それがしが参陣すれば、考え違いであったと悟れよう」

「いいえ、修理亮めがそそのかしたか、御屋形様は扇谷分家が不届きな計略を秘めておると信じ、まったく疑っておりませぬ」

血のつながらない叔父の道灌には尊称を用いながら、肉親たる忠景には卑しめる言い方をしてみせた。それほどの物恨《ものうら》みがあるらしい。家務の座のほかにも、意にそまぬ因縁があったのかもしれない。

おそらく忠景は兄を慕うどころか憎むことさえあって、子の景春には嫌でも感じ取れたのではなかったか。

「かように不当な疑念を抱かれたのでは、ますます参陣せねばならぬであろうな」

「いいえ。叔父上が今、五十子に現れたなら、囚われの身になりかねませぬ。それほど御屋形様は腹を立てておいでなのです。我に返っていただくには、奉《たてまつ》らざるをえないようにいたさねばならぬと考えまする」

勝手なことをしないようにせねばならぬ、と言っていた。

「奉らざるをえないようとは、聞き捨てならぬな」

道灌は声音と目に力をこめた。

「いいえ、聞き捨てどころか、決して見逃してはならぬ成り行きと申せましょう。御屋形様らは我らを怖れるあまり、五十子から追い立てようとしておるのです。そのような押妨《おうぼう》に出るならば、宗家のみで五十子を守ること叶わず、敵の攻めを受けて、痛手を被るのは必定となりましょう。上杉を守るには、我らが力を合わせるほかないと考え、参上した次第にござります」

「待て、孫四郎。我らと申したな」

「はい。それがしの下には、御屋形様の処断に疑心を抱き、上杉の末を憂う者が集っております。そこに叔父上という心強きおかたが与していただけたなら、五十子陣の守りのみならず、上杉は必ずや古河を落とし、憎き朝敵を討ち果たせましょう。我らと手を取り合おうではございませぬか」

景春一門と扇谷分家が手を結べば、上杉の過半を優に超える。が、宗家に謀反を起こすも同じとなる。まさしく力ずくで家務の座を奪い、関東上杉家をともに治めていこう、と誘っているのだった。

「孫四郎よ、そなたは昔から、ちと急ぎすぎる難があったのう。考えてみよ。上杉がひとつにまとまらず、今の戦を勝ち抜けると思っておるのか」

「すでに京では、細川と山名が和睦を結んでおります。いずれ関東も互いの恨みを捨て、和睦をまとめよ、と命が下されましょう。越後から来て関東をろくに知りもしない管領と、私欲を図る愚かな家務によって操られたのでは、いずれ再び三たび、関東は乱れ、多くの民が血の涙を流すに相違ありませぬ。今しか坂東武者の人心を正す時はないのです。断じてこの機を逃してはなりませぬ」

呆れた理屈だった。私欲を図ろうというのは、景春も同じではないのか。

父の景信と祖父の昌賢は、上杉のために一身を捧げた。景春も若いながらよく戦ってきたと思う。が、景春一門が家務と守護代職を壟断《ろうだん》していいはずはないのだ。

ここまで利得に目を眩ませているとは思わなかった。景春という男を見誤っていた。

「よし。そなたの考えはよくわかった」

「ありがたきお言葉にございまする」

景春が早計して目を輝かせた。

「しかれども、それがし一人で決められることではない。五十子における父上と計議いたすこととしよう」

無論、応じる気はなかったが、その素振りを見せねば、この場で斬り合いになりかねないと思えた。景春ほどの武将を失ったのでは、上杉にとっても大きな痛手となる。道真と知恵を出し合い、何としても景春らを思いとどまらせたい。

おそらく景春は五十子に戻るつもりはないだろう。閉め出されるのを覚悟で、道灌に会いに来たと思われる。

景春一行を送り出すと、道灌も時を置かずに五十子へ出立した。

道筋を景春一味が邪魔立てしてくる気配はなかった。すでに志を同じくする身内と思ってくれたのなら幸いだった。

夕刻前に五十子陣に到着できた。大手門を守る兵を通じて、景春と会ったことを顕定の側近に伝えてもらうよう手配してから、扇谷分家の屋敷を訪ねて、道真に子細を告げた。

「孫四郎を見損ないました。あれほど頑迷になっているとは……。かくなるうえは、孫四郎から兵と家臣を召し上げるほかに手立てはないと考えます。もし抗うようであるなら、捕縛もやむなしと存じます」

「待て。おぬしは何を申すのじゃ。孫四郎は昌賢殿にも通じる誉れ高き武将ぞ。上杉から放逐して、もし敵に帰服でもされたら、大事になろうぞ」

道真は目をむき、頭から息子を窘めてきた。

「はい、父上の危ぶみはもっともと申せましょう。それがしも、できることなら丸く事を収めたいと願っております。しかれども、このまま見逃せば、孫四郎はいずれ謀反に走ると思えてなりませぬ。御屋形様と典厩様に勝手をさせてはならじと申すからには、大それた企てを胸に秘めておるのでしょう」

「戯れを申すな。由緒ある長尾の嫡男が、そのように愚かなことを考えるものか」

「いいえ。昔の健気な孫四郎はもう我らの目の前にはおりませぬ。家臣に背を押され、我欲に溺れ、我こそ総大将にあるべき男と任じる愚かな男に堕ちたのでしょう。どこで己を見失ったのか、案じている時ではありませぬ。どうぞ、今すぐ御屋形様にお伝えください。それがしはすでにたびたび忠言し、疎まれております」

「そこまで言うか……」

「はい、悲しいかな、孫四郎の目には狂気が宿っていると見えました」

さらに頭を下げて懇願すると、道真は渋々ながら腰を上げて本丸御殿へ向かった。が、行灯《あんどん》の油を足す間もなく、屋敷へ早くも戻ってきた。

「思ったとおりであった。御屋形様のみならず、修理亮殿まで取り合わず、虚言を広めるつもりかと難じられた……」

まだ事態を見据えられずにいるとは、あまりに景春の覚悟を見くびっていた。道灌は返事ができず、父を茫然と見返した。

「今後は孫四郎と肉親の情を絶つのであれば、仲立ちにつくせ、と仰せであった」

呆れる物言いにもほどがある。

そもそも忠景と景春こそが、叔父と甥の仲なのだ。道灌は忠景の妹を妻に迎えていたので、景春とは義理の間でしかない。その妻も今は病没していた。それでも肉親の情を絶てとは、明らかに景春と密かに通じている、と見たからなのだ。

「ならば父上、宗家と扇谷分家で三度目になる起請文を交わそうではありませぬか」
上杉憲実——長棟が討伐の兵を向けられた際、上杉宗家と扇谷分家で起請文を交わした。成氏が公方になると決まった時も同じで、宗家と分家の結束を固く誓い合ってきた。今こそ上杉がひとつにまとまるべき時なのだった。

「そなたの思い、しかと受け取った」

道真が再び本丸御殿へ走った。

ようやく管領顕定への目通りが叶い、道真とともに御座所へ進んだ。

いつものように顕定の横には、取り澄ました面輪の忠景が端座する。

「孫四郎は家臣の憤りを鎮めることできず、このままでは上杉にとって大いなる難事となるのはさけられませぬ。あの者らを説き伏せること叶わずば、近いうちに天子御旗を差し向けるべきと考えまする」

このまま抗うのであれば、討伐もありうる。そう忠言してでも、景春一党を抑えねばならない。それほどに切迫していると伝えたが、忠景は事もなげに首を振ってきた。

「そなたこそ、上杉をふたつに割る気でおるのか」

「滅相もございません。すでに割れているから、兵糧に窮する事態となったのです」

「口を慎め、道灌」

父までが強く諫めてきた。が、道灌は臆さなかった。さらに声を強めた。

「すでに上野介殿を通じてお伝えしたとおり、孫四郎と家臣は御屋形様と典厩様をないがしろにすべく算段つくしていると、それがしに告げたのでございまする」

「そなたを味方に引き入れ、重責を仰せつかるための虚言であろう。その狙いどおり、それがしに守護代を明け渡せと談判しに来ておるわけだ」

「いいえ。もし孫四郎が南の鉢形《はちがた》へ籠もり、腰を据えて兵を集めにかかろうものなら、手に負えなくなります」

景春を討つなどは、耐えがたい。が、せめて討伐の気概を見せねば、あの男は不道の考えをあらためはしない。一門総掛かりで、景春を諫めるしか手はないのだ。

「孫四郎はそこまで愚かであるものか。そうやって我らを脅せば、守護代職が手に入ると甘く考えておるのだ。御屋形様から平穏にお取り成しいただけたら、必ず家臣も得心するに決まっておる。そなたのように騒ぎをあおるのでは、あの者らの願いどおりであるぞ」

忠景は甥の覚悟と才気を認めまいとするあまり、懐柔《かいじゅう》の策になりもしないことを口走った。宗家の当主でありながら、顕定は相論を眺めやるばかりで己の考えを表しもせずにいる。いつから上杉は人を見定められぬ者ばかりとなったのか。

忠景がなおも冷ややかに道灌を見た。

「利根の対岸にはいまだ変わらずに敵がおるのだぞ。そのさなかに、身内で刀を交えて何になろうか。成氏方と通じている証でもあると申すのか」

「敵が対岸に陣取っておるからこそ、関東はふたつに割れたまま戦は決着を見ないのです。京で和睦がまとまったとなれば、関東も手本にせよと命が下されましょう。そうなった時、上杉は越後宗主の下に置かれかねない。そう孫四郎は多くの一門衆に呼びかけるつもりなのです」

「口がすぎるぞ」

忠景がまだ歳若い顕定を気にして、声を立てた。

当主の房顕が子のないまま身罷ったため、越後上杉家を頼るしかなく、わざわざ将軍の命を得たうえで養子に入ってもらったのだ。兄の定昌までが出陣し、ともに戦ってくれている。

越後の上杉家を頼っていながら、関東を知らない者に統べられたのでは困る、と鎌倉上杉家が不平を放つのでは失礼千万だった。が、家中には、景春の主唱になびく者が多いから、ふたつに割れかけているのだ。

「長棟殿も越後の出ぞ」

若い顕定が初めて口を開き、諭すような物言いをした。

長棟こと上杉憲実も越後から養子に入り、宗家の家督を継いだ。足利学校で一度見《まみ》えたにすぎずとも、人物であることは承知している。

しかしながら、越後で生まれ育ったこともあって、坂東への執心が薄かったため、潔く管領の座を捨てることができた、とも言えそうだった。あの時、長棟が管領の座に戻ってくれていれば、この長き戦は起こらなかったかもしれないのだ。そう悔やまれてならないものの、同じ越後から来た年少の管領に正直な思いをぶつけるわけにはいかない。

「もちろん、多くの者が承知いたしておりましょう。そもそも宗家の御子息が越後の守護に任ぜられて、代々上杉が跡を継いだればこそ、今の越後や鎌倉上杉家があると申せます。しかれども、越後は鎌倉府の管国ではござりませぬ。関東を鎌倉上杉家に取り戻すべしとの牽強《けんきょう》を触れ回る者が少なくない、そう申し上げておるのです」

理屈はあとからでもつけられる。多くの同志を集めたほうが、確たる武の力を手にできる。景春が叛意を秘めていると、なぜわからないのか。

　顕定は意地になったように声を強めて胸を反らした。

「余は関東のために身を捧げる所存である。その思いをそなたは疑うのか」

「それがしは露ほども疑っておりませぬ。疑わせようと差し向ける者がおるため、上杉がふたつに割れると申し上げたいのです」

　また同じ話のくり返しだった。

六

　今思うならば、成氏を古河城から逃がしたのが間違いだったのかもしれない。

　埃の舞い踊る暗い米倉で、持助は一人深くうなだれた。

　千葉氏の助けを借りて攻めに転じると、翌年には成氏を古河城へ戻すことができた。が、総大将たる公方が一時でも城を離れたことは、凋落《ちょうらく》の感を多くの配下に与えただろう。

　古河へ戻って敵の五十子を攻め返したことで、宇都宮や小山は帰参したが、常陸や下総では家督をめぐっての諍いが今も続く。どちらも兵糧を古河へ納めることなく、下野の足利や新田荘でも上杉による刈田狼藉が乱発していた。

　不毛な戦が長引いた末に領国は荒れ、少なくない民が逃げ出す村も出てきたと聞く。持助親子が守る関宿と御料所の実りでは、古河に同道してくれた奉行らを養っていくことしかできそうになかった。

米倉に運ばれる租米の少なさを我が目で確かめると、持助はあとを成助に任せて御所へ戻った。ほぼ五ヵ国を領しながらも兵糧の蓄えは乏しく、新たに集められる兵の数は知れていた。この苦境を成氏にどう伝えたらいいか。

五十子で上杉に諍いが起きているというが、思うに敵も似た実状にあるのかもしれない。上杉宗家の家務に続いて扇谷分家の当主までが没したため、起請文を交わした身内であっても、職と所領の奪い合いが始まったのであろう。

「五十子の騒動については、まだ判然としないのか」

御座所へ赴くと、姿を見せるなり成氏が一喝してきた。

「無念ながら子細はつかめておりませぬ。商人の出入りが禁じられたのは一時のことであり、次なる戦のために兵糧を持ち出したとの見立てがござりまする。料所をめぐる諍いであれば願ってもなく、翼下の用人になお調べさせております」

常陸の那珂《なか》湊《みなと》には熊野の商人も到来している。ただし、江戸や品川の湊は太田道灌が押さえているため、五十子へ人を送ろうにも内海を経ての道は遠い。

「京の和睦はまとまったのだな」

「はい、確かなことにござりまする」

「何ゆえに山名への使者が戻ってこぬのだ」

「山名左衛門佐《さえもんのすけ》殿の宿老に書状をしかと渡しておりまする。しかれども、恩賞の配分から山名家中で騒動起こり、備後《びんご》にて戦になっていると聞きます。そのうえ、播磨《はりま》、備前《びぜん》、美作《みまさか》を大乱の末、赤松《あかまつ》氏に押領許す事態となり、関東への手出しはできそうにないと……」

「ならば、ほかの宿老に使者を送ればよいであろうが」

その伝《つて》がないから困っているのだ。

細川は上杉との結びが深い。朝敵となった成氏が書状を送ろうと、受け取ってはもらえない。今日まですべての使者が追い返されていた。斯波氏は凋落し、畠山氏はいまだ家督争いに追われる。京で和睦が結ばれようと、力を借りる手立てが見つからなかった。

おそらく上杉は細川を通じて、新たな将軍義尚を動かそうと狙っている。今はまだ和睦に抗う者が対陣しているが、やがて京に平穏が取り戻されたら、関東の大乱を速やかに収めるべきと誰もが考える。山名や畠山が頼りにならず、細川が上杉方であるのだから、伊豆の政知こそ正統な鎌倉公方と見なされるのは明らかだった。

そうなれば、朝敵を支えてきた持助ら奉公衆には厳しい沙汰が下されるだろう。たとえ命を許されたとしても、一介の被官に落とされるのは疑う余地もなかった。

幸いにも上杉家中で騒動が生じていながら、機に乗じて兵を出す余力がない。じっと耐えて民を養い、秋の収穫を増やすよう努めるしか、今は打つ手がなさそうだった。

成氏はすでに不惑を越えた。鎌倉に戻れなくなって、二十年もの時を重ねた。持助は齢五十四になった。身は鍛えていても、若い時のように動けはしない。歳月は過酷なまでにすぎていく。

「山名を通じて、和睦を結んだ細川への取り成しを願うしかないであろう」

無論、その依頼はしていた。が、色よい返事は得られていない。いくら両軍の間で和睦が結ばれようとも、敵と見なしてきた者に軽々しく頭を下げるわけにはいかないのだ。

持助はただ成氏に頭を下げ続けるしかない。

「さらにもまして情願《じょうがん》に努めまする」

瑞泉寺の禅僧を呼びつけて、京へ向かえと命じたものの、難儀を宿す目を返された。

では、ほかに打てる手立てがあるか……。持助は本丸御殿を出て簗田の屋敷へ戻り、一人座敷に籠もって呻吟《しんぎん》した。

「よろしいでしょうか」

成助の声が回廊からかけられた。料所から運ばれた収穫のまとめが終わったらしい。

奥座敷の戸が音もなく開き、成助が膝立ちに進み出てきた。

「式部少輔殿から、山名を通じての呼びかけを続けよとの命を受けたとうかがいました」

成氏に近侍する印東《いんとう》常定も兵糧の集まり具合を気にかけて、米倉へ足を運んだと見える。成助に問われるかして、子細を打ち明けるしかなかったのだろう。

「式部少輔殿も、山名は領国の騒動にかかりきりで、細川から見切りをつけられたとしか思えぬと仰せでした。畏れながら、それがしも先般の書状から望みは薄しと考えております」

「公方様の命であるぞ」

逆らえるものではなく、情願を続けて、わずかな望みに託すほかはないのだ。

成助がさらにひざをつめて、父の目をのぞきこんできた。

「京で進む和睦が関東にも、もし及ぶのであるなら、式部少輔殿も案じられておるとおり、朝敵と見なされた我らの公方様が関東の統領を任される見こみは限りなく低いと思われます」

「その打開の策として、山名をはじめとする京の重臣に、仲立ちを頼むほかないであろうが」

「はい。細川家は上杉と結び、我らの立ち入る隙は露ほどもないでしょう」

成助は何を言いたくて、父の部屋を訪れたのか。目で問うと、成助がわずかに胸を反らした。

「しかれども、逆は真ではない、と言えませぬでしょうか」

本意がわからず、持助は息子をとくと見返した。

「……逆とは何のことぞ」

「京の細川家には我らが立ち入る隙はございませぬ。しかれども、細川への取り次ぎを情願することなく、上杉と話を進める手立てならば残されておるように思えるのです」

正気の申し立てとは思えなかった。

上杉は先代持氏を死に追いつめた末、鎌倉府から公方の職さえ途絶えさせた。泣く泣く成氏を新たな公方に迎えながら、思いどおりに操れないと知るや、兵を集めて夜中に襲ってきた。さらに、将軍からの奉書を成氏に取り次がず、握りつぶそうと企てた。

明らかに公方を軽んじて、関東を思うがまま支配しようと邪謀《じゃぼう》を抱く連中なのだ。

「上杉も我らと同じ危惧を抱いておるとは言えませぬでしょうか」

戦が長引き、苦しい立場にあるのは同じと思う。家中で騒動が起きたなら、先を危ぶみたくなるだろう。が、我らと同じとは、どういうことか……。

成助は落ち着き払った面差しのまま、先を続けた。

「もし関東でも和睦を進めよとの命が下されたなら、今は伊豆から動けずにいる先代将軍の兄君を新たな鎌倉公方にせよ、との下知が出されるでしょう」

当然そうなる。だから山名を通じて成氏の立場を守るべく動いているのだ。

「顧みていただきたいのは、太田入道道真が一度は隠居し、嫡男に家督を譲った際のことにござります」

もう十五年も前のことだ。太田道真は伊豆に向かい、その直後に御所で上杉教朝が自害して果てた。京から下向した足利政知が、公方の権利と称して相模の所領を家臣に与えたため、守護代職にあった道真が異見を述べるために伊豆へ赴いたのだ。政知の執事を務める教朝は、関東上杉家に睨まれては伊豆も追われかねないと思い悩むあまり、死をもって政知と家臣を諫めたのだと聞く。

「将軍の兄君が鎌倉公方となったなら、上杉との間でまた所領をめぐる争いが始まりかねませぬ。上杉にとって、京から命を受けて我らと和睦を結ぶのでは、手に負えぬ新たな鎌倉公方という難題を再び抱えこむも同じになるのです」

たとえ成氏を公方の座から引きずり降ろせたとしても、すんなり政知を公方に据えるのでは、上杉のためにはならない。確かに、そのとおりかもしれない。

「そうか……。将軍に命じられる前に和睦を結べば、伊豆の兄君を鎌倉へ迎えずにすむのではないか。あやつらに、そう持ちかけるわけか」

まったく思いもしない一計だった。

京で和睦が進みつつあるための、新たな方角からの策と言えた。

「このまま戦を続けて決着をつけられたなら、我らの誰しもが積年の恨みを晴らし、心から喜べるでしょう。しかれども、今より多くの儕を失うことはさけられませぬ。勝利するには、敵を踏みつけ、数多の命を奪わねばならず、我らも相応の痛手を被るのです。たとえ我らが勝利を手にできても、上杉は公方様への恨みをこの先も抱き続けるはずで、関東に平穏がもたらされても、束の間の静寂にすぎぬと申せましょう」

　持助の父が先代の公方に殉じた時、成助はまだ赤子だった。上杉の卑劣な仕打ちを聞かされていても、目にはしていない。上杉は憎むべき敵であっても、持助ら奉公衆に管領を殺されたがゆえ、憤って兵を起こすのは当然に思われる。その憎しみ合いに心縛られて、気がつけば戦の日々と身内の死が積み重なっている。

　成助から見れば、戦うのは上杉が憎いからではなく、奉公衆として先代公方の敵を討とうという忠義のためにほかならなかった。このまま戦い続け、関東をさらなる戦乱の渦に巻きこめば、両軍が衰え果てて、所領の民さえ延々と苦しむことになる。

　あまりに長き戦を続ける理屈がどこにあるのか。成助はそう父に訴えたかったのだ。

　嫡男成助もいつしか不惑を迎えようとしていた。父親としては、苦労ばかりをかけてきたと恥じ入るばかりながら、その辛苦が息子を磨き上げてくれたようだった。

「見事な狙いどころぞ。息子に教えられるとは思ってもいなかった」

　持助は本音を語ってから面輪を引き締め、胸に浮かんだ不明をひとつ投げかけた。

「しかれども、上杉が我らの話に聞く耳を持つであろうか」

　成助が静かにうなずき返した。

「無論、聞く耳を持つ者に持ちかけるのです。和睦が進んだ先のことを見通せる眼力と、荒みきった関東の実状を憂い、先を案ずる智力を持つ者しか、話を聞きはしないでしょう」

　眼力と智力。心当たりがあるとするなら、世上に名高き太田道灌ぐらいのものか。

父親の道真も、昌賢と並ぶ無双の案者と称されているが、江ノ島でしてやられた恨みをいまだ忘れてはいないだろう。上杉家中に道灌ほど才智に長けた者は見当たらない。

「おそらく我らが直に話を持っていったのでは、警戒されましょう。まずは我らとは無縁と思われる禅僧らを使い、和睦を急がねば上杉にとって新たな難儀となりかねぬ公方を鎌倉に招くこととなる、そう遠回しに伝えるのです」

道灌の近辺に語りかける手はずまで考えていたとは驚きだった。いつの間に我が子は、これほどに器量を高めていたのか。

「御所の誰にも言うでないぞ。上杉への恨みを抱く者は多い。義に篤き者ほど頑固であるからな」

「はい。そちらの押さえは父上にお任せいたします。もし京から和睦を命じられたら、今のままでは公方様の立場がなくなろう、とお広めください」

父にまで指図してくるとは、見事だった。

持助は一も二もなく息子に深くうなずき返した。


直ちに禅僧を呼んで、上杉方の道灌に近づく策を練らせた。

道灌は出家するとともに、江戸城の内外に寺社の建立を進めていた。長い戦で討ち死にした者を弔うためというが、多くの寺社領に半済を課したため、武蔵や相模の僧には不満がつのっていたという。ただ、新たな寺ができれば、流派の興隆につながるため、今は大人しくしたがっているようだ。そこに乗じる手立てはあると思われた。

さらに道灌は詩歌も好み、歌人としても名が通っていた。連歌師を使うことで、京の和睦の進み具合によっては扇谷分家に難事が待つ、との風評を伝えることはできる。

道灌の周辺に働きかけを始めるべく策をつめていると、思いもかけない一報が入った。

駿河の今川家で家督争いが生じたという。しかも、その鎮圧のために、当主の命を受けた道灌が出陣の支度を進めているのだった。

何たることか……。

持助は奥歯を嚙み、悲嘆に耐えた。道灌に駿河へ向かわれては、折角の策が無に帰する。

成助も報せを聞いて色をなした。

「父上、決してあきらめてはなりませぬ。江戸や河越を守る弟らにささやきかけること叶えば、必ず道灌入道にも伝わります」

だが、太田資忠らに歌人としての才があるとは聞かない。連歌師を送る手は使えなくなる。

さらに、道灌が江戸を離れるとなれば、下総から武蔵に兵を進めろと、成氏が埒《らち》もない下知を出すとも考えられた。また戦に追われる日々が始まりかねないのだった。

七

文明八年（一四七六）十月

あまりに長い駿河への出陣だった。

今川家で家督をめぐる内乱が生じたため、扇谷《おうぎがやつ》分家の当主となった定正《さだまさ》の命を受け、道灌《どうかん》は騎馬三百と一千の兵を率いて江戸城を出た。遠江で今川義忠《よしただ》が陣没し、その嫡男の龍王丸《たつおうまる》がまだ四歳なので、従兄弟の小鹿範満《おしかのりみつ》を新たな当主に推す家臣が多くなり、小競り合いが続いたのだ。

範満の母は道朝《どうちょう》の姪であり、定正からすれば従兄弟の子に当たる。そこで、上杉へ助けを求めてきた。が、定正と道真《どうしん》は五十子から動くことができず、道灌に出陣の命が出されたのだ。

その年明けに、齢四十五にして初めての男子を得られた喜びにひたっていたものの、当主の命にはしたがうほかなく、あとを資雄《すけかつ》に任せて出立した。ところが、伊豆の堀越御所で足止めを余儀なくされた。

政知も範満への加勢を決め、執事の上杉政憲《まさのり》に出陣を命じたからだ。

かつて範満は伊豆に参陣して、五十子でも戦っていた。が、陣没した義忠は当時の将軍義政から出陣の命を受けても、兵を出さずにいた。その息子を支える宿老らを許すことはできない、と政知は考えたらしい。

ところが、上杉政憲の動きは遅く、兵をまとめるのが遅々として進まなかった。ようやくそろって出陣したものの、戦から遠ざかっていた政憲の一軍はろくな働きができず、ほぼ道灌の手勢で内乱の平定を進めねばならなかった。

敵方の鎮圧に時を要し、範満方が勝利を固めたのは九月になってからだった。

将軍も仲立ちに動き、京から伊勢新九郎盛時《いせしんくろうもりとき》という使者が御教書を届けに来訪した。まだ二十歳そこそこの若い武士だが、管領細川政元の側近として知られ、将軍の奏者を務める伊勢一族の者でもあった。しかも、姉が今川義忠の正室となって嫡男の龍王丸を産んだ縁から、自ら使者を買って出たという。

駿河を平定したにもかかわらず、範満は家督を継げず、龍王丸が成人するまでの名代として守護職を務めることが許された。将軍の裁定とあって、道灌ら上杉勢に抗うことはできず、少なくない犠牲を払いながらも納得できぬまま駿河を離れることになったのだった。

実り薄き戦いを終えて、すぐにも江戸へ帰りたかったが、今度は伊豆の政知がねぎらいたいと言いだしたため、またもや堀越の地で足止めされた。

「畏れながら申し上げます。五十子にて上杉家中が少々揺らぐ事態が生じたと、国元から報せがきております。ゆえにお心づくしはありがたく喜びに堪えませぬが、今は一刻も早く江戸へ戻りたく存じまする」

関東の公方を命じられた政知に面と向かって持て成し無用と言うわけにはいかず、謙《へりくだ》って辞去の許しを得た。ただでさえ扇谷分家は所領の召し上げに異議を訴えた過去があり、堀越御所の者からは恨まれていた。

わずかな褒美を恭しくいただき、ようやく帰路につくことができた。

一同疲れ果てて江戸へ戻ると、怖れていた事態が待っていた。迎え出た資雄が、神妙な面持ちで切り出したのだった。

「右衛門尉殿が多くの被官と五十子陣を出て、鉢形の砦に立て籠もっておられます」

鉢形は、五十子の南およそ四里の地で、国人衆の砦が置かれていた。道灌の読みどおりに、その地の者と結んで、一味の陣城としたのだった。

「被官まで立て籠もったとは、穏やかならざる話であるな」

五十子陣から景春《かげはる》を退去させよと進言したが、多くの一門衆まで同道するのでは話が違ってくる。

「修理亮殿が家務に就いたことで、これまで預かってきた所領を明け渡せと右衛門尉殿に命じたうえ、領地の代官を力ずくで排除する事態も続き、刃傷沙汰が起きたと聞きます」

ついに忠景《ただかげ》は家務として圧状《おうじょう》ずくめの手に出たのだ。景春の所領を奪うことで、逆らう家臣どもを屈服させようと狙ったのだろう。が、当然の帰結として、さらに多くの怒りを買う事態を招いた。自ら苦難を招くに等しい愚かなこととしか思えなかった。

「どちらも才が知れるな……」

「父上、いかがいたしましょう」

道灌が本音を漏らすと、見咎めの目を向けられた。

「孫四郎に同道した被官はいかほどおるのだ」

「二千五百は下るまいと言われております」

居館の静勝軒へと歩きかけた足が止まった。それほどとは思わなかった。

五十子に在陣する景春の家臣は一千五百ほどと聞いていた。近在の者をはじめ、武蔵の国衆までが景春に与同《よどう》したとしか考えられない。

まさしく上杉宗家はふたつに割れたのだった。

しかも、仲立ちを買って出た道灌が、駿河へ出陣した間に騒動をあおった末、景春が五十子から出ていったことを、忠景はまったく報せてもこなかった。

どれほど器の小さい男なのか。偉大な父と兄の下で何も学ばず、長く味わってきた肩身の狭さを晴らそうとしか考えていない。その才のなさを、家臣らも認められずにいるのであれば、宗家と長尾の家内は大いにゆるみが生じていると言っていい。

「御屋形様は座視なされておいでなのか」

道灌が振り返って問うと、資雄はただ面を伏せた。

案《あん》の定《じょう》だ。宗家の当主でありながら、顕定《あきさだ》は相も変わらず家中の諍いを収めようともしていない。そもそも忠景を家務と決めたのは顕定であり、自分の裁可が騒動を呼んだと認めるわけにもいかなかったのだろう。

まったく道理も通らなければ、身内への慈しみの念もなく、誠実さも感じられない。己の器量を悟れずに愚を犯すのは、先達や故事から教えを学ぼうとする謙虚さを持たないからなのだ。呆れて物が言えない。

道灌は苛立ちを抑えつつ飛橋を渡り、静勝軒の式台を上がった。幼い息子の顔を見て、少しは心を静められた。

多くの供に守られて、鶴千代《つるちよ》は力の限りに泣いていた。乳母の手にあまるらしく、安《やす》が進み出て抱き上げた。道灌を見て、慈愛に満ちた目で微笑んでくる。

亡くなった正室が昌賢《しょうけん》の娘であったために、安は側室の身分のままでしかなかったが、それでも不平ひとつ洩らさずにいてくれる。養子の資雄がいるために、家督争いが起きては困るので、初めての懐妊の時からずっと耐えてくれと説いてきた。京の大乱を見るまでもなく、隣の駿河をはじめ、関東のそこかしこで家督をめぐる争いが続く。

日々の戦が当然となったため、強き者が一門と所領を統べる時代が訪れつつある。太平記のころより下克上は見られ、今また忠義心とは無縁に野心を恥じず、力ずくで事を収めようとする卑しき輩が増えていた。

景春も先年、道灌の前で打ち明けたように、当主の顕定の命に背き、下克上を成し遂げるべく図っているわけなのか。上杉までがさもしき争いに明け暮れるとなれば、関東の平穏はあまりに遠い。

道灌は奥座敷に資雄と家臣を集めて告げた。

「まだまだ足軽と長屋が足りぬ。馬と武具も集めよ」

戦から帰ったばかりなのに、また戦の支度なのか、と資雄が目を見開いた。

すでに江戸城内には足軽長屋が建ち並び、弓場も設え、常に八百を超える兵を日々鍛えさせていた。腕の立つ者から三つの位に分けて競わせ、組頭への昇進という褒美が与えられる。目の色を変えて鍛錬に励む者が多く、太田軍の力は着実に増しつつある。

が、まだまだ自在に動ける兵は少ない。京の戦乱でも足軽が立ち回ることで、戦の帰着までが左右されたと聞く。槍衾で迎え出て騎馬で斬りこむという従来の戦い方をあらためる時が来ているのだった。

戦のたびに兵をつのるのでは、嫌でも出陣は遅れる。今より城内に多くの兵を抱えておけば、敵を出し抜く動きができる。幸いにも、上杉宗家が危ぶむほどに、太田は武蔵にも所領を広げ、多くの兵糧を集められる立場にあった。仲違いを続けて恥じない五十子へ運び入れるより、太田の兵を鍛えることに使ったほうが、必ずや関東の平穏につながる。

忠義を捨てるのとは違った。もっと先を見つめ、上杉家のために力をつくす。いずれ忠景と景春は抜き差しならない事態となるだろう。その時に後れを取ろうものなら、名門上杉は危うきを踏むに違いないのだ。

「兵をつのり、さらにもまして鍛え上げる。なさねばならぬ仕事は多いと心得よ」

五十子へ参陣した道真に代わって河越城を預かる資忠に使者を送り、鉢形の砦を探らせた。

二千五百もの郎党がしたがっているなら、この冬の間に新たな土塁や櫓を築ける。景春が動くとすれば、寒さがゆるんでからと思えるので、折を見て道灌自ら諭しに行く手はあった。

まずは景春に書状を認《したた》め、城下の禅僧に託して送り出すと、河越から急の使者が到来した。

「右衛門尉殿、謀反にござります。三千を超える兵を率いて五十子へ迫り、宗家の軍勢を打ち破った末、陣中の屋敷に火を放ちました。御屋形様はじめ皆様方、北の上野へ逃げられました」

寒風吹きすさぶ回廊へ歩み出て、道灌は灰色の冬空を睨み上げた。

景春がこれほど早く兵を差し向けるとは……。おそらく顕定のもとに参陣していた道真らも同じで、狼狽えるまま逃げるしかなかっただろう。

「父上。出陣の支度にかかりまする」

資雄がひざまずいて声を放った。

「早まるな。河越のほうが近い。我らが動けば、下総から敵が押し入るやもしれぬぞ」

五十子陣で上杉に騒動ありと、すでに敵もつかんだと見るべきなのだ。

まずは石浜や葛西の城に千葉氏の動きを見張らせるのが先だった。

あとは即刻、景春に糾弾の使者を送らねばならない。悔しき思いはわかりもするが、上杉家中で争っている時であるものか。当主の定正に道真も随行しているので、無闇に攻めてもらったのでは、最も鍛えられた兵を擁する太田勢まで敵に回すことになるぞ。そう脅し文句を添えた書状を送った。

資雄と出陣の支度を進めるさなか、景春の使者が江戸城に駆けつけた。

先代景信《かげのぶ》のころからの宿老、大石《おおいし》石見守《いわみのかみ》憲重《のりしげ》だった。かつて葛西城を一門衆で守り通してみせた英傑である。道灌は本丸御殿へ招き入れた。

「道灌殿から書状を賜り、殿は兵を引かれましてござります」

「まことにありがたきこと。しかれども、五十子に火を放つとは、後先を顧みない大逆と申せましょう。五十子陣あったればこそ、先代公方と奉公衆の狼藉を食い止められてきたのですぞ」

言わば、上杉の本城なのだ。火を放つなど、まさしく狂気の沙汰だ。一門を支えてきた内衆すべてを見限って恥じない男だとは思ってもいなかった。

「畏れながら申し上げます。上杉家中にも無念ながら狼藉を働いて恥じない者がおるのです。被官の得心なく、立志の上申にも聞く耳持たず、独断にて代官を差し替える行いは、まさしく傍若無人な押領にほかなりませぬ。殿の弟君は無論のこと、我ら大石は総領家と二宮城《にのみやじょう》を預かる駿河守も与同をお誓いいたしております。さらには、豊島勘解由左衛門《かげゆざえもん》殿御兄弟に、赤塚城の千葉中務大輔《なかつかさたいふ》殿と毛呂《もろ》三河守《みかわのかみ》も寄騎《よりき》に加わるとの誓約を得られたところにござります」

豊島に千葉に毛呂。すべて武蔵の国人だった。

中でも千葉自胤《よりたね》は庶家の身内に城を追われたところを、扇谷分家で手を貸し、赤塚の地を任せていたのだ。その千葉までもが景春に加勢を誓うとは信じがたい。江戸城の北も東も、景春方に転じたという。

景春に同意を示さねば、多くの国人を敵に回すことになるぞ、と差し向かいで脅しつけてきたのだった。もはや景春一党を思いとどまらせることは無理なのか……。

道灌は目に力をこめた。

「五十子には、天子御旗が翻っておったのですぞ。その陣を焼き払うとは、自ら朝敵に身を堕とすも同じと申せましょう。直ちに鉢形を出て、御屋形様に赦免を請うのであれば、それがし尽力いたそう。その証として、禅寺に蟄居《ちっきょ》なされとお伝えください」

大石憲重が啞然としたのち、目の縁を赤く染めた。

「まだ道灌殿は、上杉家中の総意を軽んじておいでのようですな。武蔵のみならず、分家本領の相模でも、溝呂木《みぞろぎ》や大森《おおもり》に金子《かねこ》と、寄騎を申し出ておる次第にござりますぞ。すなわち、修理亮殿は無論のこと、扇谷分家の治めにも日々不満は高まり、新たな統領による治天《じてん》を求むる者、数多となっておるのです」

治天とは、よくぞ言ったものだ。

景春は上杉宗家をまとめ上げて関東を平らげた末に、東国を統べるつもりなのだった。顕定と忠景を排せば、上杉宗家は手の内にできる。一門を掌握できれば、必ず京の力を借りて古河の公方の討伐が叶う。その後は、晴れて景春の天下となる。

大石の語りがすべて事実であれば、景春に与する一党は六千から七千に及ぶだろう。

道灌は身内の兵を胸の内で数えた。この江戸で三千。河越と本領の糟屋にも二千ずつ。上野で八千は下るまい。が、顕定や忠景らは上野に逃げたばかりで、すぐには動き出せない。越後は遠く、駿河も内乱が収まったばかりで、加勢は望めそうにない。扇谷分家のみでは、景春一党を抑えきれないおそれがある。そのうえに、もし奉公衆や下総の千葉が押し寄せたなら……。

　不安しかなくとも、今は顔に出すわけにはいかなかった。

「朝敵と見なされる覚悟がおありのようですな」

「いいえ。道灌殿こそ、よくお考え直しくだされ。殿と扇谷分家が結べば、関東を何も知らぬ越後の当主などは担がなくてすむのですぞ。我らの手で関東を統べ、新たな鎌倉府を築こうではござりませぬか」

　まさしく下克上を目指しているのだ。

　景春という男は上杉と己の義を斬り捨て、人であることもやめたらしい。

　道灌は即座に首を振り返した。

「上杉同士で戦うことになろうものなら、古河の連中をただ喜ばせることになりましょう。もし古河の公方が宗家管領と結べば、どこに勝ち目がありますかな」

　正直にも大石の瞳が揺れた。彼らもその怖れを抱いたから、是非にも道灌を味方につけておきたいと考えたのだ。

「どうぞお帰りください。早々に砦へ戻り、孫四郎を説き伏せねば、必ずや鉢形の陣は正義の御旗に囲まれましょうぞ」


　大石憲重は前言を翻すことなく、江戸城から早々に立ち去った。

　道灌は望みを託し、上野の顕定に使者として十《じゅう》太夫《だゆう》と配下を送り出した。

　道真をはじめ扇谷分家の者を先に帰国させてもらえたらありがたい。そのうえで顕定一行を迎え、景春を思いとどまらせるべく手をつくさせてほしい。もし我らを頼って降伏する者がいれば、許しを与えて所領も安堵すべきと考えるが、いかがであろうか。そう願い出たのだ。

おそらく顕定らは、景春をいささかも許しはしない。新たな朝敵と見なしたうえで、越後からの加勢を待って、上野から兵をくり出すつもりだ。その際、道真ら分家の手勢は、大いに頼りとなる。よって、江戸の道灌親子と河越の資忠《すけただ》と資常《すけつね》で、武蔵の景春勢と相対していくほかはない、と考えられる。

今や江戸城の周囲は敵ばかりとなった。

資忠らが守る河越城との間には、景春方についた豊島氏の石神井《しゃくじい》と練馬《ねりま》の両城があった。かねてより上杉に帰服を誓っていたが、江戸の地に道灌が入ったことで、豊島は湊や所領を奪われる形となり、太田に恨みを抱いていたのだろう。景春が兵を起こしたと聞き、この機に借りを返すべく腹をくくったのだ。

まずは豊島兄弟の両城を打ち破らねば、河越の資忠と組んでの動きが取れない。

道灌は絵図を睨んで策を練った。

「源五郎。そなたであれば、どう攻め落とす」

豊島泰経《やすつね》の石神井城は、南に川が流れ、北には池が広がり、さながら地を巧みに生かした要害だった。この城を落とすのは至難だろう。力攻めに出たのでは、少なくない犠牲を生む。

「何より石神井城から敵を誘き出すのが肝要と思われます」

資雄でなくとも、そこまでは誰もが思い描ける。

「城内の兵は一千五百ほどか」

「はい。領内から新たに集めても、あと二千ほどでしょう」

葛西はすでに景春方となり、加勢は呼べない。こちらが打って出れば、赤塚の千葉自胤や葛西の大石勢が東と北から攻めてくる。南西へ回りこまれたら、逃げ場のない状況だった。

「西と南を迅速に固めるしかないであろうな」

道灌は、相模の糟屋を守る上杉朝昌《ともまさ》に使者を送った。扇谷分家の本領と江戸の間では、溝呂木城や小磯城《こいそじょう》を守る連中が景春方についたという。江戸を西から攻められないためにも、即座に兵を出すよう家務として命を下したのだ。

「父上、我らはいかがいたしましょう」

資雄は今にも打って出ようという気構えを見せた。糟屋が動けば、背後を突かれる不安はなくなる。

「そう急ぐな。まだその時ではない。万全の備えをせねばならぬぞ」

道灌はまず手勢四百を城から北へ出し、豊島の動きを封じたうえで、宿老の上杉憲能《のりよし》親子を河越城へ送り出した。たとえ遠回りしてでも彼らが河越へ入ることで、資忠が出陣できる。北の備えのためだった。

さらに、糟屋の朝昌らが溝呂木城へ迫ったと報せが届くと、武蔵府中の上杉被官に北からの加勢を命じた。これで溝呂木と小磯の城を、相模と武蔵の両面から攻められる。糟屋の南には、当主定正の兄である三浦高救《たかひら》の砦がある。三方からの攻めが効けば、溝呂木は落とせるはずだ。

江戸の四方に斥候を放ち、道灌は焦らずに成り行きをじっと見守った。今は何より糟屋の軍勢が頼りなのだった。

やがて使者が江戸に走り寄せた。道灌の采配どおりに、朝昌がついに溝呂木城を打ち破ったのだ。すでに小磯城は府中の上杉勢が囲んだという。これで駿河からの加勢が江戸へたどり着ける。

ちょうど同じころ、河越に憲能親子の一団が入り、資忠が出陣したとの喜ばしき一報が届いた。南の小机《こづくえ》城を出た景春方が、入間の地に陣を敷いたため、迎え撃つべく城を出たという。

すでに五十子陣は焼け落ち、河越と江戸はほぼ敵方に囲われていた。が、河越の資忠に出陣されようものなら、豊島は南の江戸からも攻められかねない。そこで敵は、両城の間をさらに断っておこうと小机城から兵を出したのだ。景春方も先を読み、然るべく手を打っている。

「よし、機は熟した。いよいよ我らも出陣するぞ」

道灌は江戸城を出立した。先に送り出した一団とあわせて、まず騎馬二百と兵六百の軍勢で北の練馬城へ進んだ。が、城までは迫らずに、敵の動きを見るために、やや離れた平地に陣を布いた。

練馬城の大手門は閉ざされたままで、打って出てくる気配は見られなかった。

単独で立ち向かえるほどの兵はいないため、隣の石神井城と示し合わせて動くつもりだろう。

「ここまでは読みどおりであるな。源五郎はこの陣にとどまれ。それがしが五十騎を率いて練馬の城下で騒ぎを起こす」

資雄に命を伝えると、驚き顔で諫められた。

「なりませぬ、父上。五十ではあまりに少のうございます」

「そのとおり。少なすぎるであろうな。しかしながら、わずかであるから、敵の目を欺けるのだ。練馬城の周りで火を放ち、狼藉をくり返してやれば、こちらの少なさを見て必ず兵を出してこよう」

怒りを誘って誘《おび》き出す狙いを語ると、資雄は得心したとばかりにうなずいた。

その後の策と残る兵を資雄に託すと、道灌は騎馬五十で練馬城下に押し入った。

田や畑を焼き払い、逃げ惑う領民をあえて追い立ててやる。が、殺戮《さつりく》が目当てではないので、折を見て速やかに城下を離れた。

練馬城の櫓から見える地で馬を休め、わざと旗印を掲げたまま敵の動静をうかがった。

道灌勢の狼藉を見て、豊島泰明《やすあき》は石神井城の兄に加勢を求めただろう。太田は東の葛西と西の小磯に備えているはずで、多くの兵を出せはしないと踏んでくれれば、今こそ討つべき時と早合点してくれよう。

わざと火を熾《おこ》して飯を炊き、馬に水を与えた。休息に入ったところを見せるためだ。

道灌は愛馬の毛並みを整えながら、密かに出した斥候の帰りを待った。隣の石神井城から何百の加勢が駆けつけるか。周りの郷村に夫役を課そうと、豊島の所領は広くなかった。三千を超える兵は絶対にいない。城に守りを残すとなれば、動かせるのはせいぜい一千強と読んだ。

「石神井城から敵が出陣いたしました。おおよそ騎馬二百に兵五百ほどと思えまする」

しめて七百。精一杯の数だったらしい。そう多くない道灌軍を兄弟で手早くたたき、すぐさま城に引き返せばいいのだ。遅れて後詰めを送る手もある。当然の策だったが、敵の裏をかこうという知略にはほど遠い。

道灌はゆっくりと馬にまたがり、家臣に告げた。

「皆の者、急ぎ逃げ帰るぞ。慌てふためいた様を見せてやれ。炊いた米や薪も残しての敗走と思わせよ」

最初は馬を取りまとめるのに手間取ったと見せて時を稼ぎ、敵を近づけたうえで一目散に逃げだした。手綱をあおって馬を追い、大急ぎで南の陣へ駆け戻る。

思惑どおりに豊島勢は、ここを先途と見て、追ってきた。

「扱いやすい者たちだ。さらに引くぞ」

道灌の号令によって、一団が速やかに動く。こういう時に備えて兵を鍛えてきたのだ。

江古田原《えごたはら》まで引いたところで、道灌は馬を翻した。陣から駆けつけた長柄足軽が素早く横に広がって、槍衾を造る。徒弓が矢をつがえて、敵兵を待ち受ける。

土煙とともに敵の先陣が江古田原の先に見えてきたところで、道灌は軍配を振った。

陣太鼓が打ち鳴らされる。それを合図に、資雄が江古田原の東西にひそませた足軽衆三百が、豊島勢の横から後ろへと回りこむ。伏兵に慌てた敵の騎馬と兵が前後に割れて動く。

「われに続け」

道灌は軍配を差し向け、騎馬を突入させた。横手からも資雄が一団を率いて突き進む。

両側から攻められた豊島勢は浮き足だって逃げ惑う。が、騎馬と長柄足軽が逃げる者どもを追いかけていく。

四方に散った兵の始末は資雄に任せて、道灌は五百の兵を率いて、北の石神井城を目指した。

敵は守りを固めにかかるだろうが、後詰めとなってくれるはずの練馬城の兵はもういない。

石神井城は鳴りをひそめ、城壁の上で旗指物が侘しく風に揺れていた。

道灌は遠巻きに囲んで出方を見つつ、手始めに矢を射かけさせた。やがて、練馬城主の泰明を討ち取った資雄の一団も駆けつけたので、弟の首をさらして使者を出すと、二日後に豊島泰経は降伏してきた。

ところが、石神井城の破却をあくまで拒んだため、仕方なく土塁に橋を架けて、城内へ押し入った。敵はすでに矢を射つくしたらしく、騎馬ごと斬りこんできた。その頭越しに火矢を続けざまに放つと、たちまち御殿と櫓が炎に包まれた。

あまりに火の手が早く上がりすぎていた。道灌は懸念を覚えながら本丸へ攻め入った。すると、肝心の泰経はやはり逃げ出したあとだった。搦《から》め手《て》のほかにも逃げ口を造っておき、家臣に火を放たせたあと、狡猾にも供回りと城を出たのだ。船を使ったとも考えられる。

取り逃がしたのは残念だったが、これで河越城への道は開けた。資忠らとまとまって動くことができる。

ひと息つけたと思う間もなく、景春の一軍が鉢形の砦から出陣したと、斥候からの報せが届いた。相手が道灌であろうと打ち破るまでと心を固めたらしく、ついに総大将自ら兵を率いてきた。もはや身内同士の戦はさけられそうになかった。

道灌は上野に向かわせた十太夫に、すぐさま使者を送り出した。我々が北へ兵を押し進めるので、南へ向かってほしい、と道真に伝えるためだ。

「兄上。お待ちしておりましたぞ」

河越へ入ると、資忠らは小机城から出た景春方の兵五百を勝原《すぐろはら》へ誘き出した末に、追い払っていた。いったん城へ戻って兵をまとめ直し、道灌を待ち受けていたのだ。

「おお、無事であるな。よくやった」

資忠と資常は傷ひとつ受けておらず、徒の犠牲も少なくすんだと聞いて、弟たちの手並みに感心させられた。長い戦を経てきたとはいえ、今や二人の武と才は家中の誉れでもあった。

直ちに城内で評定に入り、資忠が景春方の陣容をつまびらかに語った。

「小机勢は八百ほどもなかったでしょう。城への道を我らが絶ったため、敵は五十子の南の梅沢《うめざわ》にとどまり、砦を築いたうえで、孫四郎らの軍勢を招き入れる策のようであります」

妙案とは思えなかった。景春は、まさか道灌がこれほど早く石神井と練馬の城を落として河越へ入るとは考えてもいなかったのだろう。

鉢形の砦から動かずにいたら、必ずや道灌に攻められる。いずれ上野からも、忠景勢が進んでくる。梅沢の北には利根の流れがあるので背後の守りに気を遣わずにすむため、総勢を道灌に差し向けられる。だが、自ら五十子陣を焼き払ったため、籠城できるほどに守りの堅い城はなくなっている。

石神井城も落ちた今、景春勢は動く先が限られてくる。己の悪行が報いとなって、自らを追いつめているのだった。

「これでもまだ孫四郎は戦うつもりでしょうか」

ともに戦場を駆けてきた資常は、まだ景春の豹変を信じられずにいるようだった。

「すぎし戦が物語っておるぞ。戦いを挑む者には、己にしか通用せぬ道理があるのだ。公方を利する奉公衆しかり、我ら上杉しかり……」

資忠が長き戦の起こりを憂う口調でつぶやいた。

「まさに上杉しかり、であるな」

道灌もなげくしかない。下克上を企む者に、家臣の不満を見すごして開き直る主君。その二人を諫められない役立たずの重臣たち。

「迷いは捨てよ。我らは義に篤き配下に恵まれておる。その者らの身内の命をも預からせてもらっているのだ」

情けは戦い終えた時にかければよく、命を奪われたのでは本懐を果たせずに終わりを見る。道灌は弟たちを戒め、景春勢をたたく策を練った。

その夜のうちに、斥候が新たな報せをもたらした。

「喜ばしきことに、修理亮殿の軍勢が神流川《かんながわ》を越えて清水《しみず》に陣を布いたとのことにござります」

十太夫らが無事に務めを果たしてくれたのだった。河越へ戻る資忠らのあとを追うように、忠景が早馬を出したという。道真も同道しているはずで、あと少しの時を経れば、西と東からともに攻められる。

「何よりの好音《こういん》ぞ。父上がともに戦ってくれれば、心強いことこのうえない」

道灌が意気に感じて声を放つと、弟や家臣らの面輪に赤みが差した。道真の力添えがあると知ったとたん、多くの者が熱く心を沸き立てていた。それほどの人なのだと、道灌はあらためて父の凄味を知る思いだった。

「さあ、目に物見せようぞ。我らが鉢形へ向かえば、孫四郎は打って出るしかないであろう。梅沢の砦から引きずり出せれば、修理亮殿の軍勢も西から迫れる」

「我ら太田が四千五百。孫四郎は鉢形にも兵を残すしかなかったはずで、三千を超えることはないでしょうな」

資忠の読みにうなずけた。道灌勢に忠景らの兵も加われば、必ず数で圧倒できる。戦続きとなって兵に辛苦を強いるが、謀反の芽は早々に摘み取らねばならなかった。

道灌は命を発した。

「皆の者、直ちに用土原《ようどはら》へ進む。修理亮殿と図って孫四郎を攻める。この一戦に上杉の明日がかかっておると胸に止めよ」

八

上杉家中の内乱は、もはや疑うところがなくなった。あらゆる方面から報せが届いて大略が知れると、成氏《しげうじ》は小躍りせんばかりの喜びようを見せた。

「ようやくにして上杉にも綻びが出たか。あやつらとて、いつまでも長い戦に耐えられるものか。忠義心なき者から、身を持ち崩すのが常であろう」

褒美もろくに得られず、儕《ともがら》や領民を失う戦が二十年も続けば、多くの家臣が今の主君にしたがっていて間違いないのか、との不安に襲われる。同じ根を持つ一門衆であろうと、揺るぎない結束を長く保つのは難しい。京で大乱が収まると知り、ついに上杉も焦りを覚え、所領の奪い合いが始まったと見える。

今や山名は分国の騒動を収めるのに懸命で、細川のみが京の政を采配していく。やがて東国に兵をくり出すに違いなく、その時に上杉をまとめ上げていた者が関東の覇者となれる。明日を潤す利得のからむ内紛なのだ。

「皆の者。上杉の動きから目を離すでないぞ。やつらがふたつに割れて無益な殺し合いをしてくれたなら、今度こそ我らに真の勝機が訪れる。その機を断じて見逃してはならぬ。いつ何時でも出陣できるよう、油断なく構えるのだ」

成氏は奉公衆を前に熱く語った。

当然の命であったが、成氏ほどに喜び勇み、身を奮い立たせる者が周りにいたようには見えなかった。

「河内守《かわちのかみ》殿。上杉が同士討ちを始めるほど愚かでありましょうか」

中には、そう持助《もちすけ》に耳打ちしてくる奉行《ぶぎょう》人もいた。

「わからぬ。ただし、主君が愚かであれば、家臣も負けじと愚かしき者が幅を利かせよう。上杉は、宗家と扇谷分家にいずれも新たな当主を迎えておる。その器量と才覚によっては、人事が火種となりかねぬ。甘いささやきをくり返す者を重用すれば、いらぬ嫉妬や恨みを家中に広げる。我らも心に止めておくべきぞ」

江戸へ戻った道灌に近づく術を探ったが、品川をはじめとする湊の商人はすべて太田被官が検《あらた》めたうえで許しを得られた者しか商いができなくなっていた。少なくとも扇谷分家の結束に綻びは出ていない。

そこで道灌の弟らが守る河越の城下に商人を送り、今のうちに和睦を図る手もあるとほのめかす計を進めた。ところが、事態はたちまち動きを見せ、上杉の五十子陣にて火の手が上がったという。

宗家の家務をめぐる諍いは、ついに上杉同門での内乱へ移ろったのだ。

「今こそ兵を出す時ぞ」

五十子から焼け出された上杉勢が上野へ逃げ落ちたと聞き、成氏は出陣の断を下した。

持助も関宿城から兵を呼び、多くの斥候を各地へ放った。

「父上。道灌はまだ動いておりませぬ」

武蔵の国衆が、宗家に矢を放った長尾景春に与同したため、江戸と河越の間が絶たれてしまい、迂闊に動き出せなくなったのだった。さあ、道灌はいかに難所を越えるつもりか。

「葛西の大石、赤塚の千葉も、右衛門尉に加担を決めたと思われます。今、豊島に加勢を送れば、太田を先にたたけるやもしれませぬ」

いかがいたしましょうか、と重臣が勢いこんで進言してきた。成助《しげすけ》は和睦の下組が無駄になると悔しがっているようで、じっと父を見つめてくる。

どちらの読みにも一理あった。持助の胸中で明日を量る天秤が大いに揺れた。

長尾景信亡き今、上杉で最も戦に長けた者は、道真と道灌の親子だ。その道真は、五十子から北の上野へと逃げている。道灌の弟らは河越で景春方と睨み合って城を守る。

今、道灌を誘き出す策が採れれば、かなりの痛手を与えられる。が、江戸城に籠もられたなら、おそらく手出しはできないだろう。あの城は海と湿地を背にした高地にあり、守りは固い。

持助はわけもなく座敷から回廊へ歩み出た。ここが思案のしどころだった。

扇谷分家は伊豆の政知と所領で揉めた過去があり、和睦を持ちかけるには絶好の相手なのだ。その道灌を今攻めて、我らに真実の利があるか。

道灌を討ち果たすことで戦を勝利に導ければ、成氏が関東の盟主として認められるだろう。が、もし討てずに戦がさらに長引けば、将軍家は必ず成氏の討伐に力をそそぐ。

兵を送るか。成り行きを見るか。

成助が父の煩悶《はんもん》を見抜き、後ろから慎重な物言いで告げてきた。

「討つなら河越からでありましょうが、越えねばならぬ川が多すぎます」

利根に荒川、さらに入間川を渡河していく間に、河越は守りを固めにかかる。あの城を落とすには、一万を超える兵と三月を要するだろう。さらに江戸城まで打ち抜けるものか。

成氏は御座所に奉公衆を集めて策を質した。

「ここは、上杉顕定らが逃げた上野に兵を送るべきであろうな」

成氏の声にはまだ迷いが色濃く漂って聞こえた。料所の足利や新田荘を守らねば、奉公衆の足場が揺らぐ。だが、上野には知者として知られた太田道真が加わり、上杉軍を支えている。決して落人の群ではないのだ。

「お待ちください」

誰もが声の出所を顧みて、虚を突かれた顔を見せた。

「兵を出すのはまだ早計と思われまする。今は五十子陣が焼けたのみで、上杉宗家の連中は上野へと逃げ、ほぼすべて無事と聞いております。もっと同士討ちをあおっておき、両陣ともが深手を負ったところで、兵を出すのが良策と考えます」

成氏までが目を見開き、最も下座から声を発した成助を見た。

この機を逃せば、もはや上杉を討てなくなる。京の将軍家から討伐の兵が大挙して迫ってくる前に勝利をつかまねば、関東の主に返り咲く道は絶たれる。曲がりなりにも八十余年を守ってきた関東足利家は、公方の座を失う。これが最後の好機ではないのか。

持助は迷いと不安を払って、成氏を見た。道灌を討つ策は、きっぱりと捨て去ったほうがいい。和睦は最後に頼る策で、その道を残しておくには道灌という男が必ず求められる。成助の真意も、疑いなくそこにある。だから、今は上杉の同士討ちを待つべきと言ったのだ。

持助は頭を下げつつ進言した。

「まずは渡河に使う船を新たに造らせ、数十万の矢を備えさせるべきにござりましょう。それから上杉同士の戦を見たうえで、総掛かりで攻め寄せてこそ、勝機が開けると存じまする」

武蔵と上野の両国に兵を割いてはならない。上杉宗家こそがふたつに割れているのだ。こちらはひとつにまとまり、機を見て一気に攻める。その支度を今は急ぐ時なのだった。

日を置かずに、上野の上杉軍がついに動いた。

長尾景春が五十子の南の梅沢に陣取ったため、神流川を越えて武蔵へ進んできたのだ。

道灌と示し合わせての策だと読めた。たちどころに練馬と石神井の豊島勢を打ち破った道灌が、河越の弟と梅沢へ攻め寄せたからだった。

これで景春軍は、東の道灌と西の宗家に挟まれた。逃げるか、いったん鉢形の砦へ引くか、ふたつにひとつ。いずれにしても、もう両軍の戦いはさけられない。

「やはりここは、先に兵を出してはいかがでございましょうか」

血気にはやる野田成朝《のだしげとも》が、しつこく評定の席で成氏の前に進み、再び話を持ちだした。直臣の一色直頼《いっしきなおより》や二階堂成行《にかいどうしげゆき》も大いにうなずいている。

本来の敵である成氏が動き、上杉の間に束の間の和睦が結ばれたのでは困るのだ。やはり両軍が正面から戦って、互いに犠牲が出たのを見てから動くべきと思えた。

「待て。今はまだ様子を見る。いずれかが手ひどく兵を失えば、我らに助けを求めてくるであろう。その時に加勢を送ってやれば、上杉とて我らの僕《しもべ》となろう」

成氏は甘いことを考えていた。

宗家がふたつに割れたとはいえ、分家はいくつもあった。道灌が束ねて動くだろう。越後の上杉家も、息子を養子に出しているので、兵をさらに送ってくる。

その読みどおりとなれば、景春方はかなり分が悪い。

「畏れながら申し上げます」

持助は逸ることなく淡々と言葉を継いだ。皆を落ち着かせてこそ、真の良策が見えてくる。

「我らのほかにも、上杉の仲違いを呆れて見ている者はおりましょう。武蔵や上野の国人衆です。我らが数万の兵をつのっていると広めること叶えば、上杉を見限る者も出ると思われまする」

敵の綻びを、さらに広げる手を打つのだ。数に差が出たなら、和睦の話も進めやすい。

成氏はあごの先をなで回したあと、思案げな面輪のまま言った。

「妙案ではあろう。しかれども、河内守よ、当てはあるのか」

「岩松《いわまつ》は我ら古河からの攻めを、常に怖れておりましょう」

岩松家純《いえずみ》は、焼けた五十子陣を出て、下野とは目と鼻の先の、本領である金山城《かなやまじょう》に戻っていた。足利の成氏勢とは、かねてより小競り合いが続く。

家純自身はもとより上杉方にあったが、言いがかりをつけて殺した持国《もちくに》の家臣が今なお仕えている。その者らに働きかけることで、家純の不安をあおることができる。

「直ちに動け」

成氏は迷いを見せずに断を下した。信頼を寄せていた岩松持国に背かれた恨みは、今なお深い。その岩松家内を籠絡《ろうらく》できれば、少しは気も晴れるというものだった。

禅僧に書状を預けて、金山城へ急がせた。

すると、脅しの書状が利いたか、すぐに松陰《しょういん》なる岩松方の護持僧《ごじそう》が返書を持参してきた。許されるのであれば、公方様の旗下に仕えたい。嫡男の明純《あきずみ》は同意せぬため、義絶する。そう言ってきたのだった。

長く五十子に参陣していた岩松家純までもが、ついに上杉を見限ったのだ。

「でかした。今こそ出陣の時ぞ」

集めた騎馬はすでに三千を超えていた。今すぐ出立できる兵は一万を下ることはない。岩松も帰服したと知れば、ほかの国人も駆けつけるだろう。この戦で最も多くの兵を差し向けられる。ありったけの兵糧米を倉から出し、次々と荷車に積んでいく。

古河城の周りを埋める兵の群れを見て、持助は思った。これでようやく長い戦を終えられる。この二十年で最も重き戦いとなる。

息子の成助は、出陣を決めた父を案じる目を隠さなかった。が、主君たる成氏が最後の好機と見ているのだ。ここまでくれば、もはや力攻めは止められない。

早々と先陣を送り出し、渡河の道筋を決めていると、近習が慌ただしく走り寄せた。

「火急の使者にございまする。長尾右衛門尉の書状をたずさえし者と申しております」

「まことであるか」

当方の願いどおりに、景春が救いを求めてきたのだ。道灌や忠景の軍勢と合戦になり、かなりの痛手を負ったに違いない。当然、宗家の側も犠牲をともなっているだろう。

持助は御所へ走り、側近に告げた。

成氏は草摺と胴丸を家臣に持たせて、回廊へ歩み出てきた。

「直ちに五十子へ向かう。これが最後の決戦である。必ず上杉を討ち果たす。心してかかれ」

御所を揺るがすほどの鬨の声が蒼天を揺らし、城内に轟き渡った。

九

河越城を出た道灌の軍勢は、そぼ降る五月雨の中、次郎丸の地に陣を布いた。粗末な寺に入って境内で兵と馬を休め、景春方の動きを探らせにかかる。

ようやく上野を出た長尾忠景は、神流川を越えて五十子の西の清水まで兵を進めてきたが、その後の動きは鈍かった。景春が梅沢に砦を築いたと知り、迂闊に進めば、南の鉢形城からも兵が出てくると危ぶんだのだ。

梅沢の地は、五十子の南の高台にあり、南北と東が崖になっている。父の道真も宗家に同道しているが、家務となった忠景にしたがっているのだろう。

「もう修理亮殿を待ってはおられぬな」

道灌は敵との間合いを計りつつ、先に兵を進めるべく重臣らを本堂に集めた。

「我らが動けば、修理亮殿も黙って見ているわけにいくまい。梅沢と鉢形城の間に兵を進めれば、孫四郎は出陣してくるであろうな」

「しかれども父上、もし修理亮殿が座視を決めこもうものなら、我らのみで北と南から迫る兵と戦うことになります」

まだ戦に不慣れな資雄が声に不安をにじませた。が、資忠は覚悟を決めたような顔でいる。すでに道灌の策を読んだのであれば、心強い。

「図書助はいかにすべきと思うか」

「孫四郎めが砦から出てきたところで、いったん兵を引かせましょう」

「そのとおりぞ。よいか、源五郎、敵と我らの周りをとくと見よ。孫四郎方の出陣を知って我らが兵を引けば、驕り高ぶる者ほど、怖じ気づいたと見て、必ず追ってくる。そうなれば、清水に陣取る修理亮殿があやつらの背後をつける。もし追ってこぬ時は、そのまま鉢形城へ向かう。根城を奪われたのでは困ると、必ず孫四郎は兵を進める」

「我らを追わせることが肝要と心得ましてござりまする」

ようやく資雄も策を呑みこめたようだった。

足軽衆を鍛えてきたから、速やかに先行きを変えて敵を惑わす策が採れる。あらかじめ合図と動きを決めておけば、太田の軍勢は迷いなく戦場を駆けめぐる。

「我らの動きを知れば、いくら勘の鈍い修理亮殿でも兵を出す。十太夫の配下にも使者を送れば、父上が必ず進言しよう。それでも動こうとせぬ時は、一目散に兵を下げるまでだ」

陣取りの配置と采配の子細を家臣に伝えて、清水にも使者を送り出した。

翌朝、道灌は雨が止んだのを見て、出陣の号令を出した。

長柄足軽を先頭に西へ進むと、やがて宗家の軍勢も清水の陣から出立したとの報が届いた。これで兵の数は互角以上となる。

道灌は評定で決まった策のとおり、鉢形城に近い用土原《ようどはら》へ兵を進めて、忠景軍を待ち受けた。すると、狙いどおりに梅沢の砦で動きがあった。

「さあ、我らは引くぞ」

道灌は陣太鼓をたたかせ、いったん東へ速やかに兵を下げた。が、資忠の率いる足軽衆がさらに北へ回りこむ手はずになっている。道灌と忠景の軍勢が針谷原《はりがやはら》で待ち受けて、北から資忠軍が素早く攻めかかる計略だった。

「敵は八百騎、兵およそ四千」

斥候が駆け戻り、道灌は血が冷えゆくのを感じた。

宗家の二千ほどが同道したと聞いたが、鉢形の砦に兵を残さず、総出で出陣してきたとは考えにくい。辺りの国人衆も早々にまとめ上げたと見える。それほどまでに上杉への憤りは地場で高まっていたと思うしかない。

「源五郎よ。これほどに我らは人望を失っていたらしいのう」

「はい。この戦に勝ったとて、真摯に取り組まねばならぬもの多しと覚悟いたしましょう」

「それにはまず、勝って生き残らねばならぬぞ。難儀なことではあるが……」

道灌は三千を率いてきた。忠景軍は先陣であり、二千ほどだという。まさしく数は互角だ。糟屋の本領から兵を呼んでおくべきだったが、江戸城内で鍛錬させた太田の兵《つわもの》を信じるほかはなかった。

景春勢は一気呵成に迫ってくる気配は見せなかった。やはり清水からの軍勢の動きを案じているのだ。

「よいか。敵を上杉一門の身内と思うでないぞ。我らは天子御旗を下された官軍である。正義は我らにこそある。朝敵を討ち果たすのだ」

戦に備えて張りつめる兵を鼓舞して、針谷原で敵の軍勢を待ち受けた。

資忠が機を見て七百の兵で北から攻めかかる。その合図を得てから、騎馬を南へ向かわせ、忠景軍が西から打ちかかっていく。

「父上、白煙にござります」

北の曇り空を睨んでいた資雄が叫んだ。資忠の兵がいよいよ動きだしたのだ。

道灌は手の長刀を天にかざした。

「進め。敵の数を怖れることはない。西から宗家の軍勢が迫っておる。一門を信じて走れ」

両翼を張り出させた偃月《えんげつ》の陣形で兵を進めた。中央から押しこむ気か、魚鱗《ぎょりん》で迫りくる敵に弓を射かけたあと、長柄足軽が攻め上がる。敵の鬨声が轟き、風となって吹きつけてきた。両軍がぶつかり合って、叫び声が耳を打つ。肉と骨を断つ戦いが始まった。

敵の陣形が崩れたところを見つけるや、騎馬が囲むように迫って斬りこんでいく。いつもの攻め寄せだが、その動きがいくらか鈍いように見えた。敵の中に見知った顔があるのでは、と躊躇《ためら》う者がいるらしい。

早めに陣太鼓を鳴らして、兵をいったん下がらせた。そのうえで徒弓を押し上げ、再び矢を射かけさせる。引いたかと思わせて左右に足軽が動き、攻めてきた敵を包むように襲う。驚き惑う敵は、もうまともな陣形を保ってはいない。

「敵は右の陣が手薄ぞ」

先陣で叫ぶ者があり、足軽衆が槍を構えて走る。景春勢の懐深くへ、波のように押し入っていく。騎馬が次々と斬りこみ、刃のぶつかり合う音が響き渡る。原野がたちまち血の臭いに包まれる。

「大石源左衛門尉《げんざえもんのじょう》殿、討ち死になされました」

先陣を買って出た宿老が、儚くも命を散らした。が、大石勢の濫入《らんにゅう》によって、敵は後退を始めていた。そこに精鋭をまとめた足軽衆が突き進んでいく。

「源五郎。われに続け」

道灌も馬の腹を蹴り、自ら兵を押し上げた。敵を長刀で斬り倒し、徒弓の進む道を拓く。もう敵の矢は飛んできていない。目の前の兵を薙ぎ払うことに専心できる。

合戦は長く続かなかった。敵方で陣太鼓が鳴らされると、続けざまに兵が引いていった。景春軍が東南の方角へ散り散りに逃げていく。

「追え。逃がすな」

前方で重臣らの声が響く。おそらく景春は梅沢の砦へ籠もるつもりだ。

道灌は新たに造られた砦を見てはいない。景春軍を攻め落とすには、要害の全容を知らねば、良策は見出せず、家中に犠牲を生むことになる。

ところが、景春軍は梅沢の砦に戻らず、さらに南の高台に陣を据えた。砦にはまだ兵を残してきたので、いつでも加勢が駆けつける。いざとなれば、砦に下がって籠もることもできる。まだ負けてはおらぬぞ。そう言いつのろうとする覚悟が感じられた。

忠景率いる宗家の軍勢は、敵の動きを見てのことか、甘粕原《あまがすはら》から進まずにいた。道灌も四方田《しほうでん》の地で兵を休めた。思いのほか傷ついた者が多かったのだ。

翌日に、ようやく管領顕定も清水まで兵を進めてきた。宗家の軍勢から、道真がわざわざ馬を駆って到来すると、真っ先にねぎらいの言葉をかけてきた。

「見事な戦であったぞ、道灌。修理亮殿もいたく感激しておられた」

幸先のよさを喜んでばかりもいられなかった。急ごしらえで掻楯《かいだて》をめぐらせた陣中には、傷を負った多くの兵が横たわったままで、疲憊《ひはい》が色濃く漂っていた。

「宗家も同じぞ。同門に矢を放ち、斬って捨てるのが忍びがたく、敵を追おうとせぬ者までおった……。まこと苦しい戦である」

道真が吐息を洩らして目を伏せた。

今は敵になったとはいえ、古くからの一門であり、ともに戦ってきた同志なのだ。見知った顔の者は多く、苦楽を分かち合ってきた身内を斬れば、たとえ傷は受けずとも、心が張り裂けるほどの深手を負う。

「将たる者は非情な意思の強さを持たねばならぬ。そう多くの先達から教えられてきた。しかれども、こたびほど胸苦しい一戦はなかった。この先も厳しき戦になると思え」

「……はい」

道灌も父に倣って瞑目《めいもく》した。

先陣を務めてくれた大石源左衛門尉のみでなく、少なくない将と兵をまた失った。景春軍が早々に兵を引いたのも、徒が思うように働かなかったため、とも考えられる。

お家のため、一門のため、命を賭して戦に挑む。武士の本分であろうが、人である限り、心腑《しんぷ》は痛む。心を鬼にせよと命じても、恨みなしに人を斬り裂ける者はそういない。多くの将兵が、むなしき同士討ちからまだ立ち直れずにいるのだった。

「孫四郎と側近どもは、徒の心中など慮ってはおらぬ。自らが手にしたい利得しか眼中にないのだ。このような戦を続けていけば、上杉は必ず衰え果てよう」

道真は怒りをこめた目で言い、なげかわしげに地を踏みにじった。

関東を混乱に陥れた公方と奉公衆を討伐する戦であったはずが、いつしか身内で血を流し合っていた。何のための戦いなのか。誰もが正義を見出せず、狼狽《うろた》えるまま、やむなく刀を振るうしかない。

景春方の兵にも同じ思いの者はいようが、心配りのできぬ主君とさもしき宿老が一門の舵を取り仕切り、無為に命を散らす者はまだ相次ぐ定めにあるのだった。

「無念ながら、上杉の内乱はすでに古河の公方に気取られておるでしょうな」

道灌は先を憂いて肩を落とした。

荒む陣中を見回した道真が再び深く息をつく。

「内と外の敵と戦わねばならぬとは……」

「はい。公方と奉公衆がこの機を見逃すとは思えませぬ。もし孫四郎と結ばれたなら、戦はより厳しさを増しましょう」

「見えていたではないか、この顚末が……。ここまで愚かだったとは、悔しくてならぬ」

道真の叫びは、景春に向けられたものだけではなかったろう。

京では和睦がまとまったが、いまだ関東に討伐の兵は来ていない。将軍は御教書でのなおざりな誘いかけを続けるのみだった。関東の内乱に加担するだけ損であり、遠く安全な地から眺めやるに限る。そう侮られているのか、と恨みの念さえ沸き起こる。

顕定の軍勢を待ち、軍を立て直すうちに、怖れていた事態が伝えられた。足利と新田荘の動きを見ていた斥候が、血相を変えて戻ってきたのだ。

「古河より三千騎と兵一万強の大軍が出陣したとのことにござりまする」

直ちに宗家の陣小屋で評定が開かれた。扇谷分家の当主である定正はまだ若く、敵の数に怖れをなしたか、青ざめた頬を震わせた。

その様子を見て、宗家の兵を率いてきた忠景が無念の面持ちで重く口を開いた。

「ここは致し方あるまい。御屋形様にはひとまず上野に引いていただくほかないであろう」

数ではあまりにも負けていた。針谷原の合戦で傷を負った者も多い。悔しくとも、総勢一万を超える成氏軍と渡り合えるものではなかった。そのうえに景春の手勢も次の戦に備えていよう。せめて扇谷分家の当主たる定正は、河越へ戻って城を守るべきと言う者もいたが、清水を経て上野へ逃げるほうが遥かに道のりは短く、敵からも遠くなる。河越へ向かう途中で敵に囲われれば、ひとたまりもない。

二人の若い当主を守るには、そろって再び上野へ引くほかに手立てはなさそうだった。

十

一万を超える兵を率いて古河を発ったが、成氏がもどかしがるほど大軍は思うように進まなかった。利根を越えるために船団を用いたが、六日を経ても半分ほどしか渡れず、対岸での逗留が続いた。その間にも、一万人の腹を満たす兵糧が日々食い潰されて、足利や新田からの小荷駄を待つことにもなった。

ほぼひと月を要して滝の地に陣を布いたが、早くも上杉勢は本領の白井に戻っていた。

そこに遅れて、長尾景春の一党三千ほどが梅沢から参陣してきたのだった。

「まことありがたき幸せにござります。公方様のお力あれば、坂東武者の気骨と心情を顧みようとせぬ越後の愚かな首領を必ずや討ち果たし、関東を統べること叶うと申せましょう」

景春は卑屈にはいつくばり、おもねりの言葉をくどくどとくり返した。

成氏からすれば、そもそも謀反に走った上杉の一兵にすぎず、手厚く迎える由などなかった。終始、冷ややかな目を変えず、景春とその家臣を見下ろした。

公方が声をかける立場にないと悟らせるため、持助は顔も見ずに景春へ告げた。

「そなたであれば、上杉の弱みは知っておろう。先陣は任せたぞ」

助けを求めてきたからには、一番槍を務めるのが筋だった。その働きいかんでは、奉公衆と並ぶ地位を認めるわけにはいかない。

頭を下げたままの景春の肩がわずかに揺れ動いたのを、持助は見逃さなかった。この男は、己を一門の総大将と自負するあまり、持助の言辞を屈辱と受け取ったのだ。

思い上がりもはなはだしい。そういう驕《おご》りからくる器量の狭さが、宗家の家務になれなかった一因ではないか、と疑う心すら持ち合わせていない。おそらく近臣も、昌賢や景信という英傑の下で偉ぶることに生き甲斐を見出してきた小物ばかりなのだろう。この男にも、また配下の重臣にも、まず人の器量を計る目はない。

景春には、すべての兵糧を差し出させた。成氏軍の一員にすぎない、とわからせるためだ。驚いたことに、景春は多くの酒を陣中に持ち入れていた。勇むしか取り柄のない坂東武者の悪しき見本と言える。こういう見通しの暗い輩が、関東を粗野な辺境にしてしまったのだ。栄華を誇った鎌倉の時代は遠い昔となっている。

上野へ逃げた上杉勢がにわかに動きだしたのは、九月の末になってからだった。白井城からまず三千ほどの兵が出陣してきた。

「右衛門尉殿の力をお見せくだされ」

持助は本陣とした滝の禅寺に景春を呼び出し、成氏の命を伝えた。

「かしこまりましてござりまする」

さあ、どこまで果敢に戦ってくれるか。助けを求めてきたのだから、決死の覚悟で戦ってもらわねば困る。

景春の三千に続いて、結城や那須らの二千も加勢につけた。その一団に、持助は身内の家臣をともなわせて、景春の動きをつぶさに伝えさせることにした。

上杉は利根川の東岸をじりじりと進み、片貝《かたかい》の地まで来るとともに、別の軍勢を後ろ盾として上流へ送りこんできた。

景春は西岸に陣を布いた。が、川を挟んでいるため、どちらも迂闊に動きだすことはできそうにない。渡河にかかったところを待ち受けるに違いないのだ。切り倒した木々を流しての邪魔立ても考えられる。

「河内守よ。右衛門尉は敵が動くのをじっと待つつもりであるのか」

どちらも動かずにいると聞いて、成氏は苛立ちを隠さなかった。この機に上杉を倒さねば、大軍を率いてきた甲斐がない、との焦りがあった。

「そもそも西岸を進んだことから見て、もとより利根を越える気はなかったと思われまする。上杉がさらに川沿いを進み、この滝へ向かってくるとなれば、そこで後ろへ回りこむつもりでありましょう」

「つまり、様子をうかがうばかりで、自ら斬りこむ気はなし、と申すのだな」

上杉も、景春勢が対岸に着陣したとわかっている。自らが先に動けば、滝の本陣と景春勢という二手からの攻めを受けかねない。そう見こんだうえで景春が利根の西を進んだとすれば、はなから戦う気などなかったも同じだった。

「どこまで強《したた》かな男なのか」

持助は報せを聞いて、独りごちた。成氏に救いを求めて出陣をうながし、先駆けを務めると胸を張ってみせながらも、様子うかがいに徹するつもりなのだ。

無双の案者と言われた昌賢の孫とあって、愚者ではなかった。下劣なほどの小賢しさは持ち合わせている。

両軍が睨み合うまま、いつしか滝の陣には霜が降り、ひと月がむなしくすぎていった。どちらも渡河せず、ただ睨み合うまま、互いの兵糧のみが刻々と減っていく。

ついに景春が、冬の寒さを口実にして、兵を引くべきと使者を送ってきた。すでに川の水は凍えるほどに冷えきり、無理して渡ったところで勝ち目はないというのだった。

「上杉が東岸に陣を張っているうちに、西から攻め寄せるしかあるまい」

成氏は法堂に集めた奉公衆を前に断を下した。長い在陣となり、明らかに痺れを切らしていた。

「しかれども、白井城は利根の岸の台地にありまする」

絵図を広げずとも、誰もがわかっていた。上野の調べを任されてきた陣僧が事実を伝えて疑問を放つと、成氏は掌で床をたたきつけた。

「我らが利根を越えて攻めるのではない。あやつらを引きずり出すまでよ。さらに一万ほどで出陣すれば、やむなく城を出てくるしかないであろうが」

ほぼすべての兵をくり出す。つまり、最後の一戦に打って出るのだ。

一万をはるかに超える軍勢が迫ってくると知れば、黙って見ているわけにはいかない。宗家が景春方とふたつに割れたため、多く見積もっても今は七千ほどの兵しかいないと思われる。

しかも、上野はすでに冬の寒さに見舞われている。冷たい赤《あか》城《ぎ》颪《おろし》に凍えながらの戦は、身に応えよう。越後から加勢を呼ぶにも、峠道はそろそろ雪に閉ざされる。もし城を囲まれ、外との往き来を絶たれたら、兵糧が春まで保つか。武蔵の道灌らの軍勢までが今は上野に入っているのだ。食い扶持が頼りないとなれば、決死の覚悟で打って出るしかない。

この機を逃せば、春まで睨み合いを続けるか、いったん古河へ引くしかなくなる。ここで陣を畳めば、また兵をあらためて集め、さらに利根を渡河する困難がつきまとう。

今しかなかった。大乱を先に収めた京から討伐の兵がいつ押し寄せるかわからないのだ。最後まで京に陣取っていた大内政弘《まさひろ》も周防や長門《ながと》などの守護を安堵されて帰国し、土岐成頼《しげより》も美濃《みの》へ戻ったという。残る騒乱は関東のみとなった。長き戦を終わらせる好機はもう二度と訪れない。

成氏は国人衆に出陣をうながす奉書を送りつけた。上杉を倒せば、料所は一気に増えて、褒美を与えられる。さらに兵を増やし、兵糧も新たに御料所から取り寄せた。万を遥かに超える軍勢であれば、憎き上杉を必ず成敗できる。

万全の支度を調えるのに時を要したため、滝から出陣できたのは十二月の半ばになってからだった。先駆けは景春一党に任せ、ひと足早く出立させた。

持助も奉公衆筆頭として、冷たい風が吹く中、兵一千五百をともない、馬を進めた。空の色が鈍く、上空の雲が日に日に厚くなりつつある。天の機嫌を案じながらの戦となるだろう。

景春らが再び兵を進めたと知り、利根の東岸に陣取っていた上杉勢が、ようやく動いた。

「利根の支流を渡り、漆原《うるしばら》を目指しているとのことにござりまする」

この寒さの中、川を越えるのはひと苦労だったろう。先に出した軍を直ちに動かさねばならないほど、上杉は兵の数が足りていないと見える。

持助は確かな手応えを得て、己を鼓舞した。成助と白井へ迫る策を思案しながら兵を進めた。

景春の一団が広馬場《ひろばば》の地に陣を布くと、成氏も自ら馬を駆って進んできた。大将が陣頭に立つことで、最後の一戦に挑む兵を奮い立たせようというのだった。

「上杉軍、白井城を出て、水沢《みずさわ》へ進んでおります」

斥候からの報せを受けると、陣小屋に重臣を集めて白井の絵図を囲んだ。

「漆原の軍勢から目を離すでないぞ」

持助はそばに仕える陣僧に告げた。死した者を弔うのみでなく、目付役も担ってもらわねばならない。兵糧の手配も、今は彼らに任せていた。

「このまま上杉に利根沿いを南へ走られ、我らの背後を取られたのでは危うくなりましょう」

持助が敵の動きを読んで懸念を表すと、成氏が目を据えてきた。

「河内守よ、その時はいかなる手立てを採るつもりぞ」

持助は口をつぐみ、面を伏せた。思案すべきことは多い。

「二千ほどで迎え撃てば事は足りようが」

成氏が焦れたように身を乗り出した。

持助は面を上げて、奉公衆を見回した。

「お待ちください。あるいはそこに、敵の策があるとも疑えまする。いかほど越後から兵が送られてきたか、我らはまだつかんでおりませぬ。もし一団を回りこませてきたなら、我らと互角の戦いができると踏んだに違いなく、すでに多くの加勢を得られた証となりましょう」

「今になって気後れいたしたのか」

宿老の野田成朝が勢いこむように言った。若さゆえに、老輩の弱気を危ぶむ目を向けてくる。が、ここは引くわけにはいかなかった。

「我らの陣容を見れば、最後の一戦に挑んできたと上杉も了知しておりましょう。京では和睦がまとまり、あやつらは将軍家の力を借りられると望みを託しているに違いありませぬ。この一戦さえ踏みとどまること叶えば、京の軍勢とともに朝敵を討ち果たせる。そう信じてこの一戦に挑んでくると思われまする」

持助が一同を見回して言うと、成氏がこらえかねたように声を上げた。

「わかっておる。ゆえに今こそ上杉をたたかねば、我らに明日は訪れぬのじゃ。上杉の出方を見るより、先に仕掛けるしかないであろうが」

「御意にござりまする」

持助の忠言を封じるかのように、野田らの側近が声をそろえて頭を下げた。

上杉がふたつに割れた僥倖を見逃しては、痛恨の極みとなる。関東管領や側近の首を取れば、たとえ朝敵と見なされようが、将軍家も迂闊に討伐はしがたいと躊躇うだろう。数に勝る今こそ、坂東武者の気骨を見せる時なのだ。成氏あってこその奉公衆であり、己の存在を賭して戦わなくては武門の名折れとなる。

思いは持助も同じだった。が、敵の策に乗ったのでは、確実に成氏の命運は絶たれる。最後の一戦であるから、危ぶみはすべて消し去り、最も確かな道を選ぶべきなのだ。気後れではない。勇むだけの猪武者は死に急ぐも同じ、と多くの軍学書が教えている。

睨み合っていると、陣幕の外で叫ぶ声が聞こえた。

「上杉勢、広馬場へと兵を進めてきました」

ついに――来た。

先に動いたからには、漆原に陣取る一団と示し合わせてのことに違いない。

「両構えの陣形を取る。河内守は東を守れ。我らは北へ進む」

成氏が断固として声を張った。

持助親子の預かる兵は、一千五百。先ほどは二千で迎え撃てばよいと言っておきながら、持助のみに東の守りを命じてきた。つまり、一千五百で死守せよ、との過酷な下知だった。

本陣を出ると、息子の成助を呼び寄せて、守りを固めつつ兵を進めると伝えた。川沿いにまず斥候を放ち、敵の動きをつぶさに見て、跳ね返す策を思案するのだ。

「お任せください」

一を語って二を悟れたらしく、成助は即座に応じて家臣を集めた。その間にも陣太鼓が激しく鳴らされて、男どもの叫びとともに大軍が動きだす。

北からの風が冷たく頬をたたきつけた。持助は不安に駆られて、天を振り仰いだ。

灰色の雲がさらにも厚みを増し、熱《いき》り立つ兵を圧するかのように空を重たげに押しつけてくる。風の勢いはさほどでもないのに、織りなす雲の流れがやけに速い。

「急げ、八郎。雲行きが怪しい。雨でも降ろうものなら、足を取られかねぬぞ」

こちらは兵の数が手薄なのだ。そのうえ雨に降られて思うように動けぬとなれば、守りの盾にもならないおそれが出てくる。

「父上。ご覧ください」

家臣の前から駆けてきた成助が、にわかに天を見上げた。その肩に白いものが、はらりと舞い落ちた。まさか……。

持助は再び曇天を睨み上げた。ちらちらと白く空が揺らめいていた。

「――雪だ」

ついに空が泣きだし、寒風にあおられた小雨が雪へと姿を変えて舞い始めたのだ。

持助は鎧を揺らして本陣へ駆け戻った。

「畏れながら申し上げます。雪の降り具合を見たうえで兵をお進めください。雲の厚みがさらに増しております。このままでは雪に行く手を阻まれるやもしれませぬ」

成氏もちらつく雪を見上げていた。おそらく上杉軍も兵を出すのはひかえるだろう。

最後の一戦を前に、冷たい雪が舞い落ちてくる。今は兵を進める時ではない。考え直せ。そう天が語りかけているように思えてならなかった。

雪は見る間に空を覆い、本陣の周りの枯れ野までが白に染まっていった。

「躊躇っている時か、河内守殿。今兵を出さねば、上杉を討ち果たせぬぞ。この先も長い戦を重ねる気であるのか」

野田が肩を震わせた。寒さのせいか、声も上ずっていた。

「上杉には雪に強き越後の者が加わっておるのですぞ。たとえ我らが数で勝っていようと、五分どころか、不利になりかねぬ。天と地の利は敵にあるとわかろうが」

持助は声の限りに訴えた。さらに寒さがつのりゆけば、まともに戦っていけるとは思えなかった。奉公衆に越後の雪の深さを知る者はあまりに少ない。

もはや自軍に勝ち目があるとは思えなかった。多くの死人を出し、惨めに古河へ逃げ帰るしかなくなるだろう。利根の河原に追いつめられたら、凍てつく川を渡れる望みも薄い。下手をすれば、兵の大半を失いかねない。

「直ちに兵をお引きください。無駄死にする者を増やしてはなりませぬ」

もう雪は立ちつくす成氏の肩にうっすらと積もりだしていた。

このまま降り続けば、広馬場は一面の白に染まり、馬を走らせることすらできなくなりそうなのが、なぜわからないのだ。

「天が見かねて、我らと上杉に無為な戦はやめよ、と言っておるに相違ありませぬ」

「戯れ言を申すな。千載一遇の好機を逃せば、我らは朝敵のままであるぞ」

公方直臣の佐野直綱《なおつな》が怒りの声を放ってきた。

「いいえ。速やかに和睦を結べと天が訴えておるのです。考え直す時は、今しかありませぬ。どうかそれがしにお任せください」

白く染まりつつある地にひざまずき、持助は頭を下げた。雪の中の戦はいかにしてもさけねばならない。上杉の中にも同じ思いを抱く者がいるはず、と持助には信じられた。

成氏が肩の雪を払い、静かに問いかけてきた。

「この機を逃せば、我らはさらにも追いつめられような……」

「雪の中では戦えませぬ。上杉は今、二里北の地に陣取っておるのです。それがし一人で話を伝えにまいりまする。もちろん和睦の話にござります」

ほかに手はなかった。もし矢を射かけられれば、命はない。が、雪の中をたった一人で現れた者に、問答無用で射かけるのでは坂東武者の名折れとなる。話があるから出向いてきたのだ。そう考える者が必ずいる。

「今さら上杉が和睦に応じるものか」

京で大乱が収束し、将軍家の加勢さえ得られれば、必ず勝てる。そう見こんでいたのに、宗家はふたつに割れた。そのうえ、身内同士の悲しき戦となっている。

上杉の中にも、長い戦を疎む者はいるはずだった。おそらく京でも、無為な殺し合いを厭う者らによって、勝負の決着とは別に、和睦を進めたほうが得策との考えにいたったのだ。

「このまま我らが兵を進め、上杉も挑んでくるならば、白き雪の平原は血の赤に染まりましょう。両軍ともに数多の命を散らし合い、領国に帰り着ける者は数えるほどに減ると思われてなりませぬ」

懸命に思いを訴えかけた。その場が静まり返り、咳《しわぶき》ひとつ聞こえなかった。遠く馬が寒さのために鳴いていた。雪ははらはらと降り積もる。

「主君のために戦って死ぬのも武士の務めでありましょう。しかれども、義の見えぬ戦いにて命を落とすは犬死にであり、決して孫《まご》子《こ》に誇れはいたしませぬ。それがしは命を懸けて戦うのであれば、武士として死にとうござります」

「命を賭して、上杉に和睦を呼びかけると申すのか」

成氏の目はまだ迷いを映していた。

いくら雪に見舞われたからといって、急な和睦の話に上杉が乗ってくるものか。たとえ受け入れられても、上杉は公方に背く行いを執拗に続けてきた。信じたところで、また背かれるのが落ちではないのか。

「多くの儕《ともがら》と所領の民を救うためにござります。京で和睦がまとまったとなれば、上杉の所領を奪おうとした伊豆の兄君がのさばりかねぬのです。ゆえに上杉は焦り、宗家がふたつに割れたと申せましょう。よほどの愚者でもなければ、公方様と結んだほうが得策であると了知できるに違いありませぬ。それがしが必ず説き伏せてまいります。この命に替えても」

雪を一身に浴びて訴えた。

今ここで戦うとなれば、両軍ともに多くの命を散らし、滅びの道を進むだろう。和睦こそが最良の策と、天が教えてくれた。奉公衆の多くも無駄な戦いは終わらせたいと願っている。ただ、和睦を言いだしたのでは、臆病者とそしられかねない。だから、黙ってきたにすぎず、今も多くの者が口を閉ざしている。

傍らで父を見守る成助は、さぞや安堵しているだろう。思いは誰もが同じなのだ。無益な戦いで死するなどは甲斐がなく、名を後世にも残せず、一族のためにもならない。

「死に急いではなりませぬ。長くむなしき戦によって荒んだ関東の地を、再び栄えさせ、領民を安らげることこそ、我らが公方様の真なる務めと申せましょう」

これ以上、道を違えてはならなかった。遺恨を捨て、正道を取り戻す時なのだ。誰もがわかっている。無駄に命を奪い合う戦に値打ちなどない。

長い沈黙のうち、成氏の声が聞こえた。

「よし。やってみろ、河内守。そなたの命を賭した戦い様を見せてもらおうではないか」

「ありがたき幸せにござりまする」

再び深く礼を返すと、持助は腰を上げた。

すぐ後ろに成助の不安げな顔があった。うなずき返してから、持助は腰の小刀を抜いて、息子に預けた。必ず戻ってくる。目で告げてから、本陣を離れた。

雪はますます強くなってきた。すでに出陣した景春の軍勢も、空を案じて白い平原の先で立ち往生していた。彼らに帰陣せよと伝えてから、持助は雪を踏みしめ、北へ足を速めた。早々に二里を歩きとおさないと、戻りつけなくなる。気は焦るものの、着実に一歩を重ねていった。冷気が肌をしめつけるが、与えられた任に胸は熱を帯びていた。

周りは白一色の世界だ。地も空も右も左も雪しか見えず、吐く息も白。黄泉路の果ての雲の中を、一人で彷徨い歩いているかのように思えてくる。

もしかすると、後ろを成助と家臣が追ってきているかもしれない。だが、振り返らずに歩みを進めた。雪のために地の形様《かたちざま》がつかめず、踏みだした足が急に埋まり、転げそうになる。凍えるひざに力をこめて耐え、一歩ずつ雪を踏みつける。

寒さに気が遠くなりかけた時、遥か前方で黒く蠢《うごめ》くものがあった。雪に慣れた越後の者が斥候に出てきたのだろう。

持助はかじかむ唇を動かし、声を張った。

「それがしは公方様直臣、簗田河内守である。上杉御一門のおかたにござりましょうか」

かつて平家と源氏の戦いでは、大将が名乗りを上げて一騎打ちに出るのが常だったという。坂東武者の端くれとして、声を震わせてはならなかった。腹に力をこめて叫ぶ。

「あまりに長く戦に明け暮れ、我らは多くの義に篤き志士を亡くしてまいりました。上杉宗家が仲違いを起こしたと知るや、今こそ黒白《こくびゃく》の時と決意し、この地に参上つかまつりました。しかれども、急にこのような大雪に見舞われるとは、天と神が我らの醜き争いをおなげきになっておいでのように思えてなりませぬ。上杉御一門は、いかがお考えでござりましょうか」

雪の舞い落ちる中、持助は返事を待った。

声が返ってこないのは、犬や狸が駆け出てきたからだったのか。そう疑いを抱きだした時、ようやく声が聞こえた。

「公方の首を持ってくれれば、許してやろう」

「名乗りも上げずに横言《おうげん》を吐くとは、坂東武者の風上にも置けぬ者になりまするぞ。まともに話のできる者を呼んでこられるまで、それがしはこの地を動かず、待ちましょう」

「さっさと帰れ」

「名も告げられぬのでは、己の名跡《みょうせき》を穢すも同じでありましょうな。武士であるなら、いざ名乗りたまえ」

「黙れ。簗田ともあろう者が一人で来るものか」

声に続いて、左頬の先で雪が散り、風を切る音が耳のそばを駆け抜けた。矢を射かけてきたのだった。が、持助は逃げなかった。雪に埋めた両足が凍りつこうとも動くものか。

「いかがなされましたかな。挨拶にしては物騒ですな。早く話のできる者を連れてまいられよ。それがし簗田河内守、たとえ矢で射貫かれようと、ここでお待ち申し上げます。さあ、急がれよ」

意地でも雪の中に立ち続けるつもりだった。

第四章　都鄙和睦

一

文明十年（一四七八）

上杉と成氏《しげうじ》方の和睦は、ひとまずまとまった。

漆原に陣を移していた道灌《どうかん》は、広馬場の本陣へ急いで駆けつけた。聞けば、奉公衆筆頭の簗田《やなだ》持助《もちすけ》がわずかな供回りと雪の中を歩き、和睦を持ちかけてきたという。京の将軍家との間を取り成すと約すなら、直ちに上野から兵を引こう、と。

成氏は将軍義政《よしまさ》の怒りを買ったために、朝敵と見なされてきた。上杉と争ってはいるが、もとより将軍家に逆らう意はなく、京に使者を送り続けてもいた。上杉と和睦を結び、間に入ってもらうことで、鎌倉公方の立場を守りたいと考えているのだった。

道真《どうしん》をはじめとする上杉の宿老は、長き戦を収める時は今しかないとまとまるにいたった。兵の数では大きな差があり、雪が降り止んだあとで合戦になったなら、数多の犠牲が出るのはさけられそうになかったからだ。

翌日に、広馬場の二里南に陣を布く簗田に使者を送り出した。

宗家当主の顕定《あきさだ》は、今も白井の雙林寺《そうりんじ》から動かずにいたため、道真が和睦の話を伝えに走った。その間に成氏方は、和睦を承諾したとの証を見せるため、早くも広馬場から一万二千の兵を残らず引かせたのだった。

道真は三日後に、上杉の陣に戻ってきた。苦り切った面輪は寒さのせいだけではなかった。宿老を陣屋に集めると、身を正しながらも物憂げに語りだした。

「典厩《てんきゅう》様が納得せずにおられるため、御屋形様まで受け入れがたいと仰せになられ……。まことに骨が折れた」

越後上杉の嫡男である定昌《さだまさ》は、顕定の実の兄である。長く五十子に在陣したものの、景春《かげはる》の謀反によって今は宗家と白井城に引いていた。越後の出であり、冬の戦に慣れた兵が多いために負けはしないと踏んでいたのかもしれない。

「古河の公方の言うことなど信じられぬ。料簡狭き景春に手を貸すとは断じて許しがたい。京の大乱が収まったからには、必ず加勢を得られるので、あやつらと手を結ぶなどありえぬ。そう仰せであった。言をつくして、我らの考えを訴え、ようやく得心していただけた」

当主の顕定も、多くの家臣を道連れに背いた景春を恨み、成敗すべきと言い張ったらしい。が、この和睦は成氏方と結ぶのであって、景春はふくまれていない。成氏と奉公衆が古河へ戻ったならば、あらためて兵を進めて景春を討ち取ればよい話だ。そう道真は説得を重ねたのだった。

不承不承ながらも和睦を認めた顕定は、ようやく出陣する気構えを見せ始めたという。

道真の話を聞いて、宿老らの面差しに暗い影が差した。

公方との和睦がまとまれば、この長くむなしい戦から解き放たれると信じていたが、管領顕定はまだ景春の討伐を進める気なのだった。陣城で号令を発しはするが、命を賭して戦うのは総大将の顕定ではない。

しかも、越後から加勢を得ており、上杉の見定めのみで動けるわけでもなかった。すべて越後の定昌に意を仰がねば、どれほど良策と信じられても、手を着けることはできないのだ。景春が苛立ちのあまりに背いた愚は許せずとも、その胸中は誰しもが慮《おもんぱか》れてならなかった。

顕定の出陣を待っていると、河越城に残した資常《すけつね》から予期もしない使者が訪れた。

「豊島《としま》勘解由《かげゆ》左衛門《ざえもん》、蜂起にござります。平塚城を奪い取り、江戸領内の民を襲っているとの訴えが参りました」

懲りずにまた豊島泰経《やすつね》が南武蔵で兵を挙げたのだった。

景春に与同したため、豊島兄弟の籠もる練馬と石神井の両城を昨年の四月に道灌は攻め落としたが、兄の泰経を惜しくも取り逃がしていた。

かつて平塚は豊島氏の根城であった。石神井城へ移ったあとは千葉《ちば》実胤《さねたね》に任せていたが、隠遁後は弟の自胤《よりたね》が家督を継いで、あろうことか今は景春方に与している。豊島の蜂起の裏で景春が動いていたとすれば、上杉と成氏方の和睦を知りながらも、まだ戦う気でいるとわかる。

分家当主の上杉定正《さだまさ》に実状を伝えて、道灌は資忠《すけただ》らと直ちに兵を率いて河越へ向かった。

ところが、豊島泰経はあっさりと平塚城を捨てて逃げ去ったという。

「兄上に怖れをなしてのことにござりましょうか」

河越城へ帰り着いて成り行きを聞かされると、資忠が先を案じる目になった。

「確かに……敵の策かもしれぬな」

道灌も疑念を拭えなかった。慌てて追い討ちにかかろうとすれば、景春の手勢が南や西から迫る手立ても考えられる。

「もしや、宗家と扇谷《おうぎがやつ》分家を分かつ策やもしれませぬ」

資雄《すけかつ》が鋭い読みを口にした。

顕定が倉賀野まで進んできたため、武蔵との国境に上杉勢の多くが集結していた。成氏が古河へ戻ってしまえば、景春一党で立ち向かわねばならないのだ。上杉の中で最も戦に長けた道灌をまず引き離すことができれば、勝負になる。そう考えての動きとすれば腑に落ちる。

「豊島勢と見られる八百ほどが、品川の西から南へ向かったとのことにございます」

追っ手に加わっていた十太夫《じゅうだゆう》の配下から、まもなく一報が届けられた。

やはり南へ向かったとなれば、敵は逃げたのではなく、加勢を求めに走ったと見るべきだった。

鎧を脱いでひと息つく間もなく、道灌らは本丸御殿の奥座敷に集まった。

「小机はいまだ右衛門尉《うえもんのじょう》の根城となっておりますぞ」

資常が絵図を前に切り出した。品川南の小机城は、景春方の矢野兵庫助《やのひょうごのすけ》が守っている。

成氏ら奉公衆の軍勢は武蔵成田《なりた》に陣を移した。国人衆に帰国を許したところ、景春とその与党が執拗につきまとい、和睦を捨て去れと迫っているため、その動きからも目を離すわけにはいかなかった。

いずれ道真と定正の扇谷勢が遅れて河越へ入るだろうが、その動きを知れば景春与党も何かしらの手を打ってくると思われる。

「よし。我らは急ぎ、江戸へ戻る。そこから南へくり出せば、敵の思惑が見えるであろう」

三日で江戸城へ戻り、兵を整え直した。

兵糧を倉から出して荷車に積み、あとを資雄に任せて時を置かずに出立した。足軽衆三千と騎馬五百を率いて、相模との国境に近い小机城を目指す。

すると、たちまちにして懸念が的中した。上杉との和睦を厭《いと》う景春は、ひとまず成氏軍につきまとっていたものの、道灌の動きを見るや、浅羽《あさば》の地へ兵を差し向けてきたのだった。

小机城の矢野と豊島勢が北へ進み、景春軍が南へ迫れば、道灌を両手から攻め立てられる。難敵と見た道灌を先にたたく計略なのだ。

「さすが昌賢《しょうけん》殿の孫よ」

「感心なさっておる時ではありませぬぞ、兄上」

「皆も考えをあらためよ。孫四郎《まごしろう》と被官は同門の契りなど通用せぬ、まごうことなき敵ぞ。まず我ら太田《おおた》を血祭りにすべきと決めたのだ。必ず討たねばならぬ」

成氏方との和睦を知れば、景春らも考え直すのではないか。どこかで道灌も甘く考えていたところがあった。が、顕定らの越後上杉家を払うのみでなく、道灌こそ何より邪魔な者と見定めたうえ、卑劣な策を打ってきたのだ。

「朝敵を成敗するぞ。よいな」

道灌が宣すると、資忠や重臣らが顔を見合わせた。もう戻れぬ道を景春は歩みだしている。

丸子《まるこ》の古刹《こさつ》に入ると、重臣らと車座になって打開の策を考えた。

「兄上。直ちに河越へ使者を遣わします」

そろそろ道真と定正が到着しているころ合いだった。河越から西へ兵を進めてもらえれば、南へ向かっている景春軍を少なくとも数日は押しとどめることができる。その間に小机城を攻める手立てが採れる。

「早馬を送れ。父上に孫四郎を抑えていただこう」

管領の顕定は何より景春を討つべしと言い続けていた。小机城に逃げた豊島の兵は高が知れているので、もし景春から加勢が来ないとなれば、勝負は見えている。降伏を迫れば、ともに犠牲は少なくすむ。

「古河の公方様にも呼びかける手はありますな」

資忠がさらなる一計を語った。もし成氏方の奉公衆まで動いてくれれば、見通しはもっと開けてくる。

ところが、斥候の話では、下総千葉氏の一団が景春に代わって成氏の陣所へ迫り、上杉との和睦を捨てよと訴え続けているというのだった。今は奉公衆の手勢しか成氏に同道していないため、千葉の動きを警戒して兵の送り出しを見送ることも考えられた。

思案の末に、道灌は言った。

「話をつける相手がいるとすれば、まず簗田であろう」

和睦のために動いてきた男なのだ。

河越の城下で、和睦をしきりに勧める禅僧がいたと聞いた。今思えば、簗田の配下が風聞を広めるべく、人を送りこんでいたとも思えてくる。あの男であれば、成氏への取り次ぎに力をつくしてくれよう。

「陣僧を呼べ」

資忠が早くも立ち上がり、家臣に命じた。

二

「上杉修理大夫《しゅりのだいぶ》と太田道真が河越城から出陣したとのことにござりまする」

話が違うではないか。

成田正等《しょうとう》が上杉方の忍《おし》氏を倒して築いた砦に、成氏軍はとどまっていた。その屋敷で報せを聞いた簗田持助は、驚きのあまり血が冷えた。上杉定正と道真らの軍勢が、この成田に向かっているというのだ。

和睦を反故《ほご》にする気であるのか。

「父上。上杉はあくまで右衛門尉を成敗するため、兵を出したに相違ありませぬ。早悟《はやざと》りをいたしたのでは、徒の者らが狼狽えましょう」

息子の成助が落ち着き払った居住まいで進言してきた。

持助は胸深くに息を吸った。和睦に異を訴え続ける景春は、鉢形城に戻れなくなり、今も成田の近くに陣を布いていた。が、平塚城で蜂起した豊島泰経が、道灌の動きを見て逃げ出したため、加勢すべく出立したところだった。

河越の上杉勢は、その景春を討つために出陣した、と成助は見ているのだった。

確かにそうとも受け止められる。が、和睦が成ったことで今は国衆の多くが地元へ戻り、成氏の配下は半数弱の四千ほどに減っていた。河越のみならず、上野の顕定と忠景が再び攻めてこようものなら、数では劣ってしまうのだ。

出立したばかりの景春に助けを求める手はあるものの、その時点で和睦の話は水の泡となる。いくら上杉の騙し討ちと叫ぼうが、味方の兵の数は知れており、厳しい戦になってしまう。

成氏は本陣に持助を呼びつけるや、苛立ちを宿した目で睨みつけた。

「おぬし一人の首では治まらぬぞ」

早悟りしたのでは危のうござります、と持助は息子の言葉を借りて平伏した。

「河越には和睦を約した太田道真がおるのです。無双の案者と称されし者で、礼節の誉れ高く、卑劣な偽言《ぎげん》をもてあそぶ者とは考えられませぬ。景春の動きを封じるための出陣と見るのが道理にござりましょう」

「上杉どもの腹黒さは誰もが承知しておろうが。道真は昌賢と並ぶ曲者で、江ノ島の時も卑劣な夜討を仕掛けてきたではないか。うまうまと策にはめられたと思わぬのか」

「簗田一族の首、すべて差し出しまする」

一歩も引かずに頭を下げると、奉公衆も押し黙り、持助をなじる者はいなかった。息子の成助も動じずに、倣ってただ頭を下げている。

すると翌日になって、成田の砦に持助を名指しして禅僧が訪れた。

「太田図書助殿より火急の沙汰あってまいりましてござりまする」

道灌の弟が使者を送ってきたのだ。

書状とともに話をつまびらかに聞き、持助は荒む胸をなで下ろした。やはり景春の動きを封じるための出陣だったのだ。成氏軍が動いてくれたなら、景春の討伐がめでたく叶う、と加勢をも求められた。

急ぎ成氏に伝えたが、その面持ちは硬いままだった。

「右衛門尉を討つなど法外である。我らばかり損を被りかねぬぞ。仮に将軍家との和睦が流れた時には、右衛門尉ほど頼りになる者はおらぬ。最良の後ろ盾となる男であろうが」

成氏はまだ上杉を心の底から信じられずにいるのだった。

公方の座にあった父を葬り、厚顔にも関東を手中に収めてきた。将軍家に和睦の話を取り次がず、兵の加勢を得られたなら、景春も公方も怖れるには足りぬ。そう悪辣な計略を胸に秘めていないと誰が断じられるものか。

成氏の懸念を小心と笑い飛ばせはしなかった。過去にも和睦を破って戦を仕掛けた卑怯な輩の話は、平氏や源氏の戦いのころから枚挙《まいきょ》に暇《いとま》がない。兵とは詭道であり、戦は相手の裏をかいてこそ、勝利を手にできるのだった。

「のちの後ろ盾に使えると思われるので、右衛門尉を討ち難し。そう正直に伝えるわけにはまいりませぬ。聞こえの立つ由がいると申せましょう」

兵が乏しく戦えぬ、とも正直に言えなかった。景春を止《とど》めようにも、聞く耳を持っていないだろう。床を睨んだまま思案にふけると、成氏の気負い立つ声が聞こえた。

「ひとつ思いついたぞ。右衛門尉を追いつめる策を採るしかあるまい」

「いかに……」

持助は面を上げて成氏に問い返した。

そうそう至便の策があるとは考えにくい。

「よいか。豊島さえ兵を収めたなら、扇谷分家の領内は静まり、右衛門尉は孤立しよう。我らに与すると誓えば、必ず修理大夫を説き伏せて所領を安堵しよう。そう豊島に伝えるのだ」

石神井と練馬の城を道灌に落とされ、豊島泰経は先代から守ってきた所領と弟の命までを奪われた。せめて昔ながらの地を取り戻せると知れば、必ずや景春の下から離れるに違いない。そう成氏は考えたのだ。

が、上杉がそもそも応じるわけがなかった。あくまで説き伏せるための申し合わせにすぎず、豊島が信じるとも思いにくい。そう案じていると、成氏が持助の目を見すえてきた。

「重臣が使者として向かわねば、豊島は耳を傾けまい。頼むぞ、持助。再び伝令役を務めてもらおうではないか」

おまえがまとめた和睦のためであるぞ。

多くの奉公衆が目に安堵の念を映しながら、持助を痛ましげに見やっていた。

道理に適わぬ命を果たすため、持助は二十人の手勢のみを率いて小机城へ急いだ。

先に早馬を出し、成氏の奉書を届けさせておいたが、正式な断りの返書を持って、宿とした寺に早々と使者が帰ってきた。上杉と和睦を結んだ成氏は、景春に与した豊島からすれば、今や敵と変わりないのだ。奉書を送ろうとも、話を信じるはずはなかった。

すごすごと成田の陣に戻るわけにもいかず、再度の使者を送ったが、今度は矢を射かけられて、追い返された。これでは埒が明かなかった。

しかも、河越の上杉勢に攻め立てられた景春が、早くも成田の砦に戻ったという。成氏と千葉輔胤《すけたね》に加勢を求めるためだった。

上杉からも出陣を請われていた成氏は、いずれに加担するわけにもいかず、困り果てたろう。その間に、太田道灌は易々と小机城を落とし、豊島勢を滅ぼしてみせたのだった。

持助は豊島を説得するどころか、道灌の手並みを見せつけられて、悄然《しょうぜん》と成田に戻るしかなかった。

道真に出陣させておいて、弟の資忠が成氏のもとへ使者を送る。景春に手を貸されては困るため、先に同じ依頼をしておき、成氏方の動きをあらかじめ封じたうえで小机城に向かう。すべて道灌の策の内であったと、今さらながらに感心させられた。

してやられた景春は、成田の砦で荒れまくった。家臣が諫めようとも、成氏が兵を出さなかったために大切な小机城を失ったと言いつのった。あげくは、成氏に会わせろと砦内の屋敷へ押しかけもしたのだった。

成田での騒ぎをよそに、道灌は二宮城で蜂起した景春方の大石《おおいし》憲仲《のりなか》を降伏させて、南武蔵をほぼ一人で平定した。さらに糟屋の扇谷分家の兵と示し合わせて、相模の景春勢をもたちどころに一掃したのである。

驚くべき早さで小田原城を巧みに攻め落とすと、城主の大森《おおもり》成頼《しげより》は箱根へ逃げ去った。道灌は悠々と城へ入り、庶家の大森実頼《さねより》を新たな当主に据えたという。

七月に入ると道灌は、景春が本城としていた鉢形を攻めるために、荒川を越えて成氏らのいる成田の砦との間に陣を布いた。秀でた家臣がいるにしても、目を見張るほどの早業だった。どうしてそこまで自在に兵を操れるのか。

御所での評定を終えたあとで、成助がそれとなく耳打ちしてきた。

「父上。我らも足軽を鍛えねばなりませぬ。京の大乱でも、身軽な出で立ちの兵が重用された、というではございませぬか。道灌殿は城内で絶えず兵を競わせていると聞きます。扇谷分家は相模のほかにも南武蔵に所領を広げているうえ、江戸はもちろん、品川に神奈川という大きな湊を抱え、商人らから巧みに税を集めてもいます。ゆえに、多くの兵を常から集められるとの評判にございます」

和睦を進めるために、成助は道灌に近づこうと江戸や河越に手の内の禅僧や商人を送りこみ、城下の評判を聞きつけていたのだった。

上杉は将軍家とのつながりを保つため、京の習いに通じていた。さらに道真と道灌は多くの連歌師を手厚く持てなしているとも聞いたが、ただ歌を好んだのでなく、京の室町殿で何が起きているかを知ろうという狙いが隠されていたのだ。

武威をただ誇るだけの古めかしい気立ての坂東武者ではなかった。真の知恵を有するとは、絶えず学びを忘れまいと己を戒める心あってのことなのだった。

道灌が兵を差し向けてきたことで、景春がまたも成氏に出陣を迫ってきた。が、持助は対面すら拒み、あくまで奉行人を間に入れた。

管領の顕定は、上杉宗家の所領を守ることしか考えておらず、必ず和睦を反故にして、成氏に牙をむくであろう。岩松が背いたことを恨み、足利や新田の領地を狙っているから、白井城や鎌倉へも戻らずにいる。そう執拗に進言してきた。

　上杉との和睦から早くも半年近くがすぎていた。成氏でなくとも懸念を抱きたくなるころだった。屋敷の大広間に奉公衆を集めると、成氏が皆を見据えつつ問いかけた。

「京からの便りは依然もたらされてはおらぬ。上杉めの話を信じられると思うか」

　和睦を勧めた持助に、居並ぶ義臣らの目がそそがれた。

　臆した様を見せるわけにはいかなかった。持助は深く腰を折った。

「畏れながら申し上げます。この半年を、長いと思うか、まだ半年あまりと受け止めるかによって、捉え方は変わってまいりましょう。京へ使者を送るにしても、相応の饗応をせねば、御所の重臣に取り次いではもらえませぬ。一朝一夕に進む話ではないと思われまする」

「遅すぎる。取り次ぎに時を要しているとの報せすら寄越さずにおるのだぞ」

　今や長老となった野田氏範《のだうじのり》が持助を睨むように言った。

「河内守《かわちのかみ》殿、そなたは忘れたのか。江ノ島の合戦に打って出るしかなかったのは、当時の管領が細川《ほそかわ》への奉書を取り次がず、あげくは職を辞するとまで言って、鎌倉府の務めを軽んじたからであるぞ。こたびも同じと思わぬのか」

　また埒もない理屈をつけて、将軍家に話を取り成さず、和睦を蔑ろにする気ではないか。過去の事例はいまだ奉公衆の胸を冷やす重石となっている。

「今こそ、この砦に多くの兵を呼び戻す時ではございませぬか」

「公方様が号令を発せられたなら、多くの兵が血気に燃えて再び馳せ参じるに違いありませぬ。

しかれども、すなわち和睦を捨て去ったからなのだと、上杉は受け取りましょう。まだ半年なのです。公方様から和睦の道を捨て去ったのでは、長い戦がようやく終わると安堵した多くの者がなげき、我らを見限るやもしれませぬ」

　ここに集う側近も、戦には厭《あ》いているはずだった。再び戦いの日々が始まるとなれば、上杉は急いで将軍家に加勢を求める事態となる。

「さらに半年を耐えるか。それとも、直ちに和睦を捨て、終わりの見えぬ戦をこの先も果てしなく続ける覚悟であるか。どちらを選ぶのが関東のためになると思われるでありましょうか」

「このまま上杉を信じていては、寝首をかかれるだけになりはせぬかな」

　直臣の設楽《したら》成兼《しげかね》までが疑念を放った。

「とくとお考えください。太田道灌は相模と武蔵の謀反人を葬り、鉢形城に迫っております」

　持助がその名を告げると、成氏が大きくうなずいてきた。

「そうか……。道灌にとくと働いてもらおうということであるな」

「仰せのとおりにござります。右衛門尉は与同の国衆を道灌に成敗されたと知り、公方様を頼るしかなくなったのです。ゆえに、この砦を離れず、執拗に我ら奉公衆をそそのかし、奉行人の中にも和睦を疑って狼狽える腰の据わらぬ者が出る始末にござります。我らが結束して上杉を信じていくには、何より右衛門尉を払うべきと考えるほかはなし。そう我らの一存を道灌に訴える手はありましょう」

　将軍家との仲立ちが遅れているのは仕方なくとも、上杉としての決意をあらためて示してもらいたい。和睦を一義とするため、景春への加勢は絶対にしてはならない、と成氏は言い続けている。上杉の側にそうあらためて訴えるのだ。

「道灌が鉢形城に迫ろうものなら、右衛門尉は直ちに兵を出すしか、できることはありませぬ。あの者らがこの砦から離れたなら、我らは直ちに本領へと戻り、厚く守りを固めにかかればよいのです」

古河への帰還ができれば、兵糧の運び入れに気を配らずともすむし、さらにもまして兵をつのる手立ても採れる。万が一にも和睦が流れた際への備えを、抜かりなく進めておくことができるのだ。

「道灌と渡り合える者となれば、そなたしかおるまい」

そう成氏に思われるのは名誉であったが、持助は首を振った。

「それがしが赴くのも一手ではありましょう。しかれども、我らの心根に偽りなしと示すには、八郎を送るべきかと考えまする」

「そなたの息子を……」

成氏が驚きの声を上げた。奉公衆が末席に端座する成助《しげすけ》を振り返った。

持助は息子を見ずに、告げた。

「我が嫡男を遣わすからには、決して人質に取られるとは考えてもいない。上杉一門と道灌という武士を信じておるとの証となるに相違ありませぬ」

間をおかずに、背後から成助の張りつめた声が聞こえた。

「必ずや務めを果たしてまいりましょうぞ。それがしにすべてお任せいただきたく存じまする」

三

その夕刻、道灌と五千の兵は、扇谷分家の配下にある上田氏が守る松山の陣城に入った。すると、夜になって大手門を激しくたたく者があった。成田の砦からの使者であるという。

訪ねてきた者の名を聞き、道灌は疑念を抱いた。簗田中務少輔《なかつかさのしょうゆう》成助であるらしい。奉公衆筆頭と言える簗田持助の嫡男だった。

受け取った書状を開くと、成氏の花押《かおう》とともに、中務少輔成助を名代として遣わすと記されていた。添文には、簗田持助の名とその花押も並ぶ。

道灌は身支度を整えると、本丸館の奥座敷に使者を通した。

二人の供回りをしたがえて回廊から姿を見せた男を見て、道灌はすべてを承知した。

もう二十数年も前に鎌倉御所で相対した男の顔が、そこにあったからだ。持助は道灌より十歳上だったので、今年五十七歳になる。その若いころと瓜二つであるのだから、嫡男に疑いはなかった。

和睦のために自ら雪の中を歩いたうえ、今度は息子を使者として送ってきた。上杉と道灌を信じているから、心置きなく総領息子を遣わすことができる。そう伝えるための使者でもあるのだった。

蹌々《そうそう》たる所作で敷居の近くに端座した成助が深々と頭を垂れた。

「このような夜更けに前触れなく訪れたにもかかわらず、快く面晤《めんご》いただきましたこと、まこと祝着の限りにござりまする」

「それがしの弟が以前に申しておりました。扇谷分家の所領を守っていくには、どちらの公方様と結ぶべきか、とくと考えてはいかがでしょう。そう城下の禅僧から家臣が進言されて、深くうなずかされたことがある、と。あの禅僧は、そなたらが手配した者でありましょうな」

　京の和睦が成ったので、いずれ伊豆の公方が正統な関東の盟主に任ぜられて鎌倉へ入る。が、その時には再び上杉と所領をめぐる諍いが起きるのではないか。ならばいっそ、今のうちに古河の公方と和睦を結べば、多くの所領は守れるとの目算が立つはず。

　ただし、景春の蜂起があったため、またも戦に追われる日々となり、和睦の勧めは頭から消え去っていた。ところが、いざ成氏方との決戦を間近にして突然の大雪に見舞われると、和睦の話を持ちかけられ、そして今また簗田の嫡男が送られてきた。

　成氏方で和睦の意を取りまとめたのは、簗田親子なのだ。奉公衆として成氏を支えながら、あまりにも長くなった戦を憂いたための、やむなき決断であったと推察される。

「畏れながら申し上げます。すべては公方様の采配にござりまする」

　成氏の臣下としては、自らの手柄であると誇るような言い方はできない。見事な返答と指先まで行き届いた所作を見れば、持助の教えと躾が偲ばれる。自分は資雄に納得できるものを授けられているか。そう今あらためて思わされた。

「さらに申し上げるならば、公方様は上杉家を疑うことなく、将軍家との和睦は成ると信じておいでにござります。しかれども、今は手負いとなった右衛門尉殿が執拗に出陣を迫ってきて周囲の道をふさぎ、古河へ戻ることはもちろん、成田の砦から動くことすらできずにおるのです」

簗田成助は迷う様も見せず、すべやかに言葉を並べ立てた。

景春は五十子の時と同じように、また道をふさいでいるらしい。彼らが邪魔立てに出てきたので、どうかこのまま鉢形城を攻めてもらいたい。我らは上杉との和睦を守り、決して景春と手を結ぶことはない。そう伝えるために訪ねてきたのだった。

将軍家への取り成しがどこまで進んでいるのか、問いただしたい気持ちはあるのだろう。が、ただ上杉を信じるとくり返すことで、必ず約束を守れと無言で念押しをしているのだ。

宗家が将軍家との取り成しを進めているのかどうか、道灌は何も聞かされていなかった。かつて長尾景信が京へ赴き、細川を通じて将軍家に加勢を求めた。が、その弟で家務を継いだ忠景が自ら京へ向かうことまではしていない。

我らは何があろうと上杉を信じる。話を持ちかけた簗田のみでなく、成氏の切なる望みである。そう真摯な目が訴えてくる。

和睦を約した一方であり、上杉の宿老として無下に断るわけにはいかない。そう道灌に思わせるため、総領息子を使者としたのだ。実に考え抜かれた策であり、感心するほかはない。

「承知いたしましたぞ、中務少輔殿」

「ありがたき幸せにござりまする」

「早々に陣へ戻られ、公方様にお伝えくだされ」

道灌が言うと、目が驚きに揺れた。人質として留め置かれるものと考えていたらしい。

我らも公方と奉公衆を信じておりますぞ。そう伝えるためにも、成助を送り返すのが、武士としての義と礼節に思えたのだ。

成助はなお深く頭を下げ、礼の言葉を告げた。

「こたびの恩義に報いるべく、武士として恥じぬよう、父ともども心がけてまいりまする」

簗田成助との契りを果たすために、道灌は翌朝早々に四千の兵を率いて松山の砦を出て、荒川を越えた。残る一千は後詰めとして、周りの動きを見てから進ませることにした。

鉢形城に残る敵は少ないだろうが、城攻めにかかったところで東から景春一党に攻められては難儀となる。そこで北へ進み、成田の南に布かれた景春の本陣を先にたたくと決めた。

道灌の軍勢が攻めてきたとわかれば、背後の砦に籠もる公方と奉公衆に加勢を求めるのは見えていた。が、簗田成助が誓ったとおり、決して兵を出すことはない。頼みの成氏に見放されたとなれば、景春方の兵は消魂《しょうこん》し、狼狽え惑うに違いなかった。

「敵は鉢形城へ逃げるでありましょうな」

資忠が先読みを語った。ほかには手はないだろう。

「あやつらの前をふさぐべく兵を動かしてきたと見せかけておき、足軽と騎馬の一団を後ろへ回りこませる。頼んだぞ、資忠」

「はい。たとえ鉢形城から加勢が出てこようと、駆けつける前に討ち取ってみせまする」

資忠に最も素早く動ける精鋭の足軽衆を預けると、道灌は先に景春の本陣へ兵を進めた。

こちらの動きを警戒していたと見え、早くも先陣が打って出てきた。が、徒の者ばかりで騎馬は少ない。どうやら景春は道灌の策を読み、供回りと逃げることを決めたらしい。

「父上の読みどおりにござります。それがしにお任せを」

敵の始末は資雄に任せた。先陣でありながらも、尻払《しっぱら》いの役目を担わされた者に、どだい覇気などなかった。手もかからずに、軽く打ち払えた。それでも少しは足止めを食らわされたため、景春の本陣はすでに蛻《もぬけ》の殻《から》となっていた。

「これより直ちに西へ向かい、鉢形城を落とす。心してかかれ」

敵の動きは読めていたので、道灌は即座に家臣を集めて命を下した。

資忠の軍勢を待たずに、南へ引き返しにかかる。再び渡河して、鉢形城を目指すのだ。

斥候に出した十太夫からの報せでは、景春一行が鉢形城へ向かったとは考えられないという。行く手に伏兵も見当たらず、残された敵は城の守りを固めに入ったらしい。

三方を川に守られた台地の上に鉢形城はあった。攻め落とすには時を要すると思えるが、搦め手さえ押さえてしまえば、城への出入りは絶てる。徒弓をずらりと並べて脅しつけたうえで降伏を勧めたが、返事もしてこなかった。

「さあ、いかに落とすか」

道灌は麓に陣を布き、腰を落ち着けた。

焦って攻めたのでは味方に犠牲が出る。敵の兵糧を絶つべく、三方の川にも見張りの者を手配した。あとは資忠の軍勢を待ちながら、攻め落とす策をじっくりと練ればよかった。

四

道灌という男の才覚には、うならされるほかなかった。驚くほどの早さで成助を送り返してくると、その翌日にはもう景春の陣に大軍で襲いかかったのだ。

助けを求めに来るのは見えていたので、返事をにごしていると、景春は供回りと陣を捨てて逃げ出した。あとを追う手もあったろうが、道灌は身を翻すように南へ進むや、鉢形城を落としてみせたというから、ほとほと感心させられる。

奪い取った城には、上野から顕定と忠景を呼び、武蔵においての宗家の本城としたのだ。

しかも、道灌は江戸に戻らず、自らが上野へ乗りこんでいった。その間に持助は成氏を無事に古河城へ戻すことができたのだった。

道灌が上野へ向かったのは、岩松《いわまつ》家純《いえずみ》が景春の蜂起とともに成氏方へ背いたことを戒めるためだと知れた。

上杉と成氏の和睦が成ったために、違約した岩松もすでに敵ではなくなっていた。そこに道灌が大軍を率いてきたとなれば、岩松としては出迎え、相応の饗応をせねばならなかった。このままおとなしく帰服を誓うのであれば、許してやらぬこともない。そう伝えるために、道灌はわざわざ岩松の金山城へ遠行したのだった。

岩松はよほど肝を冷やしたようで、家務の横《よこ》瀬《せ》国繁《くにしげ》を道灌の陣へ向かわせて、名刀や漆器などの贈り物までしたと聞く。さらに道灌は金山城まで赴いたうえ、和議の件にはまったく触れずに、詩歌の話を家純らと楽しんだらしい。

しかも、見送る際には横瀬の嫡男である成繁《なりしげ》が道灌の陣までつき添った。持助が息子を使者に向かわせたのと同じで、人質として送り出したのだ。

もちろん道灌は、自分が本陣へ戻ると、成繁を解放して金山城へ帰した。再び背くことはないと信じているぞ。そう家純と横瀬に言いおいたのである。

「この長き戦で、幾人もの領主が不忠に走りながら、厚顔にも機を見て再び頭を下げてきております。困難に際した時こそ、人の器の深さが顕わとなるにしても、悲しくてなりませぬ。道灌殿こそ、まことの人物と申せましょう」

成助は身内の不義をなげき、道灌を褒めそやした。

思うことはわかるものの、持助は息子を窘めた。

「口は災いの元であるぞ、八郎。道灌殿は岩松の城に乗りこんでも、決して脅しの言葉は口にしなかったというではないか」

「見事なさばきには、ただただ頭が下がります」

「よく覚えておけ。たとえその者に後ろ暗さがあろうと、表立って非難されれば面白くはない。ましてや悪し様に罵られれば、心根に恨みの念が芽生えよう。人の心がわかっておるから、道灌殿は岩松に苦言を呈しはしなかったのだ。いらぬ口は慎むことぞ。讒言《ざんげん》ほど卑しき者の間に広まりやすいのだ」

「しかと心得おきます」

深く頭を下げて言ったあと、成助がふいに動きを止めた。

「それにつけても道灌殿は、戦にすこぶる強いのみでなく、人の心にも深く通じられております。感心するほかはなく、蜀漢《しょっかん》の宰相であった諸葛孔明《しょかつこうめい》のようなおかたに思えてなりませぬ」

唐の国の三国時代に名を轟かせたという英雄だった。その知略によって大国と渡り合い、劉《りゅう》備《び》玄徳《げんとく》を蜀漢の帝位に就かせた。足利学校で開いた軍学書でも、その偉業は讃えられていたものだった。

確かに道灌は、東国の諸葛孔明と呼ぶに相応しき漢《おとこ》に思えてくる。

「多くを学ぶのだぞ、八郎。苦難こそが才を鍛え、人の技量を教えてくれる」

「それがしも息子に今の言葉を伝えていきたいと念じまする」

成助は迷いのない目で、父に深くうなずくのだった。


御料所の稲穂がたわわに実をつけても、上杉宗家や将軍家から和睦の進み具合を伝える便りは届かなかった。成氏は古河城へ戻ったことで落ち着きを取り戻し、ひとまず苛立つ様は見せずにいたが、上杉のほかに将軍家への取り次ぎを請う手立てはないか、禅僧を呼び寄せては話を聞く日々だった。

十一月になって、ようやく上杉から使者が訪れた。が、待ち望んでいた報せではなく、和睦に反する動きを封じるため、奉公衆に出陣を求めてきたのだ。

つまり、いまだ成氏の周りには上杉との和睦に抗い、本領へ兵を返さぬ者がいる。その者らを成氏が許しているように見えるため、上杉家中には将軍家への取り次ぎを急ぐべきではない、と言う者が多いのだった。

中でも、下総の千葉孝胤《のりたね》は、流山《ながれやま》の長崎《ながさき》に新たな砦を築いて居座り、葛西や江戸の近辺で騒動を起こしていた。こういう輩を見すごしておくわけにはいかず、上杉が兵を差し向けたいと考えているが、いかがなものであるか。

下総の千葉輔胤は、成氏の加勢もあって千葉氏の嫡流を追いやったうえ、景春の蜂起に乗じて息子の孝胤を武蔵へ送りこんでいた。今なお成氏の奉公衆を名乗っているため、許しなく討伐の兵は出せないと見たのだろう。

このまま成氏は、千葉輔胤親子が江戸の周辺を荒し回るのを見て見ぬ振りをするわけか。一門を納得させるためと称して、そう上杉は訴えてきたのだ。

成氏は明らかに迷う様を見せた。

七年前に上杉軍の攻めを受けて、成氏はやむなく古河城を離れた。その際、千葉輔胤の加勢を得られたから、すぐに古河へ戻ることができた。苦しい時に最も尽力してくれた忠臣の最たる人物だった。

千葉氏は元来、上杉方の盟主であったが、庶流の輔胤が家臣と背いて家督を奪うと、成氏方へ身を転じた。上杉から見れば、いまだ武蔵の領内で騒乱を続ける不届者なのだ。その千葉を成氏が戒めもせずにいる限り、上杉一門は承服できない。

千葉の討伐を認めることは、古河の公方が上杉と固く結んだ事実を関東に知らしめる意を持つ。上杉の真の狙いは、そこにある。

成氏は盛んに首筋をなで回し、思案に暮れた。

「千葉を失えば、後ろ盾は心細くなるばかりであるな」

長尾景春はすでに秩父へ逃げ去った。そのうえに千葉を討伐されれば、頼れる武門は限られてくる。和睦のためという理屈をつけて、この機に成氏の配下を切り崩そうと狙っているのではないか。景春を追いやった今、上杉は窮地を逃れ、次なる強《したた》かな策に出てきたのだ。

成氏が悩ましげに持助を見た。どう考えるか、本意を問われていた。

「今や右衛門尉は多くの兵を失い、与同していた国人もほぼ上杉の旗下に戻っております。五十子陣を追われてから二年で、上杉は礎《いしずえ》を盤石にしたと申せましょう」

そのすべてが太田道灌の手柄なのだ。景春を追い払ったうえ、たちどころに相模と武蔵を平定してみせ、もはや道灌に敵《かな》う者は関東の地にいないと言えた。

「そなたは千葉に兵を出せと申す気か」

古手の奉公衆が訝しみの目を向けてくる。

「証《あかし》のためにござります。そこらの奉公衆とは違い、関東を治めるべきおかたであられるから、一度約した和議を公方様自ら破ることは断じてない。そう多くの坂東武者に知らしめねばならぬと申せましょう」

「千葉は手強き相手ぞ」

成氏が声を落として言い、側近らを見回した。

千葉は乱に乗じて下総のみならず、上総までも平らげつつある。今は公方の御料所に負けない田畑を広き領内に持つため、多くの兵も集められる。

「おそらく、兵を武蔵から引けと千葉に命じても、動きはしないでしょう。公方様の命に背いたとなれば、たとえ我らが兵を差し向けても、面目は失われませぬ」

持助の読みに近臣らは一様にうなずきはしたが、いざ戦うとなれば、苦難はつきまとう。

「それがし自ら出陣いたしまする」

持助は面を上げ、胸を反らした。上杉に和睦の取り成しを進めさせるには、この情願を聞き入れて、誰かが兵を出さねばならないのだ。

「そうか……行ってくれるか」

野田や二階堂が正直にも安堵の目を寄せた。

彼らが動かぬことはわかっていた。が、それなりの重臣を送らねば、上杉は決して納得しない。それより何より、持助にはふくむところがあった。

千葉をたたくとなれば、江戸を守る太田道灌が必ず乗り出してくる。あの男の真の器量と手並みを、自分の目にて、しかと見定めておきたかったのだ。

成氏までが背の重荷を下ろしたかのように息をついた。

「行ってくれるか。では、任せたぞ、河内守」


秋の収穫を終えるころ、戦の支度が調ったと上杉から伝えられて、持助は一千五百の兵を率いて関宿城から出陣した。

成助は同道すると言い張ったが、古河御所の動静をあまねく知っておくためにも、身内の者を残しておきたかった。千葉の討伐に手こずれば、上杉が将軍家への取り次ぎを疎《おろそ》かにしかねず、そのことに憤る奉公衆が不穏な動きに出るかもしれない。成氏におかしな注進をする者がないよう目を光らせておかねば、和睦への道はさらに遠のきかねないのだ。

道灌は隅田川を越えて葛西へ入ると、太日川を渡って国府台《こうのだい》に陣を布いた。

扇谷分家のみでなく、上杉に再び帰服を誓った岩松家純も一千の兵と参陣していた。言葉で帰服を誓おうとも、戦いぶりで示さねば上杉家中の者は信を置かない。そう伝えて出陣をうながしたと思われる。岩松は懸命に戦うしかなく、こういうところにも道灌の人扱いのうまさが表れていた。

持助は三日遅れて国府台に着陣した。すると、道灌自ら陣小屋を出て、持助を迎え出た。

「宿老筆頭の河内守殿が御出陣くださること、まことに祝着至極にござります。この陣に集いし一統すべてが心震わし、感じ入っておりまする」

かつて鎌倉御所で見かけた道灌は、まだ元服したばかりの若人だった。が、剃髪した頭を行人包で覆い、見るからに礼智《れいち》を備えた不惑の武者になっていた。

土塁の中へ進むと、木楯を壁にした仮小屋と陣幕が並ぶ。その前で、岩松家純と家臣が深く頭を下げていた。景春が蜂起した際、一度は成氏に恭順を示しておきながら、今は上杉方にしたがっているのだから、当然の所作と言えた。少しは道灌を見習い、礼節と忠義の心を学んでもらいたいものだった。

家純の横には、千葉輔胤と家督を争ってきた千葉自胤の姿もあった。まだ三十路前の壮年ながら色白で肩幅も狭く、いかにも上杉という大樹を頼るしかない男に見えた。

道灌は、弟の資忠と養子の資雄をともなっていた。父親の道真や当主の定正は参陣しておらず、河越と江戸で景春らの動きに備えているのだろう。

「庶流千葉勢はすでに平山城《ひらやまじょう》を出て、長崎の砦へ向かっております」

絵図を前に敵の実状を説いてみせたのは、若い資雄だった。自胤も参陣しているために、敵は庶流であると気遣うことまでができている。

「兵の数はわかっておるのか」

道灌が問うと、すぐに資雄が応じた。

「平山城を出たのは三千ほどであろうと思われます。明日には詳しい報せが斥候から届く手はずになっております」

「長崎砦を守る者はいかほどであるか」

「二千はおりませぬ。ゆえに急ぎ加勢を向かわせたのでしょう」

すでに数では上杉勢が勝っていた。敵はまだこちらの陣立てをつかめておらず、手始めに三千ほどを送ってきたと考えられる。

「後詰めを差し向けられる前にたたくべきでしょうな」

道灌が言い、持助を見た。決断が早い。臼井《うすい》や佐倉《さくら》の城からも兵が送られてくるかもしれず、敵の先陣が到着して守りを固める前に攻めたほうが確かに得策だろう。

「出陣前には三献《きんこん》の儀のみ執り行いたいと考えまする。ここは河内守殿が大将の務めを果たすべきと話はまとまっております」

道灌が当然のような口ぶりで言った。公方の直臣であり、年長でもあるのだから、総大将をお願いしたい。そう静かに頭まで下げてきた。

「いいえ。ここは道灌殿が務められるべきでございましょう」

「それがしは陣頭に立ち、軍配せねばなりませぬ」

こともなげに道灌が言った。

その平生《へいぜい》ぶりを見て、持助は驚きに声を失った。道灌とて齢五十が近い。資忠や岩松をともなわせながらも、いまだ自ら陣頭に立つ気構えなのだ。

道灌は足軽兵を巧みに操ると聞く。戦場に立って両軍の動きを見たうえで即座に指図するから、兵を思いどおりに動かし、勝機をつかむことができるに違いなかった。

「我らの陣太鼓と法螺貝の合図が、少々こみ入っております。のちほど図書助《ずしょのすけ》が詳しくお伝えいたしますので、家務はどなたであるか、お教えいただければ幸いにござります」

退却の合図はもちろん、陣形ごとに動きの流れが決められていた。右や左への回りこみに、示し合わせての斬りこみ、伏兵の動き出しまで、細かな違いがあった。常から兵を鍛えておかねば、指図どおりに動けるわけもない。

「河内守殿の軍勢は、右翼の備えをお願いしたく考えておりまする」

弟の資忠が絵図を前に持助の家臣らに告げた。すでに敵の居所に、辺りの地形と動ける方角までが矢印とともに描かれていた。

相模と武蔵の景春勢をたちどころに征伐できた事由《じゆう》が知れた。早く古河に戻って成助に太田軍の戦の作法を教えてやりたい。

持助は今さらながらに幸運を感じた。この男がもし五十子陣にいて指図していたなら、成氏は古河を追われたまま、流浪の公方になっていただろう。

二日後に、三里ほど南の境《さかい》根《ね》原《はら》に敵が進んできたのを見るや、道灌は全軍を前に押し出した。

持助は名ばかりの総大将として、陣幕の前から道灌軍の戦いぶりを見ているだけでよかった。自分の兵が足手まといになってはいまいか、と危ぶみたくなるほど、道灌の攻めは見事だった。

中でも最も目を見張らされたのは、騎射《うまゆみ》の一団だった。

すべての馬が煉革《ねりかわ》をまとい、五人ほどが木楯を持って、三人の射手を守って進む。槍衾の後ろから矢を射かけるのではなく、警固の騎馬が先導しつつ自在に戦場を駆けめぐっていく。形勢の悪い一角があれば加勢に走り、敵の猛者に狙いをつけて弓で倒すのだ。徒弓では近づけない相手にも素早く迫ることができる。

道灌の軍配によって兵は足並みを乱さず、一体となって動く。驚くほどの速さで引いたかと思えば、別の一団が左右から攻め上がる。とても奉公衆の兵では、ここまで素早く動けなかった。日々の鍛錬が違いすぎる。

これほどの軍配者が上杉にいたとなれば、和睦を申し出たのは正解と言えた。とても奉公衆に勝ち目はなかったろう。長尾景春のように、いずれは追い払われていたに違いない。道灌の手並み、恐るべし。

決着は早々についた。千葉方は多くの兵を失い、見る間に退却していったのだった。

五

やはり千葉はなかなかに手強かった。

境根原で千葉孝胤の軍勢を追い払ったまではよかったが、敵は東へ逃げると、臼《うす》井《い》城《じょう》に立て籠もった。

すぐさま追いかけたが、臼井城は海のように広い沼とふたつの川に挟まれた高台に築かれていた。千葉に雷同する下総の国衆が周りに根を張り、道灌らが軍勢を進めると、突如どこからともなく敵が現れ、立ちふさがった。

臼井城を兵糧攻めにしようにも、洋々たる沼や川を経て船で米を運び入れることができるのだ。こちらも船を使いたいが、江戸から持ち寄るには時を要するため、打開の手立てが見つからなかった。

城攻めにこだわるは戦の愚、と孫子《そんし》の兵法にも記されていた。資材と労苦を費やしながらも、時と人の命を失いやすい。ここは我慢のしどころだった。

昨秋からの長い出陣となり、いつまでも簗田持助の兵を留め置くわけにはいかなかった。あとは我らにお任せください。そう伝えたところ、持助は成氏の命として近くの寺社に千葉方へ手を貸すことを禁じるとともに、新たに年貢の取り立てを命じた。

道灌らが兵糧に困ることのないよう手を打ってから帰国の途についたのだから、感謝の念に堪えなかった。

遠巻きに囲みながらも、臼井城を落とす策は見出せず、道灌は鉢形城の顕定に使者を送った。天子御旗を持って出陣いただければ、下総の国人が千葉親子を見限ると考えたのだ。

ところが、案に相違して顕定からの返事はつれなかった。武蔵や上野では景春の一味がいまだ騒動を起こしているため、その討伐に天子御旗は欠かせず、出陣は難しい、と言ってきたのだ。

「父上。下総の討伐は、あくまで太田の一存で決めたものと、御屋形様は考えておいでなのでしょうか」

借り上げた寺の法堂で、資雄が不平を隠さずに言った。

「声が大きい」

資忠が鋭い目つきで窘めた。この陣中には、岩松や千葉自胤の手勢も往き来していた。上杉に新たな内紛ありと思われたのでは厄介なことになる。

宗家としては、輔胤親子の成敗を果たしたなら太田家の所領がさらにも増えると見ているのだろう。江戸は武蔵の領内にあり、その守護は本来、顕定なのだ。天子御旗を道灌に与えたのでは、上杉軍の総大将と認めることになってしまう。そうひがむに等しい危惧を語る者がいたと推察できる。

「困りましたな……」

資忠までが小声でつぶやき、眉間に皺を寄せた。

「仕方あるまい。それがし自ら赴き、下総攻めは決して太田家のためではないと、二心なきところをお伝えしようではないか。それでも動かぬとなれば、手を引けばよい」

「父上……」

ここまで戦っておきながら兵を引く気ですか、と資雄が目を据えてくる。

「なに、千葉は当分、武蔵へ押し入ってはこぬであろう。今、上杉に不和を広げるわけにはいくまいて」

景春の討伐がまだ終わっていないのだ。宗家の重臣らの機嫌を損ねては、兵の士気にもかかわってくる。管領顕定の意を確かめたうえで、太田も動かねばならなかった。

道灌は資忠に総大将を託して、一時の帰国を決めた。

その間、千葉自胤には両総《りょうそう》の国人を先に攻めさせた。もとは下総と上総をしたがえる名家だったため、いまだ馴染みの者は近在に多い。主家を乗っ取った千葉輔胤の威勢に怖れを抱き、仕方なくしたがっていながらも、不満を持つ者はいると見て、調略を進めさせたのだ。

先に早馬を鉢形城へ送ったうえで、道灌はわずかな供回りと陣を離れた。

江戸城に帰り着くと、すでに顕定からの返書が届いていた。

今は出陣できない。そう祐筆が記しただけの簡粗な書状だった。

「わざわざ足を運ぶまでもなかったらしい……」

目を通してまず、吐息が洩れた。下総での戦いをねぎらうどころか、門戸を閉ざすに等しい扱いではないか。

道灌は荒む心を持て余し、書状を破った。

秩父へ逃げた景春がいつ攻めてくるか、怖れているのはわかる。が、顕定の麾下には、生家である越後の軍勢も同道し、充分に兵は足りているのだ。逃げた景春が、万を超える兵をつのれるわけもない。

そもそも景春を謀反に走らせたのは、顕定と宗家の重臣なのだった。守護代職を与えていれば、景春と家臣は納得せずとも我慢はできた、と思えてならない。さらには、陣から遠ざけるべきと道灌が注進したにもかかわらず、諭せばわかると甘く見たうえ、蜂起された途端に戦いもせずに五十子から逃げ出していた。

臆病でしかない管領の姿を見せられたため、多くの国人衆が景春に与して、上杉宗家はふたつに割れた。その討伐を果たしたのは、武蔵に取り残された道灌なのだ。上杉のために力をつくして戦い、今や顕定を鉢形城に迎え入れることもできている。

それでも、道灌に加勢の兵は出せない、と冷ややかに伝えてくる。

「図書助に使者を送れ」

道灌は破った書状を捨て、近習に告げた。

「もはや千葉を討つ道理はなくなった。御屋形様が望まれていないのであるから、直ちに陣を解き、帰国せよ、とな」

半年もの長きにわたって資忠らは戦い続けてきた。臼井城を落とせたとしても、まだ多くの城を千葉は構える。この先も下総で戦う値打ちなどは、とても見出せそうにない。

丸まりそうになる背を一度伸ばし、道灌は妻子の待つ屋敷へ重い一歩を踏みだした。

四歳になった息子の無垢な笑顔を見れば、荒む心が少しは安まった。が、胸の中には一抹の悲しみが濡れ紙のように張りついていた。

父の道真は河越に築いた城に、当主の定正を迎え入れた。道灌は江戸の城を守る。確かに武蔵の守護は顕定であるものの、成氏方と戦っていくため、河越と江戸に守りの要がいると考え、道朝の命を受けた道灌親子が城を築いたのだ。決して扇谷分家と太田家のためではなかった、と言いきれる。

成氏方との戦に勝利したのであれば、奉公衆らの所領を召し上げて、めでたく大半を上杉が治められただろう。が、和睦によって、多くの家臣が褒美を手にできずに終わるおそれが出てきた。長き戦に耐えながら、所領は一切増えず、ただ親しき者の命を奪われた事実のみが残る。

成氏方の奉公衆だけでなく、上杉の家中にも和睦を望まぬ者が出てきているのか。

武士は褒美を手にするために戦うのではない。義をつくし、徳をもって世を治めるため、と道灌は学んできた。

多くの坂東武者とてわかっていようが、身内や儕を亡くしながらも戦い抜いた先に得られるものなしとわかれば、失望はつのる。たとえ和睦がまとまり、平穏な日々が戻ろうと、不平不満と嫉妬をくすぶらせる者が増えていくのだろう。

すでに景春が謀反に走っている。おそらく長尾忠景も、兄の景信がそうであったように、守護代職を果たすべく、道灌らに所領を明け渡せと訴えてくるはずだった。

「何のための戦だったのか……」

江戸に城を築いて二十二年。城下には商人が集まり、多くの民が暮らす。湊は栄え、船の出入りが引きも切らない。太田一族が守り、育て上げてきた江戸の町、との手応えがある。

道真から家督を引き継いだため、道灌は相模の守護代の任にもあった。いずれは鎌倉へ戻るべき立場と言えた。成氏との戦で鎌倉は焼け野原になり、もはや関東の府として栄えてきた面影はない。

この先、京と成氏方の和睦がまとまったなら、一から鎌倉府を作り直すことになる。その日が近いと思えば、まだ働いていける。が、頑として和睦に抗う者はいまだ蠢いていた。父や弟らと力をつくし、さらなる戦にまだまだ挑み続けねばならないのだ。

煩悶を持て余し、夜もろくに眠れなかった。その日も閨を抜け出し、一人で十六夜月《いざよいづき》を見上げていると、夜更けにもかかわらず回廊を駆ける足音が近づいた。下総より火急の使者が駆けつけたという。

近習らの慌てぶりを見て、道灌は庭先へ走った。

泥にまみれた武者三人が、兜を地に置き、ひざまずいていた。篝火の炎を受けて、男たちの目が光って見えた。

「……畏れながら、申し上げます。臼井の陣を引き払ったところ、城の大手門が開いて千葉の軍勢が押し寄せました。図書助殿の命で取って返し、敵を蹴散らすこと相成り、ついに城を落とすこと叶いましてござりまする」

ついに資忠は臼井城を落としてみせたのだった。

喜ばしい伝令であるのに、男たちはそろって涙をこらえていた。道灌は問い返すことができず、さらなる言葉を待った。

男たちの頭が下がり、涙声が押し出された。

「無念ながら我ら、図書助殿と源《げん》五《ご》郎《ろう》殿をお守りすることできず……。敵の矢を受けられた末、ご逝去なされましたこと、ここにお伝えせねばなりませぬ」

途中から声が聞こえなくなった。目も何も見えてはいなかった。ただ、戦場を馬で駆ける資忠と資雄親子の姿が、目の前で往き来した。

せっかく城を落としながら、資忠と資雄が身罷るとは……。

気がつくと、獣のような唸り声がのどの奥から放たれていた。

六

先ごろ持助も参陣した臼井城が、ついに落ちたと古河御所に一報がもたらされた。

新田荘へ帰るついでに古河へ立ち寄った岩松の重臣から詳しい話を聞き、持助は胸に針を通されたかのような鋭い痛みを受けた。

おそらく道灌が帰国したのを知った千葉が、今しかないと見て、城から打って出たのだ。上杉宗家に加勢を求めるための帰国だったというが、そう決めた己自身を道灌は今も呪っているに違いない。こともあろうに、実の弟とその息子であり養子に迎えた総領をも同時に失ったのだ。

持助は足取り重く御座所へ赴き、成氏に下総攻めの実状を告げた。

「太田図書助親子は命を賭して、見事に城を落としたと申せましょう。千葉は平山城へ退散し、臼井城には代官を置いたうえで上杉勢は武蔵に戻ったと聞きまする」

「……そなたを帰国させたため、自ら宗家に加勢を求めに向かったわけか」

成氏は皮肉めいた物言いをして持助を見た。

「仰せのとおりにござります。それがしが陣にとどまると申し出ておれば、図書助殿を失うことはなかったと悔やまれてなりませぬ」

本心を吐露して持助は頭を下げた。

戦に死はつきものであっても、道灌にとってはあまりに不運なめぐり合わせと言えた。自ら加勢を求めに向かったのは、若い管領が色よい返事を寄越さなかったからだという。

「しかれども、これで千葉は我らに和睦の破棄を迫ってくることはないであろう。さらに言うならば、道灌が多大な犠牲を払うことになり、上杉宗家も不徳と考えていよう」

そう切り出されて、成氏の言わんとすることが持助には読めた。

将軍家との仲立ちを上杉がひとえに取り組んでいるのか、成氏は今なお疑問を抱いていた。そこで、和睦を進めるために弟と息子まで失った道灌の口から、将軍家への取り次ぎを進めるべきと語らせることができれば、必ず望みは叶えられる。そう見こんでいるのだ。

「こちらも弟を遣わすが上策であろうな」

足利義氏を称した兄の成潤は病没したが、成氏には二人の弟がいた。定尊は鶴岡八幡宮寺の別当でありながら、足利家の大将として上野で軍勢を率いている。もう一人の守実は、鎌倉永福寺《ようふくじ》の塔頭熊野堂の別当を今なお務める。母の出自から長く弟とは認められずにきたため、上杉と戦になっても熊野堂を離れることはなかった。近年では歌人としても名を上げ、道灌の家臣となった木戸孝範《たかのり》とは和歌を通じての知り合いと聞く。守実であれば、道灌への使者に打ってつけと思えた。

成氏は実の弟を遣わすほどに道灌を案じている。臼井城での戦いをねぎらい、弔意を表すとともに、晴れて上杉との和睦を邪魔立てする者は遠ざけられたので、成氏は仲立ちを心待ちにしている。是非とも話を進めてもらいたい。そう守実に伝えさせる腹なのだった。

成氏の命を受けて、持助は直ちに動いた。ともに出向きたかったが、成氏の弟が足を運ぶ事実にこそ重きがあると思われるため、軽々しく同道を願い出ることはできず、書状を託すにとどめた。

守実は使者としての務めを見事に果たしてくれた。江戸城まで出向き、木戸孝範もまじえた連歌会の持て成しを受けたのちに、古河へ帰国した。

道灌から託された返書を受け取って、持助はさらにも増して胸をかき立てられた。

宗家に話はするが、自分からの申し出に顕定と忠景が応じることはまず望めない。千葉の討伐も、扇谷分家と太田の都合と見なす者が家中には多いから、というのだった。

才ある者は妬みを集めやすいとは言え、よほど宗家の中では道灌と扇谷分家への不満が渦巻いているのだろう。これでは道灌から申し立ててもらおうにも、多くは望めそうにない。

「なげかわしいのう。またも上杉はふたつに割れるのであろうかな……」

成氏も困惑を隠せず、見通しの暗さをなげく目になった。

「いいえ。右衛門尉とは違い、道灌という男は義の固まりと申せましょう。決して上杉に背くことはありえぬ、と断ぜられまする」

「しかれども、宗家が動かねば、将軍家の許しは得られぬぞ」

「また別の上杉を通じて仲立ちを依頼するほかはない、と考えまする」

そう告げると、成氏が大きくうなずき返してきた。御所では絶えず近臣が、将軍家に話を継いでもらえる先がないかを話し合ってきている。

「ほかに手はあるまいな……。越後は鎌倉府の支配に置かれてはおらぬ。今も将軍が守護を補任しており、越後上杉の当主はたびたび在京もしておる……」

つまり、将軍への拝謁を許された身分にあるのだ。越後上杉家を動かすことができれば、将軍家への申し渡しを果たせるかもしれない。

しかも、関東管領となった顕定は、越後の守護である房定の息子なのだ。取り次ぎを急ぐよう、息子へ伝えてもらえたなら願ってもない。

「直ちに話を進めよ」

「御意にござりまする」


禅僧の使者を仕立てて越後へ向かわせたが、房定の側近が書状を取り次いでくれたのか疑わしく思えるほど、いつまでも返書は届かなかった。

越後もこれまで成氏の討伐に兵を出しており、少なくない家臣が命を落としていたと思われる。和睦にひとまず応じたのは息子の顕定であり、越後上杉家は取り次ぐ任にないと考えているのかもしれない。

成氏は目に見えて苛立ちをつのらせた。もはや上杉は信じるに値しない。が、奉公衆が使者となって京へ足を運ぼうと、管領の側近にさえ会うことは叶わなかった。京ではいまだ朝敵と見なされているのだ。

将軍家との和睦をまとめる見通しはまったく立たず、持助らが困り果てていると、またぞろ長尾景春が武蔵で兵を集めて蜂起した。児玉郡の御嶽城主《みたけじょうしゅ》である長井《ながい》憲康《のりやす》を味方に引き入れたのだ。

「それにつけても、懲りぬ男よ……」

話を聞いた成氏は、感心まじりに独りごちた。引くに引けぬとわかるものの、この執念深さは確かに見上げたものだ。が、憲康とて多くの兵を抱えてはおらず、勝ち目があるとは思えなかった。

また上杉家中で騒動となれば、将軍家への取り次ぎが蔑ろにされかねない。そう気を揉んでいると、太田道灌が御嶽城に向けて動いたとの報が入った。

景春も兵を率いて城を出た。が、当主の定正が、道灌の求めに応じて河越城から出陣した。太田道真も越生《おごせ》に陣を張り、上杉の備えは万全だった。景春はろくに戦うこともできずに秩父へ引かざるをえず、長井憲康の御嶽城はあっけなくも落ちたのだった。

はなから戦にもならないことは見えていた気がする。愚かな男だと持助は景春を卑しみもしたが、思いもしない者が古河御所を訪ねてきた。秩父へ逃げた景春の使者だった。

自分は将軍家への談判に京へ渡った景信の息子であり、管領細川家との縁を持つ。上杉顕定が公方成氏との和睦を蔑ろにしているのは明らかであり、自分が将軍家に取り次ぐので、ぜひとも加勢を願いたい。そう持ちかけてきたのだ。

「右衛門尉に加担する手はあるやもしれぬな……」

善果を欲しがるあまりに、成氏は心惹かれた素振りを見せた。

危うさを覚えて、持助は進言した。

「たとえ右衛門尉が細川への伝《つて》を持とうと、関東管領に抗って兵を起こした事実は、京にも届いております。さらに申し上げるならば、右衛門尉に道灌を越える手並みがあるとも思えませぬ」

「頼るだけ無駄と申すか」

「仰せのとおりにござりまする。右衛門尉への加勢は、すなわち上杉との和睦を捨て去ることになりましょう。ただし、上杉が仲立ちに一向動かぬので、右衛門尉を頼るべきと申す者が出て、公方様は大いに難儀しておる。そう上杉に注文をつけたあとで、あえて兵を送り出す手はあるかと思われまする」

「われはあずかり知らぬが、和睦の進みをなげくあまり、勝手に兵を差し向けた者がおる。そういう理屈をつけたうえで、上杉の尻をたたこうというわけか」

「両構えでありますな」

野田成朝《しげとも》がまだ景春に望みを託すような物言いをした。が、もとより景春などという粗忽《そこつ》な男に頼るつもりは、持助になかった。

「兵を出せば、上杉は和睦の破棄を言い出しかねぬのではありませぬか」

奉行人が先を危ぶむ目を向けた。

危険は承知のうえなのだった。成氏はすでに、景春に与するしか手はないと思いかけていた。それならいっそ、加勢の兵を送り出して上杉を焦らせるほかはない。

奉公衆のいずれかを悪者にして上杉に伝えておき、成氏の命ではなかった、あくまで和睦を進めたいと成氏は願っている――そう伝えるならば、言い訳にはなる。

無論、手はずに狂いが生じれば、取り返しのつかないこととなる。が、薄氷を踏まずして和睦の河を渡りきることはできそうもないと思えるのだった。

「道灌を介することできれば、必ず宗家に伝わりましょう。我らとの和睦を進めるために弟と息子を失った者なのですから」

成氏はまだ心を決めかねているようだが、ここは押し通すしかなかった。勝手に兵を出す策が裏目に出た時は、この命を成氏に捧げるまでのことだ。大きな一手を打たねば、無為に時がすぎていく。

公方直臣の梶原《かじわら》能登《のと》入道を江戸城へ送った。ただし道灌は、景春討伐に出陣した顕定のもとへ出向いている。必ず道灌に報されて、上杉宗家に話は伝わると信じるしかない。

いつ兵を出し、上杉を威嚇すべきか。持助は迷いに迷った。

「父上。それがしは道灌殿の本意を疑ってはおりませぬ。必ず我らの辛気《しんき》を読み取り、宗家に計らっていただけると考えます。ほかに手立てはありませぬ」

御所の回廊で、成助は迷いを見せずに言った。近ごろは奉公衆の前であろうと、声を落とさずに道灌を褒めそやすことさえあった。それほど息子は心酔していた。

持助は覚悟を固めると、岩松家の家務である横瀬国繁に成氏名で書状を出した。何度も不忠をくり返してきた岩松であれば、勝手に兵を出したとしても疑う者はいない。

成氏の命と信じた横瀬は、那須《なす》の上宮要害《かみみやようがい》を落とすべく動きだした。この機に所領を奪い取ろうという戦に打って出たのだ。さすが立ち回りのうまい連中だった。

続いて古手の奉公衆である一色と佐々木が上野へ向けて兵を出した。もし道灌がここで動いてくれねば、上杉との和睦は流れかねない。

「頼む……」

道灌であれば、こちらの願いどおりに必ず動いてくれる。陣中で盃《さかずき》を交わし、ともに戦い、信のおける者と認め合えた。あの男であれば、和睦を一義に動く。持助は夜もろくに眠れず、ひたすら念じ続けた。

すると、道灌はたちまち江戸城へ戻り、東上野に進んできた成氏勢への備えを固めてみせた。その動きを受けて、持助は上野の兵を急いで引かせた。これで上杉への威嚇の用は足せただろう。あとは信じて、待つしかない。

道灌は秩父の顕定のもとへ取って返すと、景春の籠もる日野城《ひのじょう》へ攻め入った。敵方を調略するや、まず支城を落として、日野の本城へ迫ったのだ。

遅れて入った報せでは、景春の叔父に当たる長井景明を討ち取って、見事に日野城を落してみせたという。景春はまたぞろ懲りもせず、どこかへ逃げ去ったらしい。やはり道灌の敵ではなかった。才も器量も違いすぎる。

「今こそ、上杉のための兵を出しましょうぞ」

機を見て持助は注進した。

ここで上杉へ加勢したならば、東上野での蜂起は成氏の本意ではなかったとの証になる。上杉への不満を抱く奉公衆を、成氏は無事に抑えてみせた。これでもまだ将軍家への取り次ぎをせずにいる気か、と訴えることができる。

「見事な策である。あとは任せたぞ、河内守」

成氏の了承を取りつけると、持助は息子とともに兵をまとめ上げた。疲れのために足が少しふらついた。が、今は休んでなどいられない。

和睦を信じるからこそ、まだ討伐できていない千葉を攻めに向かう。そう道灌への書状を認《したた》めて、禅僧に託した。これで必ず上杉は動く。

「出陣ぞ。千葉を征伐に出向く。心してかかれよ」

家臣を集めて高らかに宣した時だった。

目の前が急に暗み、体を支えることができなくなった。足元が泥濘《ぬかるみ》に深く沈みゆくようで、気が遠くなる。

「父上……」

成助の声は聞こえたが、どこにいるのかわからず、供回りの姿までが見えなかった。

七

文明十四年（一四八二）四月

長く病に伏していた簗田河内守持助が息を引き取った。

嫡男の成助からの書状を、道灌は江戸城にて受け取った。享年、六十一。成氏をひとえに支え、ひたすら守りとおし、後年は和睦に精魂を傾けてきた男が黄泉路へ旅立った。

道灌は一人で静勝軒の内庭へ歩み、関宿城のある北東へ向けて、しばし頭を垂れた。

「あとは我らにお任せください……」

この長き戦の発端は、成氏配下の奉公衆が、関東管領の上杉憲忠を謀殺したことにあった。が、彼らからすれば、鎌倉公方を軽んじたうえ、奉公衆の所領さえ奪い取ろうと図った上杉にこそ根源ありと、今でも信じているに違いない。

道灌とて、成氏の奏者として長く奉公衆を束ねてきた持助に恨みの念を重ねてきた。今になって顧みるならば、彼らが上杉を憎む土壌は、先代持氏が自死へ追いこまれた時から、深く根を張っていたとわかる。その戦いで持助の父も上杉に攻められ、自害を遂げているのだ。

さらに遡《さかのぼ》るなら、二代鎌倉公方の氏満《うじみつ》が将軍職を望んで兵を挙げた際、管領の上杉憲春《のりはる》が諫めるために自死を選ぶにいたっていた。そのころから上杉と鎌倉公方の間には、不穏の気が満ちていたのだ。

上杉は将軍から関東管領の職に任じられた以上、京の心向《こころむき》を重んじて動かねばならない。

が、鎌倉公方は関東の盟主としての自負を強く持ち、将軍家の口出しを疎んじてきた。鎌倉公方と関東管領上杉家では、身の置き所からして違っていたのだ。

将軍と幕府の重臣らは、鎌倉府を重んじることなく、関東を預けてやったのであるからそれで満足せよ、と考えてきた。その結果、この長き戦が始まり、京での大乱を招き、多くの兵と民の命を奪い去った。

道灌が失った家臣は数えきれない。頼りとしてきた資忠と資雄まで奪われ、今はただ当主に命じられるまま出陣して、まだ和睦に応じようとしない景春や千葉の討伐を仕方なく続けていた。あの者らが永らえている限り、たとえ京の将軍家が成氏を許したとしても、関東に平穏な日々は戻らない。

罪なき領民のため、嫡男鶴千代《つるちよ》のためにも、武士としてまだまだ多くの命を奪っていくのだ。身も心も抜け殻ほどに疲れ果てていようと、休息の時は得られずにいる。おそらく簗田持助は、将軍家との和睦を見届けられなかった悔いに胸を焼かれながら息を引き取ったのだろう。

遅々としてはいるものの、少しずつ話は進みつつあると聞いていた。持助と結城《ゆうき》氏広《うじひろ》の計らいによって、越後の上杉房定がようやく動き、管領細川家を通じて和睦の件が先代将軍の足利義政に伝えられた。

ところが、氏広の病没によって、結城家に内乱が生じた。古くからの重臣が和睦は認めがたいと言いだして、成氏に刃向かう様を見せたのだ。

古河御所の面々は急の事態に慌てふためいたという。が、父のあとを継いで奏者となった簗田成助が直ちに兵をまとめ、自ら指揮を執って結城の軍勢を追い払った。せっかく当主が和睦に尽力しながら、結城家はその手柄を自ら捨て去ったのだ。息子の見事な手さばきに、簗田持助も彼岸で胸をなで下ろしただろう。

秋風が涼やかに薄《すすき》の穂を揺らすころになって、道真が江戸城を訪ねてきた。

戦を離れて父と会うのは久方ぶりで、道灌は静勝軒にて持てなしの席を支度した。鎌倉建長寺で儒学の研鑽に励む鶴千代の便りを肴に酒を酌み交わしたあとで、道真はにわかに面輪を引きしめて道灌を見た。

「御屋形様の父君が仲立ちされて、ようやく古河の公方様にお許しが与えられるようである」

「まこと喜ばしき報せにござります」

ようやくにして和睦がまとまったらしい。が、待ち望んでいた便りであるにもかかわらず、道真の目に安堵の色はなく、眉根に深い皺を刻みつけていた。

「もしや左馬頭《さまのかみ》様の件で、ご懸念なさることでもござりましょうか……」

不安に駆られて、道灌は尋ねた。成氏に許しが与えられて公方の座が認められたとなれば、伊豆の堀越にとどまる足利左馬頭政知はどうなるのか。

京に戻すのでは、先代将軍の兄をまたぞろ大乱の時のように担ぎ出そうと企む者が出るかもしれず、騒動の種になりかねないとの懸念が噂されていた。

「左馬頭様は、将軍御連枝《ごれんし》として伊豆一国を領されることになった」

よくぞ政知と家臣が納得したものだ。

将軍の命を受けて下向し、鎌倉公方になるはずだったのが、伊豆一国の守護に落とされたのだ。鎌倉には入れず、京にも戻れないと知り、いかほどの屈辱を覚えたろうか。長く僧籍にあった人であり、耐えることには慣れていようが、胸は痛む。

「京の動静を知った御屋形様の使者が先般、河越城を訪ねてこられた」

道真が使者に対しても謙《へりくだ》った言い方をしてみせたのだから、かなりの重臣が送られてきたのだろう。よほどの用向きだったと思われる。

「そなたであれば、見当はつくであろう」

素早く察して、道灌は面を伏せた。

「……武蔵の守護としての務めを果たさせてもらう、とのことにございましょうな」

河越も江戸も、かつては上杉宗家の領国のうちだった。先代管領の許しを得て城を築いたが、敵であった成氏とは和睦が成り、将軍の許しも出たとなれば、もはや扇谷分家が河越と江戸で城を守る謂《いわ》れはなくなっていた。

「もしや城を明け渡せと……」

「いいや。そこまで厳しい物言いはされなかった。武蔵の国人はもとより宗家の被官であったので、その所領に代官を置くことを心得よと明言された」

城を奪うことまではしない。が、周りの国人はそもそも宗家の被官であり、年貢を勝手に課すことは許されない。扇谷分家は相模の守護であるのだから、その治めに専念すべし。そう言ってきたのだ。

道灌は庭の落葉を眺めやった。

「修理大夫様は得心されたのでございましょうか」

成氏という敵がいたから、両家は起請文を交わし、力を合わせてきた。伊豆は以前から宗家の所領であったが、政知のために手放している。そのうえ、武蔵の南を扇谷分家に奪われたのでは困る。

しかし、豊島氏や矢野氏など多くの被官は、顕定と忠景への不満をつのらせたから景春に与し、宗家と袂を分かつことを決意したのだ。しかも、その者らを払えずに上野へ逃れた間に、景春の軍勢と戦い、討伐の目処を立てたのは、道灌ら扇谷分家なのだ。

顕定は関東管領として指図はするものの、その腹心ともども道灌が奪い取った鉢形城にずっととどまるばかりで、ろくに戦いもしてこなかった。

もとは宗家の被官であろうと、道灌が景春を追い払ったから、彼らは再び上杉に恭順を示すようになったのだ。ろくに戦いもせず、血を流しもせずにいながら、所領だけは取り戻させてもらうと言いだすのでは勝手がすぎる。

「父上……。それがしが天子御旗を求めても、御屋形様は加勢を送ろうとせず、ただ城に籠もって見ておりました。そのために、図書助と源五郎は討ち死にしたのですぞ。その無念を父上はお忘れになったのですか」

道灌は涙をこらえて訴えかけた。今も二人の御霊《みたま》のために、夜ごと経を唱えている。新たな寺も城の内外に勧進した。悲しみと恨みの念は、いつ果てるともなく心中をひたす。

道真が深く息を継ぎ、小さくうなずいてきた。

「無念はわしの胸にも根を下ろしておる。しかれども、こたびの和睦は、越後のお力あってのことぞ。ゆえに、我ら分家は相模の守護と代官職しか与えられてはおらぬ」

越後の房定は、息子の顕定を支えるためにも、武蔵の領国を守りたいと考えて将軍や成氏に働きかけた。が、顕定は関東管領としての仕事を何ひとつ果たしてきていない。扇谷分家には加勢を送らず、ただ道灌を景春討伐の先陣として使い、その被官と所領を手中に収める気でいる。そもそも景春は、顕定が当主となった上杉宗家の謀反人であるにもかかわらず……。

何たる小狭さなのか。せっかく景春という身内の敵を払いながらも、扇谷分家を新たな敵と見なす気なのか、と言いたくなる。

「家務であるそなたには、伝えておかねばならぬと思って来た。耐えてくれよ、道灌。まだ和睦に抗う者は少なくない。我らの務めは残されておる」

切なる忠言とわかりつつも、道灌は素直にうなずき返すことができなかった。

その夜、道灌は長い文を認めて、顕定の側近の一人である高瀬《たかせ》民部少輔《みんぶのしょうゆう》に送りつけた。

景春の反乱を収め、多くの国人に上杉への帰服をうながしたにもかかわらず、所領の安堵を行わずにいるのは、道灌とともに戦った扇谷分家の面目を損なうものにほかならない。和睦の目処が立った途端、相模の守護として定正に申し入れをしてくるとは、扇谷分家として強く不満を抱いている。しかも、宗家の本領たる上野ではいまだ反乱が続き、収めることもできていない。管領として関東を平穏に導くことができるのか。古来より国家を鎮めて大乱を収めることができるのは、徳を持つ人物である。

古《いにしえ》の人は言っている。国にはみっつの災難がある。賢人を知らずにいるのが、ひとつ目の災難。知りながら働かせないのが、ふたつ目の災難。働かせても、任せないのが、みっつ目の災難である。これらのことについて御屋形様のお考えを得たいと願う。

すべて偽りない本心を正直に記した。人の上に立つ者であれば、多くの進言に耳を傾けるべきなのだ。

書状を送ると、間もなく将軍家から越後の房定を通じて成氏に、和睦を肯《うけが》う書状が届けられた。

二十九年にわたって続いた関東足利家と上杉の戦は終わりを見た。が、道灌が送った顕定への書状の返事は、無念ながら得られなかった。

鎌倉公方の座が将軍家に認められたことで、成氏は和睦に抗う者の討伐を進めた。道灌は成氏の命で上総へ兵を出し、千葉方の長南城《ちょうなんじょう》を落とした。

さらに下総領内の出城として、葛東郡《かとうごおり》の馬橋《まばし》に砦を築いた。

半年にも及ぶ千葉攻めから江戸へ戻ると、父の道真が待っていた。孫らの顔を見て微笑んだのも束の間、いつかのように厳しい目を見せられた。

「こたびも見事な働きぶりであった。しかれども、宗家の重臣らは快く見てはいないと知っておろうな」

道灌は動じずに、さもありなんとうなずいた。

「公方様に命じられたのですから、務めを果たすのは当然にございます」

「そなたとて、わかっておろうが。道灌は公方様と通じて下総を平らげたのち、多くの所領を褒美として手にするつもりでおる。上杉宗家を見限ろうとしているのではないか。そう讒言《ざんげん》する者まで出る始末ぞ」

「器の小さき者を相手にしても始まりませぬ」

平然と言い返すと、道真が平手で自分の膝頭を打ちすえて言った。

「よく考えてもみよ。そなたは当主を差し置いて、宗家に異議を訴える書状を送りつけた。たとえ真実をついた建言であろうと、厳しき言葉を並べ立てられれば、人は腹を立てもする。御屋形様は無論のこと、宗家の重臣らは悪し様にそなたを罵《ののし》っておるというのだ。そればかりか、扇谷分家は次の右衛門尉を仕立てるつもりかと、我らを難じる者まで出ておる」

次の右衛門尉景春とはよく言ったものだ。

自分らの見通しの甘さから、宗家をふたつに割る騒動を起こし、その討伐もできずにいる者が何を言えるものか。当主が家中を平等に見ず、へつらう者しか寄せつけずにきたから、宗家はふたつに割れたのだ。まだ自らの愚かしさに、あの者らは気づくことができずにいる。

「このままでは、家務の職を解かれることになりかねぬぞ」

道灌は呆れ果てるあまり、頬がゆるんだ。これが笑わずにいられようか。

資忠と養子の資雄を失ってもなお、上杉のために戦ってきたというのに、当主の定正までが宗家の者らの讒言を気に病んでいるとは……。

それほどに困らせることを自分はしたわけなのか。定正とて顕定の勝手な申し入れには腹を立てたはずなのだ。宗家と事を荒立てたくないのはわかるが、道灌を咎めるのではまったく筋が通らない。

「かねてよりうるさく言ってきたが、そなたは才が勝ちすぎる。礼智に長け、心の広き武士ばかりが重用されておるわけではない。分をわきまえ、人を立てねば、何事も叶えられぬ。そうであろうが」

悲しき悟りの境地だった。

道真は老いたために、太田家の先行きが案じられてならないのだ。景春のように一族から疎まれたのでは、今日までの労苦が水の泡と消えかねない。息子や孫には雄々しく家を守ってもらいたい、と念じている。

道灌は身を正し、父に深く頭を下げた。

「それがしの本意を修理大夫殿に心置きなく伝える席を設けたいと考えまする」

折しも江戸に連歌師として名高い禅僧の万里《ばんり》集九《しゅうく》を呼んでいたので、当主の定正と重臣を招いての宴を催すことにした。静勝軒の中庭で連歌を楽しみ、新たに設えた富士見亭《ふじみてい》にて、持てなしの膳を振る舞った。

定正は終始和やかな面輪でいたが、ふいに杯を置くと、道灌の胸元を見ながら言った。

「そなたの忠節を疑う者は、我が家中にはおらぬとそれがしは信じる。しかれども、宗家の者らは大いに機嫌を損ねておる」

自分は信じている、という物言いに定正の本意がにじみ出ていた。

信じていても、真実の姿とは言いにくい。道灌の功績を羨む者は家中にも多いのだ。ましてや、宗家の当主を難ずる訴えを起こしたのだから、思い驕りも甚だしいと的外れな怒りを抱く者もいるに違いなかった。

「御屋形様の父君が尽力されたにもかかわらず、扇谷分家は和睦を喜んでいない。当主は代官を拒むし、家務は差し出がましい真似を平然としてくる。下総攻めも、己らの所領を増やし、果ては兵を集めて和睦に抗おうと企んでいるのだ。そう勝手を口走る者さえおると聞く」

「なげかわしいことであります。右衛門尉を追いやったと喜ぶや、起請文を交わした我らに牙をむこうとするのですから」

「なげかわしくとも、宗家と騒動になれば、公方様が乗り出してくるのは必定ぞ」

成氏はようやく将軍家の許しを得られ、公方の座を約された。仲立ちを務めた越後当主の房定と上杉宗家に逆らうわけにはいかない。つまり、宗家にしたがわねば、公方を敵に回すことになる。そう脅しつけるようなものだった。

どこまで狡猾な者たちなのだ。

「今日までのそなたの働きぶりには、一門を預かる者として、礼を述べるほかない。家中には家務を譲ってもらうべきと手荒く語る者もおるが、それがしは得心できぬ。そこで——鶴千代を公方様に出仕させて、今一度忠誠を示すべきではないか、との声が出ておる」

道灌は庭の草木を見つめて、気を静めた。

公方に人質を差し出せ、というのだった。

嫡男を公方の下に仕えさせれば、道灌と家臣は絶対に逆らえない。宗家の都合を優先する命が下されようと、必ず忠節をつくす。

もしや、ほかにも深意があるのだろうか。道灌ほど多くの兵を抱える者は、今の関東におらず、扇谷分家はこの先、道灌にしたがうほかない。それならいっそ、成氏に人質を差し出させれば、勝手な判断で動くことはできなくなる。宗家に逆らう気はないと認めさせることもできるし、成氏も安心する。もちろん、目の前の定正も――。

自分はこれほどまで嫌われていたのか……。

道灌は唇を強く噛んだ。血の苦い味が口の中に広がる。

長き戦で多くの者が流してきた血の涙の味だった。自分は上杉のために兵を集め、鍛え、戦ってきたと胸を張れる。が、その上杉からいつしか用心される身の上になっていた。武威を持つ者は周りを無闇に怖れさせる、と知るほかはない。

「公方様は将軍家に認められておるのだ。その下で働くのは、鶴千代にも見聞を広めることになろう」

鶴千代はまだ十歳だった。あまりの若輩で、御所にて与えられる仕事などありはしない。

資忠と資雄を亡くし、今また鶴千代を奪われるような寂しさに身を包まれた。が、当主の命であり、断ることは許されない。抗えば、一門への違逆《いぎやく》と見なされるのだろう。甥の景春がそうだったように――。

「喜んで鶴千代を古河へ出仕させまする」

心とは裏腹の言葉を述べて頭を下げると、定正の撫で肩が安堵に大きく上下した。

その年の暮れに、鎌倉五山から戻った鶴千代は、わずか十歳にて元服し、源六資康《げんろくすけやす》と名乗り、成氏の古河御所へ旅立つこととなった。

「しかと公方様の命にしたがい、力をつくすのであるぞ」

揚巻《あげまき》を解いて髷《まげ》を結い、冠を着けた息子を見つめて言った。安が悲痛な顔で見守っている。家臣や乳母らの中には涙をこらえて身を震わす者まであった。

資康は誉れに頬を赤らめ、堂々と胸を張ったのち、深々と頭を垂れた。

「御意にござりまする。父上はじめ太田家の名を汚さぬよう、心の限り務めてまいります」

八

文明十八年春――。

成氏の命を受けて、道灌はまたも下総へ出陣した。隅田川に舟橋を三本渡すほどの大軍を率いたが、戦はすべて家臣に任せた。道灌が采配したのでは、また手柄を誇る気かと、いらぬ評判を呼びかねないと思ったのだ。

道灌は、長く資康の手ほどきを担ってくれた建長寺と円覚寺の僧を招くと、隅田川に浮かべた船で歌会を催した。六月には供回りと江戸へ戻ったあと、越生の自得軒へ足を運んで、道真の連歌会にも参加した。あれほど好んだ詩歌を詠んでも心は通わず、空蟬《うつせみ》の虚しさが胸を占めた。

息子の内心を悟ったらしく、道真が夕餉《ゆうげ》の席で、そっとささやいてきた。

「よくぞ、耐えてくれた。河越でもそなたの骨柄《こつがら》を賛する者ばかりぞ。わしも誇らしく思う」

定正をそばで支える父のためでもあったのだから、安堵してもらえねば悲しすぎた。父の目を見ず、虚空に向けて道灌は告げた。

「宗家御内《みうち》では修理亮《しゅりのすけ》殿が家督を譲られておいでです。それがしも隠居すべしと考えております」

騒動の末に家務となった忠景も齢六十三にして嫡男の顕忠に家督を譲るとの話があった。当主の顕定に服するばかりで、甥の景春をついに討伐できぬまま、身を引こうというのだ。息子の評判もまったく届いておらず、この先も越後上杉家によって宗家は仕切られていくのだろう。

道真が盃を持つ手を止め、目を見張った。

「しかれども、源六は古河御所におるし、まだ若すぎるため、家務は継げぬぞ」

「馬橋城を任せておる六郎であれば、務まるものと信じまする」

早いもので資常も、五十の歳が近くなっていた。兄資忠の下で鍛えられ、武勲も引けを取らない武士《もののふ》になっている。

「六郎が江戸に入るもよし。河越にて修理大夫殿を支えるもよし。お許しをいただければ、それがしは鎌倉に戻りたいと考えております」

鎌倉の扇谷の地にあった太田屋敷は、三十年も前に焼け落ちていた。その近くに庵を建てて隠居の住処とするのも一興ではないか。五山で学び、鎌倉御所に仕え、相模の代官職も長く務めてきて、自分の住まうべき地は、生まれ育った鎌倉だと、今になって思えるのだった。

「今そなたが身を引いたのでは、御屋形様や修理亮殿が追いやったと、誰しもが思おう。そなたの家臣は納得せず、江戸に代官を置くことなど絶対に承知いたさぬであろうな。六郎もそなたの代わりは務まらぬと言い、家内に騒動を呼ぶことになりかねぬぞ」

道灌は消沈し、なおざりに首を振った。手柄を立てれば上から睨まれ、身を引くと言い出せば下から望みをさらにも託される。父まで咎めてくるとは思わなかった。

「六郎であれば、必ず家中をまとめ、立派に務めを果たせましょう」

「考え直せ。右衛門尉が宗家をふたつに割った二の舞いを、そなたまでが演じるつもりか」

「演じなどはいたしませぬ。意に染まぬ下知を受けて舞い続けることに、つくづく疲れ果てたのでござります」

話を切り上げるために道灌はあらためて辞儀を返すと、案じる目を向ける父の前で立ち上がり、足早に歩み去った。


七月に入ると、当主の定正から書状が届いた。

扇谷分家の本領である糟屋にて、相模の治めについて談じたいという。おそらく、管領の顕定から武蔵の代官の件でまた新たな申し入れがあったのだろう。道灌も定正とひざを交えて内意を伝え、隠居の許しを得たいと考えていた。

道灌は供回りを選んで馬の支度を急がせた。すると、後妻に迎えた安の弟の斎藤《さいとう》直正《なおまさ》が進み出てきた。

「畏れながら申し上げます。道中の備えを兼ねて供回りを増やすべきと存じまする」

やけに思いつめた顔を見れば、道中だけを案じているのではないとわかった。わざわざ糟屋に呼びつける本意を疑ってもいるのだろう。

本領で多くの兵が迎え出たなら、逆らうことはできず、必ずおとなしくしたがうしかない。そう考えて、よほどの難題を押しつけてくる気ではないか。

「案ずるな。腕の立つ者を選んだし、糟屋で事を荒立てるつもりもない」

いずれにしても、身を引く許しを得たいと考えているのだ。定正が何を言ってこようとも、抗う気など毛頭なかった。この先は事を荒立てず、ただ静かに暮らしていきたい。

二十四名の供回りと江戸城を出た。どうしても同行すると言い張った直正は、糟屋に近づくと殺気立つような目つきを見せた。

「そのような目で迎えの者を睨むでないぞ」

道灌は馬を横につけて直正に告げた。

糟屋の山々に目を向けたまま、直正が強く言い返してくる。

「それがしは父から執拗に聞かされてまいりました。長い戦の起こりとなったのは、公方様に呼び出された管領殿が奉公衆に謀殺されたからである。そなたは必ず殿のおそばを離れるでない。そう固く教えこまれてまいりました」

「もう古い話だ……。多くの者が忘れていよう」

「いざとなったなら、我らが楯となります」

直正の後ろから、もう一人の若党が声をかけてきた。振り向くと、覚悟を顕《あらわ》す多くの目に見つめられていた。素晴らしき志を持つ家臣に恵まれたと感謝するほかはない。

「許しなくも、加勢の者を手配いたしました。我らの後ろを追ってきております」

出立前の直正らの動きを見ていたので予期はしていた。ここは軽やかに笑い飛ばすべきだった。

「無益なことはよせ。我らは本領に戻るだけであるぞ」

いくら道灌が笑みを作ろうと、直正らの面差しは張りつめたままだった。それほどに河越の者らは、道灌の家臣にも嫉みを隠さずにいたのだろう。

多摩川を越え、丸子の砦で休みを取った。道灌はそれとなく直正の後ろに立ち、声を低めた。

「今は何も申すでない。よいか、もし何かあれば、すぐに逃げよ。命を無為に散らすでないぞ。

そなたらはまだ存分に働いていける」

言い残してすぐそばを離れると、道灌は空を見上げて汗を拭った。直正は何も言わずに、こちらを見ていた。いくら加勢を呼んでいようと、たかだか二百やそこらの兵で何ができるわけもなかった。

この者らを守るためにも、道灌は糟屋へ赴くと、直ちに隠居の件を申し出るつもりだった。

三十二年前に、管領の憲忠が奉公衆に謀殺されたことを、道灌が忘れるわけはなかった。それでも定正は、わざわざ糟屋に呼び出してきた。

もし命を拒めば、叛心《はんしん》を抱いている証と見て、江戸城からの追放を言い渡してくるつもりなのだ。景春を五十子陣から追いやるべきと、定正らに強く進言したのは道灌だった。その策を用いて何が悪い、との言い訳も立つ。

もし命にしたがって糟屋に赴いてきたならば、家務と代官職を罷免するなどの難題を押しつける。拒めば当然、叛心の証となり、捕縛や誅殺も考えられた。

呼び出しに応じないわけにはいかず、難題を拒めもしない。ならば、自ら隠居を申し出るほかに道があろうか。

命が惜しいのではなかった。道灌に同道し、身を投げ出そうとしてくれる義臣を守り、太田の一族を保っていくためなのだ。

糟屋の館に到着すると、門前に多くの兵が立っていた。夕刻とあって、塀に囲われた屋敷の庭には、揺れる篝火が見えた。秋の冷たい風にあおられて、炎が赤く舞い踊る。

「お待ち申しておりました」

馬の前に進み出てきたのは、曽我《そが》兵庫助だった。道真に見出された古参の者で、今は定正が養子に迎えた朝良《ともよし》の執事を務める。

「それがしが饗応役を務めさせていただきまする。まずは湯殿にて旅の汗をお流しください」

顔馴染みの兵庫助がひざまずいたのを見て、直正らも安堵したようだった。少なくとも定正は道灌一行を持てなすつもりでいるから、親しき者を役目に就けたと思われる。

馬を預けて、屋敷の隣にある湯殿へ導かれた。そこにも兵が戸口の脇を固めていたが、槍も刀も手にしていなかった。そろって恭しく頭を下げてくる。

道灌は刀を直正に預けた。その様子を見まいとでもするように、兵庫助は戸口に手をかけたまま、じっと面を伏せている。

「どうぞお通りください」

兵庫助が再びひざまずいて、戸口を素早く引き開けた。その動きがやけに速すぎたように思えて、道灌は身を引いた。

恐怖の念が湧き出ずることはなかった。兵庫助が戸口の奥へ手を伸ばした――と見えた時には、もう長刀が握られていた。扉の裏に隠してあったのかと、心静かに受け取れた。

「御免」

兵庫助が叫ぶとともに鞘《さや》を捨て、振り向きざまに斬りつけてきた。後ろで叫びを発したのは直正だったろうか。

道灌は動かなかった。逃げようにも多くの兵に囲まれていた。まさか父が長く目をかけてきた兵庫助に斬られるとは考えてもいなかった。当主の養子を支える務めにあるため、厳命を拒めなかったと信じたい。

後ろから肩を押された。動かない道灌を見て、直正が躰ごとぶつかってきたのだ。太刀を受けた直正の右腕が目の前を飛んでいった。男たちが叫びを放つ中、兵庫助が刀を引いて、身構える。その目に狂気が宿って見えた。

終わりを見ない戦のために多くの者が鬼となり、命を散らしていった。兵庫助の身内が道灌の命で死んでいたとは聞いていない。戦場で矢をかいくぐり、敵の胸に刃を突き立ててきた者であれば、誰もが心に鬼を巣くわせている。

いずれにしても、己を支える家務を呼び出し、謀殺するという奸智の才しか持たぬ当主を担いでいたのでは、一門に明日は訪れまい。上杉の終わりは近い。

ああ……多くの鬼が棲まう地獄に、今堕ちていく。

資忠と資雄が馬を駆る姿がまた目の前をよぎって、消えた。道灌は奥深い闇の中へ身を投げ出した。

今、そちらへ行く……。

先に身罷った者らに再び会い、詫びの言葉を伝えられたなら幸いだった。

終章

太田道灌が主君の上杉定正によって殺された。

江戸湊から来た商人によって古河御所へ一報がもたらされた。簗田成助は配下の者を通じて話を聞いたが、すぐに信じることができなかった。いまだ長尾景春を葬れずにいる上杉にとって、道灌は最も頼りとなる武将のはずだった。

ところが、江戸より火急の使者が訪れて、太田源六資康の身柄を引き受け、直ちに帰国の途についたのだ。詳しい話を成助が伝え聞いたのは、翌日の朝のことだった。道灌は扇谷分家の本領である糟屋に呼び出された末、家臣ともども討ち取られたという。

「事実であれば、まったく皮肉なことであるな」

成氏は御座所で大いに眉を顰《ひそ》めた。

上杉との長い戦の発端となった管領憲忠の謀殺とあまりに似た顛末だったからだ。

「おそらく道灌は拒むに拒めず、死地に及ぶしかなかったのでありましょう」

成助の推察はおそらく当たっているだろう。呼び出しを拒めば、景春と同じ立場に追いつめられると考え、仕方なく出向いたと思われる。それにつけても、道灌がそこまで扇谷分家の主従に嫌われていたとは、まったく道理が通らなかった。

道灌ほど果敢に戦い、勝利を収めてきた武将は、関東を見渡しても、ほかにはいない。上杉はどれほど救われてきたか。が、栄誉を一人で集めすぎたため、家中の嫉妬を一身に浴びることとなったのだ。

さらに言うならば、道灌は長き戦の末に、上杉家中で最も多くの兵を抱えるようになった。宗家が景春という謀反人を抱えて難儀したのと同じく、扇谷分家は道灌という火種を持て余すようになったのだろう。

ふたつに割れてしまう前に、毒を秘めた大輪の花は根から絶つに限る。

いくら浅ましくとも、心弱き者は小狡い知恵を駆使するしかない。享徳から続いた長き戦を見れば、多くの武将が生き抜くために義や礼節をあっさりと捨て、利得に走った例はあまりにも多かった。

「道灌の被官は黙っておらぬであろうな」

奉公衆の多くも成り行きを案じていた。

「しかれども、御所に仕えておった源六はまだ十一歳。江戸へ戻って一族をまとめる手並みがあるとは思えませぬ」

成助は冷静に先を読んで言った。

資康はあまりに歳若く、奉行人に命じられるままただ務めをこなし、学びゆくので精一杯だった。たとえ太田の家督を継ごうと、采配までは望めない。

「おそらく下総前崎城主《まえがさきじょうしゅ》の六郎が江戸に呼ばれ、道真らと支えていくのでしょう」

ほかに手はないと思われる。

ところが、成助の読みはあっさりと外れた。

道灌の死を知るや、千葉孝胤が境根原を越えて兵を進めたのだ。たちどころに馬橋城を落とすと、六郎資常の守る前崎城に迫った。

江戸から加勢が送られもしただろうが、冬になってついに落城したらしい。資常が無事に逃げ延びたかどうかは伝わってきていない。

上杉の動乱はさらに続いた。

相模の三浦高救《みうらたかひら》は、当主定正の腹違いの兄だったが、道灌の死を知るや、太田家と組んで定正を襲い、取って代わろうと企んだらしい。先代当主の三浦時高が激昂するあまり、養子の高救と子を追放する事件が起きた。

やや遅れて、太田六郎資常が落城とともに討ち死にしていたと伝わってきた。太田家はさらに太い柱を失ったのだ。

江戸城に定正の軍勢がやがて迫り、太田家嫡男の資康は道真の手引きによって甲斐へ逃れたという。かつては名将と謳われた道真も七十五歳を超えて、息子を屠《ほふ》った当主に兵を挙げることもなく、ただ孫と身内を匿うことしかできなかったらしい。さぞや無念であったろう。

「またも上杉がふたつに割れるとは、あまりに哀れであるな。あの者らは三十年も戦ってきて、何も学ばずにきたらしい……」

成氏は大いになげいたあと、家督を嫡男の政氏《まさうじ》に譲りたいと言いだした。自分が生きているうちに、公方としての心得と務めを息子に教え、関東盟主の座を守っていこうと考えてのことだった。

奉行人より先に耳打ちされた成助は、深く一礼しつつ進言した。

「公方様の御深慮《ごしんりょ》はまことと尊きと存じまする。しかれども、今しばらくお待ちいただけたなら幸いにござります。扇谷分家の騒動は上杉宗家をも巻きこむ様相を見せておるのです」

つい昨晩のことだった。下野足利荘の代官から新たな報せが届いていた。

一度は景春に与して上杉宗家に刃を向けた長尾房清《ふさきよ》が、今度は扇谷分家と結ぶ話があるのだという。不忠をくり返して恥じない当主に呆れた家臣が、身内と足利へ逃げてきたのだった。

「悪くすれば、上杉宗家と扇谷分家との間で戦となりましょう」

成助は暗い見通しを口にした。

道灌という心柱《しんばしら》が揺るぎなく支えていたから、上杉は結束を保ち、長き戦を乗りきってきたのだ。柱をなくした高楼は、欲の羽蟻に根太《ねだ》を蝕まれて必ず朽ち果て、倒れる定めが待つ。

「今はとくと上杉の出方を見る時にござります。もしいずれかが公方様を頼ってこられた際には、かつての因縁や恩義など一切考えず、ただ強き者に手を貸すべきと思われまする」

「ほう……。狡く勝ち抜けと申すのだな」

戦は知略あってこそ勝ち抜ける。狡いと誹《そし》るのは、いつであろうと負けた側の逃げ吠えにすぎなかった。敗れ去った者は歴史から消え、勝った者のみが後世に名と誉れを残す。

成助は面を上げて言った。

「公方様の座を盤石にするのみでなく、無為な戦を早く終わらせ、関東の地を安らげるためにござりまする」

父や道灌であれば、同じ具申をするに違いなかった。鎌倉公方は本来、関東をつつがなく治め、人民を導くためにある。その務めを支えるべく、成助はただ力をつくすのみだった。

文明十九年八月――。

遥々《ようよう》と続く山波の向こうに、ひと際高い名峰の姿が見えた。

騎馬の列を止めると、伊勢新九郎盛時《いせしんくろうもりとき》はしばし目を休めるため、富士の山を眺めやった。

京を発って十二日目になる。一人であれば名馬を駆って、すでに駿河へたどり着いていただろうが、この旅の先には戦が待っているのだ。兵馬を追い使ったのでは、今川《いまがわ》軍への加勢にならない。

姉の夫の今川義忠《よしただ》は、十一年前に遠江での戦のさなかに死んだ。姉の子の龍王丸《たつおうまる》が家督を継ぐべきなのに、義忠の従兄弟に当たる小鹿範満《おしかのりみつ》が抗い、不当にも自ら当主になると言いだした末に内乱が生じた。

しかも、その家督争いに、相模の上杉分家が乗り出してきた。家務の太田道灌が兵を率いて駿河へ入り、こともあろうに不忠者の小鹿に手を貸したのだった。

そのため、姉は我が子を守るために城から逃げ出し、身を隠した。それほど道灌の率いる軍の強さは際立っていたという。

盛時は将軍の命を受けて、仲を取り持つために駿河へ渡った。龍王丸が成人するまでは、小鹿範満が代わりに当主としての務めを行うことで、その場は収められた。

ところが、龍王丸が十五歳になったというのに、いまだ範満は当主面して今川館に居座ったままで、家督を譲ろうとしなかった。その横行に耐えかねて、姉が再び頼ってきたのだ。

盛時は直ちに将軍義尚《よしひさ》の許しを得て、駿河への下向を決めた。管領の細川政元《まさもと》からは、多くの兵とともに貴重な教えを授けられた。小鹿を葬るつもりであるなら、太田道灌の戦いぶりをとくと調べ、見習うのであるぞ。そう言われたのだ。

盛時は、関東の実情を知る五山僧から話を聞き、身と心が震えた。太田道灌こそ、まさしく名将と呼ぶに相応しき漢であった。長引く関東の戦乱をほぼ一人で平定してみせ、自ら指揮を執った戦で負けたことは一度たりともなかった。

村落に夫役を課して兵を集めるのではなく、多くの徒を常から江戸城に置き、鍛え、競わせていたという。京の大乱で名を知らしめた足軽を自在に使い、知略をつくして敵を討ち取ってきた。

その名将は主君の上杉定正に呼び出され、命を奪われている。

上杉宗家の家務をめぐる争いで、当主に背いて反乱の兵を挙げた長尾景春という男があった。扇谷分家を率いる定正は、家中に第二の景春を生んではならじと警戒するあまり、名将道灌を手にかけたのだ。あまりにも愚かな当主であり、笑えもしない。

しかも、道灌が治めていた所領を上杉宗家と奪い合うこととなり、今は一門で内乱まで始めていた。まだこの先も上杉は、戦に明け暮れるつもりらしい。

関東管領の上杉顕定は、越後から送られてきた当主だからか、坂東武者の内なる誇りをろくに知りもしない。扇谷分家の定正は小心で、最も腕の立つ道灌を殺して身の安泰を図る愚を犯した。どちらの当主も己の足元しか見えておらず、井の中の争いに家臣を強いているのだから迷惑極まりない話だった。

長く鎌倉府を治めてきた上杉も、所詮は片田舎で威を張る愚将の集まりだったらしい。

これは案外と与しやすしなのかもしれない。

どちらの上杉が勝利しようと、武威に頼るばかりで、知略とは無縁であると思われる。盛時の生家である伊勢氏は、陰謀渦巻く京で生き抜き、将軍に認められる名族となった。管領細川政元という人物は若いころより知略の人であり、大乱を治めたうえに将軍までを操る手管を見せ、学ぶことが実に多かった。

早々に小鹿範満めを討ち取ったあとは、京に戻ろうと考えていたが、早計かもしれない。今川家を我が手に収めたなら、次に上杉を葬りさえすれば、鎌倉府どころか関東という広大な地を統べることができるのではないか。

盛時は一人ほくそ笑んだ。

駿河の先に広がる関東が、夢に満ちた地に思えてならない。

——よし。やってやろうではないか。

盛時は壮麗な富士の山を望み、胸に誓った。存分に暴れ、伊勢新九郎盛時の名を関東に轟かせてみせる。

「皆の者、出立するぞ」

盛時は家臣に命を下すなり、手綱を振って夢広がる地へ向けて馬を走らせた。

後記

今から十二年前に『天魔ゆく空』を刊行した際、後記で書いている。

戦国時代とは、いつから始まるのか。

近年では、〝明応《めいおう》の政変〟から、という答えが定着してきたようである。そういう歴史学者の説を聞きかじり、政変の主役たる細川政元を主人公に据えた物語に挑んでみた。

ところが——。

その後もいろいろ歴史関連の本を読んでいくうち、そう言えば関東では〝享徳《きょうとく》の乱〟があったと思い出した。広く関東全土を巻きこんだ戦乱で、戦国時代の先駆けとなった〝応仁の乱〟よりも先に始まっていたはずだった。

慌てて調べ直してみたところ、苦言を重ねた関東管領を討つべく挙兵した鎌倉公方が返り討ちにあい、自害にいたった大事件があったと知った。〝永享《えいきょう》の乱〟である。

さらにさらに、失脚した前関東管領が、こともあろうに鎌倉公方に対して兵を挙げて、一時は御所から追いやる事件も起きていた。〝上杉禅秀《うえすぎぜんしゅう》の乱〟だ。

家臣が国主や主家を倒して実権を奪うのが下克上であるなら、関東では〝明応の政変〟より七十年も前から、下克上と言える騒乱が続いていたのだ。

しかも、関連書を読み進めていくと、関東全域を巻きこんだ〝享徳の乱〟が、〝応仁の乱〟の引き金になっていったのは確実だったように思えてきた。どちらも内実は、家督と所領の奪い合いという実態がある。しかも、関東の戦乱は実に三十年にもわたり、〝応仁の乱〟がめでたく収まったあとも、しつこいほどに続いていく。

それほどの戦乱であるのに、不思議にも〝享徳の乱〟はさほど知られておらず、歴史小説の題材にもほとんどなっていない。これはいかなることか。

さして調べるまでもなく、いくつか資料に手を伸ばせば、たちまちにしてうなずけた。登場する武将の名前が、偏諱《へんき》のせいで似たものばかりになっている。関東管領を世襲した上杉家は、山内に扇谷に犬懸など分家が多く、房顕に顕房という同じ漢字を逆にした名前の者まで、ほぼ同時代に登場する。定正に定昌もいて、混乱しかねない。しかも、何かにつけて武将はすぐ出家したがるため、道朝、道真、道灌と、これまた似た名前が多い。よほど頑張って物語を書いていかないと、読者がまごつくこと必至と言える。手を出すのは危険、と察せられた。

だが、十二年前の作品の後記で、戦国時代は〝明応の政変〟からだと、聞きかじりの知識のみで言い切ってしまった者としては、非常にばつが悪い。関東の戦乱を描かなければ、歴史小説を手がける者としては立つ瀬がない、と思われた。

理由はほかにもある。

三十年にもわたる長い戦を勝ち続け、関東きっての英傑と言える太田道灌なのに、なぜか江戸城を築いた武将としてしか世間に認知されていない。日本の首長たる征夷大将軍の動向に歴史研究が偏ったせいもあり、関東の戦乱はさほど注目されてこなかったようだ。が、近年は多くの研究成果が上がっており、興味深い事実が次々と明らかになっている。調略、裏切り、騙し討ちと、戦国時代に負けない策謀渦巻くダイナミカルな物語がそこにはあったのだ。

さらに、太田道灌の人物像に、納得しがたい指摘が見受けられた。道灌を忠義心に欠けた傍若無人な性格、と断定する書物があったからだ。

その理由は、資料価値の高いと言われる『太田道灌状』による。管領上杉顕定の重臣、高瀬民部少輔に当てた長文の書状だ。

そこには、自らの功績をまともに評価しない主君への不満がたっぷりと書き連ねられている。当時としては異例すぎる長文のため、偽書と断じられた時代もあったらしいが、ほかの資料と比べて正鵠《せいこく》を得た箇所が多く、今は貴重な証言録のひとつと見なされている。

が、主君に不満を堂々とぶつける文面はいささか激しすぎるため、あとで何者かが加筆した可能性（読み物語として）は高いだろう。その文面のみを信じて、道灌という武将は自分の功績を鼻高々と誇り、主君を軽んじて恥じない男だ、と決めてかかる記述が見つかったのだ。

歴史を研究する者として本気でそう考えるのか、と大いに首をかしげたくなった。道灌がその書状を送る直前に何が起きていたかを見れば、その心中は察するにあまりある。さらに、傲慢さを持っていたから、やがて主君に殺されることになったのだという決めつけには、怒りさえ禁じえない。そう口走る研究者の書物にさしたる価値はない、と断言していいだろう。

歴史は今の人の心までを映し出すのだ。

とはいえ、あえて後記でことわるまでもなく、この物語はあくまで筆者が資料を紐解き、史実の隙間に新たな（大胆かつ多分にミステリ的な）推測を加味して仕上げた物語である。資料の解釈は難しく、特に読み物風の古書をすべて鵜呑みにはできない。全体を俯瞰したうえで多くの疑問点を解決できそうな物語に仕上げてみたつもりである。ただ、後世の作と指摘される〝山吹の里〟や〝当方滅亡〟などの逸話は、よく知られたエピソードでありながら作中では取り上げていない。

　波瀾の物語を楽しんでいただけたなら、幸いである。

《主要参考文献》

『上杉憲実』田辺久子　吉川弘文館
『鎌倉府と室町幕府』小国浩寿　吉川弘文館
『鎌倉公方と関東管領』植田真平　吉川弘文館
『山内上杉氏と扇谷上杉氏』木下聡　吉川弘文館
『享徳の乱と戦国時代』久保健一郎　吉川弘文館
『騎兵と歩兵の中世史』近藤好和　吉川弘文館
『室町殿の時代』久水俊和・編　山川出版社
『扇谷上杉氏と太田道灌』黒田基樹　岩田書院
『太田道灌と長尾景春』黒田基樹　戎光祥出版
『図説享徳の乱』黒田基樹　戎光祥出版
『図説太田道灌』黒田基樹　戎光祥出版
『足利成氏・政氏』黒田基樹・編著　戎光祥出版
『上野岩松氏』黒田基樹・編著　戎光祥出版
『長尾景仲』黒田基樹　戎光祥出版
『長尾景春』黒田基樹　戎光祥出版
『上杉顕定』森田真一　戎光祥出版
『武士はなぜ歌を詠むか』小川剛生　角川叢書

◉本作は書き下ろしです。◉

装幀　高柳雅人
カバー絵　平治物語［絵巻］第1軸
三条殿焼討巻
（国立国会図書館デジタルコレクションより）

真保裕一（しんぽ・ゆういち）
1961年東京都生まれ。1991年『連鎖』で第37回江戸川乱歩賞を受賞し作家デビュー。1996年『ホワイトアウト』で第17回吉川英治文学新人賞、1997年『奪取』で第10回山本周五郎賞、第50回日本推理作家協会賞長編部門、2006年『灰色の北壁』で第25回新田次郎文学賞を受賞。他に『覇王の番人』『天魔ゆく空』『ダーク・ブルー』『シークレット・エクスプレス』『真・慶安太平記』『英雄』、外交官シリーズ、「行こう！」シリーズ、小役人シリーズなど著書多数。

百鬼大乱《ひゃっきたいらん》

第一刷発行　二〇二三年八月二十一日

著者――真保裕一《しんぽゆういち》

発行者――髙橋明男

発行所――株式会社　講談社

〒一一二―八〇〇一
東京都文京区音羽二―一二―二一
出版　〇三―五三九五―三五〇五
販売　〇三―五三九五―五八一七
業務　〇三―五三九五―三六一五

本文データ制作――講談社デジタル製作

印刷所――株式会社ＫＰＳプロダクツ

製本所――株式会社若林製本工場

定価はカバーに表示しています。

ISBN 978-4-06-532673-2　N.D.C.913 350p 20cm

KODANSHA